東方快車上的女人

The Woman on the Orient Express

Lindsay Jayne Ashford

琳西・珍恩・艾胥佛 ———— 著　楊佳蓉 ———— 譯

獻給我的雙親，珍奈・莫騰（Janet Molten）和葛拉罕・莫騰（Graham Molten），
以及我的哥哥提姆（Tim）。

紀念我的婆婆伊芳・勞倫斯（Yvonne Lawrence）（生於一九三六年二月二十日，
卒於二〇一六年二月二十二日）

序章

一九六三年八月

他從河上來。毫無預警地潛入我的院子。我坐在河口旁的茶花叢裡等待日落，看著水邊的一對蠣鷸，努力思考要讓誰來謀殺派桂上校（譯註：Major Palgrave，《加勒比海疑雲》中的角色）。起伏的潮水引我入眠，所以我才沒看到那艘船停靠過來。

「克莉絲蒂太太？」他的影子落在我臉上。

「你是哪位？」我雙眼一睜，上身往前湊。他背著光，看不清面貌。我認識他嗎？他身材修長，留著茂密的深棕色頭髮。他穿著網球短褲，腿上的水珠閃閃發亮。

他伸出手，走向我，他身後的落日露出來，熾烈的光芒令我目眩。我眨眼甩開視野中的朦朧綠色圓點，他的名字從口中滾出。來自久遠過往的名字，挾帶土耳其菸味和沙漠熱風的名字。

「唐突來訪，真是不好意思。」他的嗓音溫和，宛如宣佈壞消息的醫生。「我得要見妳一面。只有妳能幫我這個忙。」

我什麼都沒說，耳邊聽見鸛鶴呼喚彼此的甜美鳴叫聲在河面上迴盪。他來此是為了我承諾過絕不寫出的故事，從三十多年前，我搭上前往巴格達的東方快車時，延續至今的謎。

他靠得更近，我得要說些什麼，只要能脫困，什麼都好。我問他是否知道自己入侵了私人土地，接著我垂眼盯著我們之間的一小片草皮，又說，我壓根不知道他在說什麼。連我都聽不出這句話有幾分說服力。

他掌握的情報足以追到我的下落，甘願冒險到我家院子裡找我對質。該跟他說嗎？若是祕密的主人早已逝去，我該繼續守住承諾嗎？

「我有一張照片。」他從垂在單肩上的背包裡掏出證據，遞給我。證物A：三十年前的我。那時我還有腰身，還敢恣意穿著粉紅色絲質背心和內褲下水游泳。我在樹木枝葉下微笑，一手勾著凱薩琳，她直視鏡頭，眼中流露古靈精怪的無畏神情，正如我們初遇那時。我們身上裹著毛巾勉強遮羞，但緊緊黏住頭皮的髮絲難以掩飾我們剛爬上幼發拉底河岸的事實。雖然照片上看不到，那條河就在我左側。

我把照片翻到背面。凱薩琳小巧工整的字跡註明了日期，一九二八年十二月，以及「阿嘉莎跟我在美索不達米亞」。我再次翻回正面，凝視影像。我耳中嗡嗡作響——近年血壓突然飆升時的症狀——感覺到心臟怦怦跳動。

「妳記得嗎？」男子的嗓音夾了一絲著急。他怕歲月令我腦袋昏惑。看到我張嘴打瞌睡的模樣，他會這麼想也不意外。要裝下去也不是問題，拿半調子的中東遊記打發他就好。不過，事實上，那年十二月的午後時光在我心中可說是歷歷如昨。事隔多年，那天在沙漠裡發生的事情帶來的衝擊仍舊揮之不去。還有凱薩琳眼中的光采——勇敢的傲慢——挑釁我說出真相，完整的真相，不含半點虛假。

「你是什麼時候找到這個？」我將照片遞還給他。

「幾個月前。我寫信給妳，可是妳沒有回覆。」

我搖搖頭。「抱歉，我總是收到大量的信函，請了助理幫我——」

「沒關係。」他擺擺手。「我都懂。不過真的要跟妳談一談。妳能理解吧？」他猶豫幾秒，咬咬嘴唇。「我可以坐下嗎？」

我吸了口氣。我需要時間來思考。「進屋吧？喝點茶、吃點蛋糕？」我抓住手杖，從木頭長椅上起身。但他又往背包裡翻了一陣。

「還有這張——只有寫地點跟時間。我想妳說不定……」他沒把話說完，眨眨眼，遞出照片，似乎是不忍再多看一眼。

這張相紙的歲月痕跡比較重，右邊角落殘留折起又撫平的皺摺，原本輪廓鮮明的黑白影像轉為灰褐色。邊緣的字跡也褪色了：威尼斯麗都島——一九二八年四月。

一群男女：年輕、皮膚曬成深色、對著鏡頭擺姿勢。他們圍成半圓，距離近到手腳微微相觸。南西站在中間偏左的位置，波浪般的深棕色長髮被尺寸剛好的條紋貝雷帽蓋住一半。她的眼神緊繃，與她那身隨興的度假裝束——亞麻寬褲和罩衫——形成反比。跟她右手邊的壯碩男子相比，她顯得格外嬌小。男子一手握著她的手，另一手搭在笑容可掬的和服女子肩頭。

照片的最右端是一名男子，他身穿印花浴袍，腳踏扣環式帆布便鞋。他側身站立，回頭望向排成一列的朋友，沒有看鏡頭。他的身高足以俯瞰其他人的頭頂，面容俊美，嘴唇和雙眼透出接近殘酷的偏執性格。或許是鏡頭角度問題，他似乎是注視著南西。

「妳知道他們的身份嗎？」

我大可說我一無所知。我不在照片裡，一九二八年的春季，我人在數百哩外的倫敦，在法庭上飽受羞辱。我閉上雙眼，想遮住照片中的影像，然而那張臉——只有那張臉——烙印在我的眼皮內。即便是現在，過了那麼多年，它仍舊像玻璃碎片般扎眼。

「妳認得其中哪個人嗎？」

我早就被他看透。若是現在撒謊，他一定會知道。但如果要說，就得要告訴他一切。我撐得住嗎？

「拜託。」他握起我的手，沒有使力。他的手勁輕柔如同嗓音。「如果妳能告訴我一些事情，什麼都好。跟妳說，我已經不剩半個家人了——知道的人都不在了。」

妳一定得跟他說。

是誰的聲音？不是凱薩琳也不是南西。是男性的聲音：打從幾十年前我搭上東方快車的那一刻，就不斷努力趕出腦海的聲音。

有個姊妹，說不定現在還多了個弟弟。妳不能剝奪他的權利。想想露莎琳受到多大的影響。

喔，太過份了，竟然利用我的親生女兒來刺激我的良心。

我朝屋子邁步，示意男子跟上。他大步一跨便來到我身邊。他的笑容能融化任何一名女士的芳心。我大概有十分鐘空檔能思考要告訴他多少。

第一章

一九二八年十月

英國倫敦

還活著的人能像鬼魂一般纏著我們嗎？阿嘉莎跟亞契・克莉絲蒂離婚後的幾個禮拜內，他的一部分精神似乎化成幽靈，亦步亦趨地跟著她到處跑。坐在空蕩蕩的屋子裡，她聽得見他踩過樓梯的腳步聲。半夜醒來，她感受得到他的重量壓在床舖上。打開衣櫃，她聞得到熟悉的刮鬍泡跟香菸的氣味，即便他的衣物早就收得一乾二淨。她的感官彷彿成為把她逼瘋的幫凶。

東方快車之旅的用意是驅逐亞契的鬼魂。她對包括自己在內的每一個人都說她只是去度假，但這是她這輩子頭一遭獨自出國旅遊。接下來的兩個月，她的一切作為都是她自己的選擇。她將要摸清楚自己的能耐，看自己是否耐得住孤單。

阿嘉莎知道她有多幸運，有錢——還有時間——進行逃避之旅。她把《七鐘面》的完稿寄給出版社了，不需要待在英國開工撰寫第十部小說。原訂計畫是搭船到西印度群島和牙買加，不過呢，出發前幾天發生了一件扭轉她心意的事情。

她受邀到梅費爾區參加晚宴，才剛抵達幾分鐘就想離開，因為她無意間聽見了旁人的耳語。眾人在溫室裡取用迎賓飲料，巨大的樹蕨另一側有名女子提到阿嘉莎的名字。另外兩道女性的嗓音道出難以置信的話語。

「對。」開啟話題的女性嘶聲說道：「就是她，沒有錯。」

「裝死的那個人嗎？」

「還假裝失憶？」

阿嘉莎貼向樹蕨的主幹，一心只想消失。

「他們說她都是為了打書。」

幾秒沉默，接著又有人開口：「我看到一篇報導——應該是《每日郵報》吧——上面說警方派大批人馬找她，花掉好幾千鎊的稅金。」

「我真同情她的丈夫。」

「啊，可是他們說他在外面養情婦！」

「我真的想不通她幹嘛躲到窮鄉僻壤的小鎮去。」

「天知道。不過事情都鬧得這麼大了她還有臉出門，我也真服了她！」

阿嘉莎好想跑出去，可是周圍到處都是人。她垂著頭，努力移向前廳。只要在撞上宴會主人前抵達前門，她就能悄悄溜走了。可是她在前廳被剛好下樓的某人叫住。

「克利斯蒂太太！」

她轉過身，看到一名陌生的灰髮男子，對方長得很高，笑著從外套口袋掏出某樣物品。

「可以請妳幫我簽名嗎？」

阿嘉莎狐疑地瞥了他一眼。

「我是幫我母親問的。她現在臥病在床，非常喜愛妳的作品。要是能拿到簽名書，她肯定會開心極了。」

他遞出的是《煙囪的祕密》。她揮手搧風，讓墨水快點乾，他趁著這個空檔訴說他也很喜歡這本書。她還沒回過神，就被帶進用餐室，老天保佑，她就坐在他跟主人中間。

他說他是軍人，曾經派駐到伊拉克。兩人很快就聊起近日報紙上的奇聞：李奧納・吳雷在烏爾的新發現，那些出土的寶物。

「我對考古深深著迷。」她說：「真羨慕你能住在那裡。我真想親自造訪巴格達。」

「喔，妳一定要去一趟！搭東方快車就能到。」

他的言詞幾乎帶著魔力，她在不知不覺間說出她小時候看過那班列車。戰爭爆發前她母親帶她去法國時，她曾眺望過東方快車的藍金色車廂。她曾看著男男女女興高采烈地走在月台上，全身衣裝無懈可擊的乘務員站在每一列車廂外待命。她看到一箱箱牡蠣擺在冰上，閃耀新鮮的光芒、整條培根掛在鉤子上、各式各樣的水果一車車運上去。

就這樣，晚宴隔天，阿嘉莎到庫克旅行社取消加勒比海之旅的船票。不到一個禮拜後就取得敘利亞跟伊拉克的簽證。那個週末，她搭上火車，展開第一段旅程，先從倫敦前往多佛港。

她的朋友兼助理夏洛特前來送行。她認為女性單槍匹馬前往中東是不智之舉，但她非常了解阿嘉莎，深知不可能說服她改變決定。兩人道別時，她提醒她的友人要留意可能在巴格達遇上的男人。

「妳要小心點。」她說：「妳的藍眼睛會惹得他們多看兩眼，妳知道的。」

如此善良又笨拙的安慰逗得阿嘉莎笑了出來。在婚禮那天——感覺像是一百年前的事情了——亞契曾說她的眼眸美得不可思議，宛如飛在暴風雨雲層上看到的藍天。儀式結束後，兩人步出教堂，他握住她的手臂，說：「可以多答應我一件事嗎？答應我妳會永遠美麗。」

她記得自己哈哈大笑，親吻他，在胸前劃了個十字。「可是啊，就算我不美了，你還是會一樣愛我，對吧？」她說。他回應時收起了笑容。「或許……或許吧。但不會完全一樣。」

她打破了自己的諾言。究竟是什麼原因，使得她不再為了他美麗？因為孩子嗎？因為她沒有減掉懷孕期間增添的四、五磅體重？還是說當年他單純被愛情蒙蔽雙眼，某天突然覺醒，發現他還有更好的選擇？

「別忘了我的土耳其拖鞋！」夏洛特大喊，火車鳴響刺耳的笛聲。

阿嘉莎掛在車窗上揮手，吸了一大口刺鼻的引擎黑煙。她喜歡這股味道。令人振奮的氣味。她要開啟人生新局。阿嘉莎．克莉斯蒂，某人的妻子，搖身一變，成為冒險家瑪莉．米勒。

清晨陽光穿透康諾特宅邸六號二樓的蕾絲窗簾，在南西床舖上的整堆綠皮行李箱上灑落斑斑光點。她從衣櫃頂層取下兩個帽箱，疊到搖搖欲墜的行李上頭。接著她走到窗邊，屋外的公園裡已經有些動靜。兩名穿著制服的保母頭戴閃亮的黑色草帽，在金黃色落葉間推著嬰兒車。送牛奶的工人駕著馬車，隔著車身欄杆吆喝，一名保母看了過去，笑了笑，搖搖頭。灌木叢中傳來狗吠聲，爬出池塘的鴨子呱呱叫著。遠處的白金漢宮映入眼簾，國旗隨著西北風輕輕翻飛。她再也不會看到這幅景象了。

堆在床上的行李箱突顯了房裡的荒涼。梳妝台上少了一切熟悉的事物：寶石般繽紛的香水瓶、銀柄梳子、髮插、手拿鏡；裝著細粉和冷霜的水晶瓶。還有那張她收在手提包裡的寶貝照片，用被蟲蛀壞的絲巾包裹起來。抽出那條印著孔雀羽毛花紋的絲巾時，她捕捉到微弱的鈴蘭香氣。絲巾原本的主人是她母親，保留了一絲她最愛的香氛。這股氣味令南西拋盔棄甲，堵了好久的眼淚終於潰堤。她趴在枕頭上啜泣，聽見母親的聲音：親愛的，振作點，真正的淑女不該失控。

再過一會，她就要下樓，到日光室，餐桌旁坐著她即將永別的男人。他手捧《金融時報》，當她走過他的椅子旁，他會漫不經心地抬起頭，等到瑞德芬送上早餐時，他才把報紙放到一邊去。吃著水波蛋、香腸、蘑菇、培根時，他大概會問起她今天有什麼打算。他從未真正聽進她的回覆，因此她可以釋出準備好的謊言。之後他會去俱樂部，渾然不覺她即將展開橫越半個世界的旅程。

等他吃完午餐，她已經搭上前往多佛港的火車。等他回到家，她已經抵達法國。她從手提包裡掏出幾張車票，這是她典當了二十一歲生日那天繼承到的鑽石項鍊和耳環換來的。是的，大勢已定，時機到來，她一定會搭上那班火車。這是唯一的出路。今晚，她將睡在陌生的國度，這個週末她就要踏上巴格達的土地。

南西完全不知道住在那樣的地方會是什麼感覺。她只從雜誌介紹和表親的信件窺見片段光景。即便在夢中，她從沒想像過沙漠城市的生活。可是她還能去哪裡？還有誰能收留她？

她的視線落在那兩名保母身上，她們坐在公園長椅上聊天。她猛然吸了口氣，轉身離開窗邊，手掌再次插進手提包。隨著她抽出照片的動作，那塊絲綢輕巧落地。是他。看到他的面容，她內心湧起滔天大浪。

「拜託來找我。」她低語，「別讓我自己完成這件事。」

在倫敦的另一端，一名女子踏上大英博物館的階梯，金髮從帽沿下流洩而出。她一手挾著倉促間跟街角報僮買來的《每日郵報》。她沒有買報紙的習慣，平時也不會選擇這家報紙，但報攤貼出的斗大標題吸引她穿過馬路：**新郎自殺之謎**。

凱薩琳付錢時不敢直視報僮，生怕頭版印著自己的照片。離開報僮視線範圍後，她攤開報紙，微風拉扯紙頁，很難拿得穩。頭版下半邊是身穿軍服的柏特蘭，另外只印了兩段報導，就出現「接第二版」的說明。沒辦法在大街上盡情看報，她得要忍到進了博物館再說。

「早安，基令太太。」門僮照著慣例打招呼，海象似的鬍鬚兩端勾起笑意。她點點頭，別開臉。她心想，他看過報紙了嗎？他知道嗎？工作人員喝早茶時有沒有拿她當話柄？

她壓低腦袋，移動到能夠避開旁人窺探的地方。大英博物館的地下室宛如阿拉丁的藏寶山洞，擺滿尚待分類的古物，這裡是美索不達米亞遺址挖掘隊伍共用的辦公室。她祈禱大清早的不會撞見其他人。

幸好房裡空無一人。她埋進椅子，攤開報紙，粗糙的桌面上散落著在沙漠埋藏數千年的陶片、項鍊珠飾。

內頁沒有她的身影，只有另一張她先夫在埃及拍攝的照片，年代比較近。他坐在一群男子之間，背景是大宅的庭院，那是他在開羅的總部。他的笑容刺入凱薩琳的心，釋放洪水般的罪惡感：他已經死了，她卻活著；神聖的婚姻變成了死亡宣告。

她掃過一段段文章，雙眼刺痛，報導這樁可怕事件的記者顯然樂在其中。柏特蘭將近五年前過世，但隨之而來的法律問題餘波蕩漾。已經有人警告過她可能要出庭作證——這是她最深的恐懼——不過最後她不需要親自到場。驗屍官接受了她的手寫證詞。

判決結果出爐，柏特蘭．基令上校是在他心理平衡失調時自絕性命。結案報告引起社會大眾關注他在大戰期間對國家的卓越貢獻。許多人捧著支離破碎的心靈回到家鄉。把一切歸咎給戰爭再容易不過了——但這並不是柏特蘭舉槍自盡的真正原因。她知道答案，記者肯定也懷疑到了。驗屍官的判決令人失望，因此記者在報導中加油添醋，質疑才新婚六個月的男子為何要走上絕路。

沒有人猜得到真相，知道的只有她一個人。醫生——那個蠢到極點的男人——也不在人世了，只比柏特蘭多活了幾個禮拜，死因是霍亂還是傷寒之類的。有人說那是天譴。

凱薩琳摺好報紙，丟進角落的垃圾桶。她輕快地走到爆滿的書架旁，抽出三本書，塞進手提包。十分鐘後，她離開博物館，大步踏下階梯，叫了輛計程車。不到一個小時，她就要搭上火車，遠離窮追猛打的記者和愛聽八卦的讀者。

坐在車上，她閉起眼睛，召喚她苦苦盼望的沙漠風景：無邊無際的帶狀沙丘，清澈的藍天；焚火和香料醃肉的氣味；抑揚頓挫的嘹亮呼喊，催促眾人進行日出祈禱。下禮拜她就會回到那處。

當然了，還有其他事務要處理。巴格達的婚禮。光是想到這件事，一股毛骨悚然的寒意便竄下她的脊椎。

柏特蘭過世那時，她沒想過自己還會改嫁他人，然而那些高尚的贊助者沒給她其他選擇。唯有透過婚姻，她才有辦法繼續在男性環伺的考古基地工作。

她接受了那位考古學家的求婚，只提出一個關鍵條件：他們絕對不能圓房。沒想到他只遲疑半秒就答應了。想必他認為一旦兩人結為夫妻，他就有辦法令她回心轉意。

可憐的傻子。她聽見柏特蘭的聲音，清晰得彷彿他就坐在她身旁似的。千金難買早知道。只要在洞房花燭夜之前去看過醫生……

「小姐，要去什麼好地方嗎？」司機打斷她的思緒。

「中東。」她應道。「美索不達米亞。」

「天啊——妳跑得到那麼遠嗎？」

「當然了。只要搭火車到多佛港，再從加萊搭上東方快車。這條鐵路通往大馬士革。然後再搭巴士橫越沙漠，抵達巴格達。」

「要花多少時間啊？」

「只要五天。」

五天五夜。其間有多少清醒的時刻？不到一百個小時。這點時間恐怕不夠她想出方法阻止新任丈夫爬上床。

第二章

倫敦到巴黎

搭上東方快車的第一晚，阿嘉莎沒有離開她的包廂太遠。她搭船永遠沒有好下場，橫越海峽的渡輪害得她嚴重暈船，疲憊不已。當她爬上包裹絨布的梯子，滑進緞面床被之間，搭上這班列車的興奮瞬間被強烈的寬慰取代。抵達伊斯坦堡前沒有任何海路要走。

乘務員說，抵達貝爾格勒前，她可以獨享這個包廂，因此她沒有拉下窗簾，躺在鋪位上，看著漸漸暗下的風景。火車在諾曼第的田野間奔馳，車窗外剛採收過的蘋果樹伸展漆黑枝枒，只剩剪影的馬兒被引擎呼嘯聲驚動。如此的靜謐，彷彿從未受過時間觸碰。難以想像此處十年前曾遭到戰火蹂躪。

她想像亞契駕著他的柯迪雙翼飛機在這片田野上翱翔。他是戰爭爆發時英國境內少數合格的飛行員，能夠活下來已是僥倖。兩人結婚前，他曾經從法國寫信給她，問她是否擔憂他的飛行任務。她讀出他的言外之意——他真正的目的是安撫即將面對險境的自己。她在回信中附上紫羅蘭和聖克里斯多弗的墜子，跟他說她一點都不擔心，因為她看過他駕駛飛機的模樣，知道他有多優秀。她刻意避談自己在英國的生活主軸，從未提及每天在托基的醫院照顧的傷患，那些拖著殘破身軀的男子和少年。

護士是骯髒的工作。我真不願想到妳在做這檔子事。

他首度離家前一週曾寫下這些字句。既然他無法忍受，那她就不再提自己的工作了。她的信函成為故鄉的美夢，是戰爭結束後他們能過上的好日子。

一九一四年的聖誕節前一天，他們倉促舉辦了婚禮。當時兩人住在他母親家。前一晚亞契還說在戰爭時期結婚絕非明智之舉，當天早上八點又踏入她房間，宣佈他改變心意：必須立刻成婚。他只有四十八小時的假，所以沒空買禮服、選捧花，連做蛋糕的空檔都沒有。阿嘉莎穿著她去醫院面試時的外套和裙子，見證人是碰巧經過教堂的一位朋友，在那之前，他們剛找到牧師，付了八鎊緊急證婚費用。接著，才度了一晚蜜月，亞契又要回法國了。

阿嘉莎閉上雙眼，召集各種幻象，抹去那段回憶：他精實的體魄陷入她柔軟雪白的身軀。她回到過去，來到腦海中的永夏之境，德文郡山崖下的海灘，她在那裡度過了無數自由自在的時光，從潮池撈螃蟹，大啖水煮蛋和魚醬三明治。

過了半晌，她幽幽入睡，在火車停下時醒過來。這裡是哪裡？她想。巴黎？還是更遠？第戎？洛桑？阿嘉莎以手肘撐起上身，瞄向車窗外。

她瞥見一名男子佇立在月光照耀、煙霧瀰漫的月台上。他身上有種可怖的熟悉感，高挺的顴骨、明亮如鑽石的雙眼……不可能……難不成……？她眨眨眼，歪歪脖子。已經好幾個月沒見到亞契，但他不知怎地出現在窗外，彷彿他跟蹤她橫越海峽，在加萊追丟了，接著又以超自然的速度搶先火車一步抵達。

他沒有看著她，視線投向月台遠處。他散發出不耐的氣息，嘴唇抽了抽，像是說話似地張嘴，儘管她沒看到他身旁有人聽他說話。突然間，他的聲音在她腦海裡響起。

我們又要逃走了嗎？說不定這次妳能做得更好……

阿嘉莎緊緊閉眼，告訴自己，那人不是他：不可能是他。他在英國，躺在床上睡覺。或許夢見了她，夢見他接下來幾天的行程，在婚禮之後要做的事情。

等她停止自我折磨，睜開眼睛，他已經消失了。她告訴自己，別再讓想像力加班。火車再次發動，她躺回枕頭上，吸氣、吐氣，從一數到四。每次呼吸都帶入了乾淨寢具的舒服氣味。接著她在心裡默數列車上的各種美好享受：食物、音樂、即將見識到的風景。搭火車帶給她強烈的安全感，不是真正的獨處——只要拉鈴就能叫來乘務員。

阿嘉莎想到她的目的地，內臟猛然一陣翻騰。她真的做得到嗎？真的能自己跑那麼遠嗎？是的，她低語，妳當然做得到，妳已經三十八歲了，不過是巴格達，又不是要飛到月亮上。這個地名令她渾身顫抖。在倫敦的晚宴上，那是興奮的顫慄，但現在她只感受到恐懼的惡寒。

她對那個地方的了解少得可憐。她曾跟母親去過埃及一趟，在她的想像中，巴格達是類似的地方。十八歲的她在埃及揮霍時光，男士和舞會的吸引力超過金字塔和陵墓。

曾經有個男人——那位上校人很好、長得很俊，大她好幾歲——在回英國的船上向她母親提起迎娶她的請求。從母親口中得知此事時，她氣壞了，她認為對方應當要直接問她。那時她們已經回到德文郡。他的臉龐懸在車廂陰暗的燈光中。要是她跟他結婚，沒有選擇……

她努力阻止自己思考，專心聆聽引擎和車輪刷過軌道的韻律，祈禱等她睡著後，夢境裡不會出現亞契。

南西從窗邊走到門口，又折了回去，宛如籠中野獸般在狹小的包廂裡踱步。自從火車駛入巴黎的里昂車站，她一直貼著車窗，只求能看到他一眼。然而車外太暗，煙霧太重，實在是看不清楚。月台上的人三五成群，有人在等待，有人已經準備要上車。她好想跳車，衝過他們之間，尋找他的臉龐。可是太冒險了，她可能會錯過他——甚至更糟，火車丟下她，載著他離開。

每次火車靠站，她就盼著他會出現。在維多利亞站，其他乘客向親友熱切地道別，只有她獨自站在月台上，直到警衛催她上車，挑眉露出憐憫的表情。

接著，沒在多佛見到他，她繞過每一個碼頭，心想他說不定會在最後一刻跳上即將開航的船隻。

到了加萊，東方快車在月台上等待，熱心的乘務員阻止她在車外徘徊，堅持帶她看看車上物品的擺放位置，車廂裡所有設施的操作方式。換在其他情況下，她肯定會興奮不已——但她的腦袋聽不進任何說明。等他完成任務，火車已經離站。

「夫人，您的旅伴，她會不會在巴黎跟您會合呢？」乘務員嗓音柔軟，帶著外國口音。

「呃……對。在、呃、巴黎。」南西被自己編造的謊言逼得無地自容。她付了雙倍票錢，包下整間二等包廂，期盼他會上車。只有同性乘客可以共享包廂，因此她對庫克旅行社的辦事員說她的旅伴是一位莫瑞兒．哈普小姐。

乘務員笑了笑，她感覺到熱潮從頸子蔓延到臉頰。他是不是看穿了她的謊言？知道讓她失望的旅伴不是朋友，而是情人。

可憐的富家女。她幾乎聽見他的心聲。

巴黎是她最後的希望，那是他唯一能搶先她一步的機會，在黑暗中上車，避過乘務員的耳目。

她瞥向手錶。不到五分鐘就要開車。她聽見門板甩上的巨響，外頭的走道傳來腳步聲。女性的聲音，說的是法語。南西坐回床上，嘴巴乾到擠不出半滴水。她伸手想拿水瓶時，有人輕輕敲門。她一回頭，看到門把上下轉動。她跨步一跳，來到門邊。

「喔，親愛的！」她落入他懷裡，淚水刺痛雙眼。

「妳先讓我進去吧。」他按住她的肩膀，嘴唇擦過她臉頰，側身踏進包廂。

「你的行李在哪？」

他沒有看她，重重坐到床上，直盯著地板。

「我不能留下來。早上我就要下車。」

「可是——」

「別問，南西——先別問。我們好好享受今晚吧。可以請妳把門鎖好，過來，抱著我嗎？」他伸出雙手，她的身軀融化在他身上。

事後，她躺在漆黑狹窄的鋪位上，吸入他微溼皮膚的氣味時，聽見乘務員輕輕敲門。她高聲說她什麼都不需要。真是諷刺。她最想要的就是繼續躺在他身旁，然而寶貴的時間不多，再過幾個小時他就要離開。

她聽見乘務員的腳步聲沿著走道消失，伸手探向身旁的溫暖，可是魔咒般的氛圍已經消失，他起身點煙，火柴光芒一閃。現在他要說出她最害怕的字句。

「我得要上車，南西——不能讓妳失望。」他深深吸氣，吐出一蓬白煙，飄過她臉側。「但現在狀況有些棘手，妳懂我的意思吧？」

聽到這句話，歇斯底里的笑意如同泡泡一般從她腹部竄升。棘手？他要處理的一切會比她面對的狀況還要艱困嗎？不過她沒作聲，什麼都沒說，等著看他如何解釋。

「我認為她起了疑心。若是她心裡有了底，我擔心她會登報公開，妳想想這對我們會有多大的影響。」

「沒關係吧？只要到了巴格達，我們還會受到什麼影響？」南西看不見他的表情，唯一的光源是他的煙頭。

他發出咕噥似的笑聲，與低吼極為相似。「巴格達？我們到巴格達要幹嘛？」

「我、我不知道。就是……」她結巴一陣。「就在那裡過活吧。我們不是愛著彼此嗎？這樣還不夠？」

他的沉默透露她最大的恐懼。

她想說出一切。天啊，她真想說出那個祕密。可是不行。不能告訴他，除非他自願跟來，除非他真心想要她，否則這招行不通。她的理智還在。儘管過去幾個月發生了那些事，她還保留了一些自尊。她不要濫用情緒去勒索對方。

「妳知道我有多在乎妳。」他低語。「不然我怎麼可能冒險來這裡呢？」他靠向她，按熄煙蒂，揉揉她的頭髮。「只要妳在那裡避幾個月的風頭……」他以臉頰摩挲她的頸子，令她渾身泛起美妙的顫慄。「我們就能在一起——我保證。」

南西閉上雙眼，他的身子貼上來。她太想相信他了。

第三章

洛桑到米蘭

隔天一早，阿嘉莎醒來時瞥見窗外的阿爾卑斯山脈，心中興奮不已。山峰白雪反射剛剛升起的太陽，完美無瑕的天幕揭起珊瑚色和粉色的絨毯。

她迅速更衣：大膽的落葉色條紋索妮雅．德勞奈品牌外套，搭配駝色絲質襯衫和同色系羊毛裙。擦口紅時，水槽上小圓鏡裡的倒影令她吃了一驚，帶著紅色調的髮絲在明亮的陽光下格外惹眼。髮型設計師曾經再三警告：妳是天生的金髮，染上去的顏色會很不一樣。

她對陌生的樣貌笑了笑，戴上眼鏡，完成整套偽裝。從高處行李架上垂落的名牌說明了她的新身份：來自艾希特市德魯史坦倫區灰石屋的M．米勒太太。

她打開車廂門，佇立半晌，想到要踏進餐車她就無法動彈。那麼多人。要是被誰認出來的話該怎麼辦？

這時，她的腸胃替她省下猶豫不決的工夫。不知道是哪裡的門一開，熱騰騰的奶油土司、培根、咖啡的香氣溢滿整條走道。鎮定精神的最佳藥方就是豐盛的早餐，她父親總是這麼說。她讓鼻子帶路，肚子裡掀起愉悅的期盼。

領班帶阿嘉莎到背對著車頭的座位，詢問她想喝印度茶還是中國茶。趁著他去倒茶的空檔，她將菜單瀏覽一遍：班尼迪克蛋、印度香料飯，還是鬆餅配楓糖漿？真是美味的抉擇。等到他端來一壺大吉嶺紅茶，她已經下定決心。

陽光照得銀製餐具閃閃發亮，旁邊放著仔細熨好的報紙。她將它攤開，伸手拿茶杯。正當她把印著押花圖案的瓷杯湊到嘴邊時，坐在車廂另一側位置的女孩捕捉住她的目光。

阿嘉莎猜她不超過二十五歲。深棕色的大波浪長髮，精緻的五官，剪裁得宜簡約的服裝，畫著淡妝。她帶給阿嘉莎似曾相識的奇特感覺，過去肯定在哪裡見過她，只是完全想不起來。幸好女孩沒有抬頭，給了阿嘉莎躲進報紙後的機會。她偷偷探頭，發現有什麼東西滴往女孩盤子上的土司。

她在哭。

阿嘉莎看著淚珠一顆接著一顆掉落。女孩沒有出聲，也沒打算擦眼淚，彷彿是悲痛到麻木僵硬。阿嘉莎端起茶杯又放下，手指在握把上蠢動不已。她該假裝沒注意到嗎？這是正確的作法嗎？不對，她決定了，一定要去跟她談談。

就在此刻，女孩抬起雙眸，視線的方向不是阿嘉莎，而是餐車的另一端。她的手微微一動，那是最幽微的揮手，似乎是怕被旁人察覺。

轉頭看她揮手的對象自然是極度無禮的舉動，然而調皮的陽光揭露了那個人的面容。阿嘉莎眨眨眼，一抹光線在窗上打出倒影：餐車門口的一張臉。

他的臉。

不是鬼魂；不是她的幻覺。他就在這裡，在東方快車上。

阿嘉莎的手抖了起來，茶杯敲打茶碟，輕響被突如其來的煞車聲淹沒。火車放慢速度，整片木造房屋突然映入眼簾，窗上結了霜。馬車車夫戴著毛帽，蒼白的臉龐縮成一團。

火車驟然煞住，餐車盡頭的門盪開，她只看見他遠去的後腦杓。

是他嗎？真的是他？

阿嘉莎望向那個女孩。她正盯著自己的盤子，頭髮往前落，掩住她的臉。

如果那人是他，那麼她又是誰？

引擎發動，車廂微微一震。阿嘉莎扭頭想看站名，月台上的標誌卻在她看清之前閃過。她猜這裡是瑞士或是義大利。亞契為何要在這種地方下車？

她想繼續端詳那個女孩，一轉頭，侍者送上早餐，擋住她的視線。就在他從容地放下盤子、攤開餐巾、詢問她是否還需要什麼服務時，她早已離開餐車。

會是亞契的情婦嗎？她驚覺自己對於那名奪走她丈夫的女子了解得太少。是的，她知道她的名字，甚至曾見過她一面。那個週末，他帶她到家裡，還有一群高爾夫球的球友陪同。不過當時阿嘉莎感冒臥床，聽見客人在前廳說笑。她好想起身，至少跟大家打聲招呼，身為女主人卻如此失職，她愧疚極了。

或許當時那兩人只是朋友，不然亞契可沒有膽子邀她。那個星期六早晨，阿嘉莎下床上廁所，瞥見走廊上的兩男一女。他們沒有看見她。女子的美貌令她吃驚：苗條纖細，一頭深棕色捲髮。等到客人離開，她問亞契她是誰。喔，南西。他說。以女性來說，她的實力不差，只高出標準桿十桿。

在那之後，阿嘉莎沒再見過她，甚至沒想過她，直到一年後。那是一九二六年的夏天，露莎琳七歲生日前一晚。亞契選擇在那一晚坦承他心裡有了別人，比起他的妻女，那個人對他更加重要。

就是她嗎？阿嘉莎真想把日光谷別墅前廳的那名女子記得更清楚。

她握起刀叉，打算鄭重對待眼前的班尼迪克蛋，可是她的腸胃糾結成一團。

等到她起身離開餐車時，她在女孩原本的位置逗留一會，往桌上尋找蛛絲馬跡。說不定會看到繡上姓名縮寫的手帕？但她只找到皺巴巴的餐巾和少許土司屑。

*妳老是把想像力揣在身上跑。*這回腦海中的聲音換成她母親。

阿嘉莎在走道上稍停，臉頰貼著冰冷的窗玻璃，吐息模糊了灑上雪花的田野。不該是如此。這趟旅程的目的是療傷，是為了尋找前進的力量。

松林往後飛掠，她一陣暈眩。她閉上雙眼，可怕的空虛將她包覆。就像是回到了哈羅蓋特的飯店房間，孤單一人，等待被人找到。企盼亞契來找她，開口要她回來。

將近兩年前，她獨自搭上前往英國北方的火車，沒跟任何人透露自己的去向。灰暗的十二月清晨，亞契在四個月前投下震撼彈，說他另有所愛。她不斷哀求他多給她一點時間，給他們重修舊好的機會。十二月的那個星期六，他們本該要去約克郡共度週末，住進哈羅蓋特的渡假飯店。然而星期五晚間，他沒有回家。她等了又等——最後，她心中有什麼東西斷裂了。

再逃一次……

她聽見開門聲，迴身背對窗戶，不知道旁人看到她時會有什麼想法。火車急轉彎，她抓住扶手穩住腳步。在這樣昏頭轉向的狀況下，她開錯了包廂門——至少看到躺在鋪位上的女性時，她是這麼想的。

「喔——對不起！」阿嘉莎退出包廂，搖了搖頭。

「米勒太太？」這名女子活像是從《時尚》雜誌走出來似的。她站起來，高䠷的身形使得她必須低頭閃過行李架。她穿著白色絲質睡衣，領口、袖口、腰際繡上埃及文字。她走向阿嘉莎時，衣服布料飄出濃郁的陌生香氣，除了香草，還有茉莉或是水仙之類的香調。

她伸出手，露出炫目的笑容和完美的齒列。除了口紅，她沒有化妝，肌膚看不出半點瑕疵。她茂密潤澤的秀髮呈現北歐系的白金色，眼眸是接近紫色的深藍。這雙眼讓阿嘉莎聯想到跟母親住在托基時，庭院外田野間生長的風鈴草。

「凱薩琳・基令。」她的手勁和男性一般穩健。「抱歉讓妳受驚了。我不得不請他們幫我換包廂。床蝨！妳相信嗎！」她輕輕挑眉聳肩，絲質睡衣下的乳房上下晃動。「很不可思議對吧？這可是東方快車耶！聽說是木頭裝潢的問題——牠們鑽進木頭裡，半夜跑出來。」她坐上床鋪，拍拍床墊。「好啦，來說說妳的事情吧。」

阿嘉莎乖乖坐下，發現不過是一頓早餐的空檔，包廂的擺設已經完全變了個樣。她的個人物品全都不見蹤影。原本放在窗前桌面的梳子跟化妝箱不知去向，掛在門後鉤子上的睡袍也失蹤了，她的帽盒橫躺著塞在行李架角落。

她選擇二等包廂就是為了比單人用的一等包廂更大的空間，現在她不由得懷疑起自己過去的決定。

「妳的外套美呆了！」凱薩琳纖長優雅的手指撫過阿嘉莎手腕處的布料。「索妮雅・德勞奈嗎？」

「是的。」

「我想也是。我曾經在她手下工作過。」

「真的嗎？」

「我是商業藝術家。」凱薩琳點點頭。「我曾接過倫敦跟巴黎的時尚賣場的案子。」

「妳一定很有才華。這趟是為了工作還是度假？」

凱薩琳仰頭大笑。「這兩件事不能並存嗎？我愛這份工作超過一切。」她的手橫過窗下的桌子，拎起銀色菸盒，翻開蓋子。「要來一根嗎？」

「不了，謝謝——我不抽菸。」

「希望妳不介意我抽。」她從睡衣口袋裡抽出菸嘴，黑色外殼，尖端鑲銀。

想到要跟菸槍共享包廂，阿嘉莎心一沉。與亞契共度的歲月間，她已經習慣菸味了。然而不需要睡在菸草味繚繞的房裡是恢復單身的樂趣之一。

「這是土耳其菸。很棒。我的同事幫我從巴格達買來的。我一定要多屯點貨。」

「妳要去巴格達嗎？」對於來自高檔時尚世界的女子來說，這個目的地顯得有點突兀。阿嘉莎以為她會在米蘭下車。

凱薩琳點菸，吐出一團煙霧。「我要去烏爾，這趟的工作地點是那邊的考古基地，我負責畫下挖出的文物。這是我在那裡的第四季了。」

「妳替李奧納．吳雷工作嗎？」阿嘉莎崇拜地拉高音量。

「是啊。」凱薩琳翻翻白眼，似乎是被這個名字勾起不愉快的回憶。

阿嘉莎想問清她的言外之意——那位考古大師很難相處嗎？還是有什麼不雅的習性呢？——但這樣太沒禮貌了。她只跟凱薩琳提起她在報紙上看到考古挖掘的報導時，心裡有多麼憧憬，她就是為此選擇往東旅遊，放棄往西的行程。接著她問起凱薩琳最愛哪一件文物。

凱薩琳在菸灰缸裡輕點菸頭。「應該是示巴女王的頭飾吧。我花了兩個月把它重新組合起來——那些小珠子真是一場惡夢——但是很值得。」

她描述考古團隊是如何挖出沙漠中三千年來無人聞問的墓地。那位蘇美女王的頭飾是奢華陪葬品的一部分，是上一季在陵墓最深處找到的寶物。

凱薩琳細細說明拼湊黃金、青金石、紅玉髓、瑪瑙的過程，阿嘉莎聽得入神，幾乎沒發覺窗外的山景變幻成倫巴底平原。烏爾的考古發現迷住了她的心神。

包廂外傳來尖銳的敲門聲，把她震回現實世界。乘務員送上她們的晨間咖啡。他問凱薩琳是否還有個人物品留在先前的包廂。他稱呼她「基令太太」，阿嘉莎微微一驚。凱薩琳沒有戴婚戒。

送走乘務員後，凱薩琳說：「米勒太太，妳真會套話，讓我說自己的工作說個不停，現在輪到妳啦。」她往杯裡加糖，將咖啡送到嘴邊。等到她把杯子放回碟子上時，杯緣沾上完美的珊瑚色弧形口紅印。「少有獨行女性選擇前往巴格達……」她沒把話說完，幾乎是明示著想知道阿嘉莎為何沒帶著丈夫一同渡假。

回話前，她先深呼吸一輪。她早就料到會碰上這類好奇刺探，已經準備好一套說詞。但她得要說得夠有說服力。她跟凱薩琳說女兒去讀寄宿學校——這不是假話——她好想念她，需要找點別的事情分散注意力。接著是謊言：「我先生……他……他死於戰爭。」

她在鏡子前練習過了，一遍又一遍地告訴自己：比起承認離婚的羞恥，裝成寡婦是更好的選擇。不過把假話說得煞有其事的感覺很糟，像是她真心期盼他真的死了似的。謊言尚未出口，那張映射在車窗上的臉已經糾纏著她不放。這是她應當承受的懲罰嗎？

凱薩琳拍拍她的手。「我也失去了丈夫。」

這句話使得血液湧上阿嘉莎的臉。現在她背負著兩倍的罪惡感。妳這個陰險邪惡的女人，亞契嘶聲責罵。

凱薩琳望向窗外。「我們是在我去法國當護士時認識的。」

「法國？」阿嘉莎重複道。難以把如此美麗的生物與鮮血淋漓、藏污納垢的戰地醫院劃上等號。在托基照顧傷兵已經夠難受了，她只能想像凱薩琳見識過什麼樣的駭人景象。

「我們才結婚六個月。」凱薩琳又抽出一根菸。

「戰爭真是殘酷。」陳腔濫調——不過阿嘉莎從經驗學到不該刺探得太過火。

「之後，我又去當護士。」凱薩琳說：「一開始去了埃及，接著換到巴格達。我就是這樣接觸到考古挖掘的。」

阿嘉莎等待她繼續說下去，但凱薩琳點了第二根菸後就陷入沉默。空氣中帶著沉甸甸的期望，彷彿是聽過她的婚姻概況後，阿嘉莎現在也得要如法炮製。

阿嘉莎迴避了重點，說她也曾待過埃及。兩人聊起她們造訪過的地方，儘管中間相隔十年。接著阿嘉莎又提到她在醫院度過的時光，拿幾件逗趣的往事來炒熱氣氛。比如說她是如何跟朋友愛琳利用值勤的空檔自學化學，在嘗試馬許砷毒檢測法時不小心炸掉咖啡機。

她沒告訴凱薩琳的是，就在那場爆炸事件後的週末，她跟亞契結婚；回到醫院時受到傷患揶揄；來自格拉斯哥的一名士兵在病房另一端大聲嚷嚷，說比起米勒護士，他更喜歡克莉絲蒂這個姓氏，因為那是蘇格蘭名字。

才跟亞契度過一夜，她就成為有夫之婦，完全不知道是否還能再見到他，這感覺真是太奇異了。兩人認識後沒幾天，他就向她求婚，在聖誕舞會上擄獲她的心。她迷上他高大修長的身形、帶點波浪的金髮、那股從容的自信。而且他跳舞跳得真好。他們一起跳了華爾茲、狐步，接著他又邀她跳一支舞，但她的約已經滿了。他擺擺手，要她推掉其他舞伴。

他求婚時也遇上同樣的狀況，她說她已經跟一名槍手瑞吉．路西訂婚，目前他派駐外地。那又怎樣？他說得輕鬆自然，像是拂去沾在衣領上的髮絲似的。我沒跟人訂婚，就算有，我絕對不會多想，馬上取消那份婚約。

於是她寫信給瑞吉——溫柔善良、充滿耐性的瑞吉，他堅持要熬過兩年，與她步上紅毯——跟他說她要嫁給別人。在瑞吉身邊，她別無所求，心情平靜。他是堅定的船錨，是優秀的伴侶，不是激情的戀人。但現在她要游向深海。她愛上一個陌生人，他的吸引力純粹來自與她完全相反的個性：他實際，她浪漫；他講求邏輯，她老是把想像力揣在身上跑；他性情冷硬，她多愁善感。她一心只想嫁給他。聽到母親說他們必須等到他有足夠的收入才能結婚時，她完全無法接受。

「跟妳說，妳一定會討厭巴格達。」凱薩琳突然冒出一句。

阿嘉莎困惑地盯著她。「怎麼說？」

「那裡都是上流階層的白種人，跟去薩里郡沒有兩樣。他們成天開茶會、打網球。若妳想看到真正的美索不達米亞，一定要避開他們。」

「喔……我、呃、我在底格里斯皇宮飯店訂了五晚房間，不過之後就沒別的計畫了。」阿嘉莎差點說出她想參觀烏爾的考古基地，但她覺得不該跟認識沒多久的人糾纏不清。

一陣尷尬的沉默，凱薩琳說：「嗯，妳一定要來找我們。」

阿嘉莎納悶她口中的「我們」究竟是誰。

「考古團的住處有一間客用別館。」凱薩琳繼續道：「雖然李奧納對觀光客沒什麼興趣，他不會介意我帶妳四處看看。」

阿嘉莎覺得凱薩琳對雇主的稱呼似乎有些太親近，以舉世聞名的學者來說，她對他好像不怎麼尊敬。她心想這會不會是考古界的特殊習慣——那個封閉世界的獨特法則。

「妳人真好。」她說：「但我完全沒有打擾妳工作的意思。庫克旅行社的人說我可以雇用地陪，帶我到我有興趣的景點。」

「才怪！」凱薩琳從喉中擠出笑聲。「我喜歡阿拉伯人，可是如果抓不到訣竅，跟他們相處可是很累的。我是真心的，妳一定要來我們這裡。對我來說是再開心不過了。每次開挖，我都要跟一群男人相處整整五個月，希望偶爾能有女孩子來陪我幾天。」

她的語氣神態透出濃濃的叛逆不羈，卻又夾雜一絲接近恐懼的脆弱，彷彿是害怕自己即將前往的地方。但她剛才說這是她在考古基地的第四季。

阿嘉莎心中冒出奇特的預感：這趟旅程對凱薩琳的意義與她完全相反。儘管她訴說著對這份工作的熱愛，在沙漠中，有某種惡意正等著她上門。

第四章

米蘭到威尼斯

列車駛過瑞士提契諾河上的大橋，阿嘉莎提筆寫信給女兒。她打算把信件分成幾個階段，描述她在前往伊斯坦堡路途中對每一個國家的印象，最後一口氣寄出。

想到將近三個月見不到露莎琳，她幾乎承受不住。若是不走這一趟，她可以趁秋季學期間去學校看她幾次。校方允許家屬在週日下午帶學生離校，每學期最多四次。當然了，這個次數還得要跟亞契對分。

姊姊梅姬很清楚阿嘉莎對亞契的下一段婚姻有何感受，好心提議在她遠行期間代替她探望露莎琳。露莎琳愛極了梅姬阿姨，但這並沒有減少半點無法陪伴女兒的愧疚。

午餐時間前，列車停靠在米蘭。包括凱薩琳和阿嘉莎在內，一小群乘客下車伸展手腳，等候換上新的火車頭。

阿爾卑斯山脈的寒霜與冰雪已經被他們拋在腦後，乘客迎上燦爛的日光，在月台前後漫步。阿嘉莎一手擋著陽光，在三五成群的乘客間尋找餐車上見過的女孩。沒有她的身影。說不定她在抵達米蘭前就下車了。早餐後，列車又停了兩個站——瑞士的布理格跟義大利的多莫多索拉——都是阿嘉莎從沒聽過的城市。她是不是追著在山間下車的男子離開了？

凱薩琳吱吱喳喳地聊起她們抵達巴格達後將會看到的景色，阿嘉莎告訴了自己無數次：那名身影映在窗上的男子不可能是亞契。

她逼自己換個角度思考整件事，把自己當成與潛在目擊證人面談的律師。她見到該名男子兩次，第一次是在煙霧繚繞的月台，第二次不過是玻璃上的倒影。她嚴厲地告訴自己：全世界沒有半個陪審員會被這樣的證據說服。

回到車上，她凝視自己映在車窗上的倒影，暗罵自己怎麼會對純粹的幻覺起這麼大的反應。她很清楚亞契此時此刻身在何處：倫敦，奧斯翠開發有限公司的辦公桌前。他的生活相當規律，八成會去皮卡迪利的老地方吃午餐。到了晚間，他就回西肯辛頓的租屋處。

他再過幾天就要結婚，再怎麼說都沒有理由在這個禮拜遠行——更別說是搭上東方快車了。他恨透了火車，無法忍耐不受他控制的交通工具。飛機或是汽車都可以——就是火車不行。絕對不行。

列車駛離車站，凱薩琳說她累到無法思考午餐菜色。「可惡的床蝨害我整夜睡不著。」她說：「我想我就點個三明治，留在包廂裡躺一躺。妳不介意吧？」她露出耀眼的笑容。顯然她想獨占包廂兩三個小時。阿嘉莎逐漸體會到凱薩琳那股一切照她的規矩來的脾氣。

她走向餐車，努力想像旅伴身處沙漠中的考古挖掘基地，萬綠叢中一點紅的光景。美貌如她，要惹來麻煩絕非難事。她猜想，凱薩琳的魅力與鋼鐵般的決心，是她在阻擋那些騷擾期間培養出來的鎧甲。

火車上的午餐時段比早餐還要繁忙。領班詢問阿嘉莎是否介意與人共桌，他安排她坐在一名來自加拿大的老太太對面，老太太說她正要去探望在鑽油公司工作的兒子。她的耳朵很不靈光，兩人聊不了太多。

「親愛的，別勉強跟我說話。」她揮舞叉著維也納炸豬排的叉子。「這裡的菜如此美味，值得我們專心享受。」

阿嘉莎點了法式洋蔥湯配鴨肉醬和麵包，隨餐送上半瓶波爾多紅葡萄酒，她原本打算請侍者撤下，因為她和酒精總是合不來——真是可惜。不過她的同伴在她招來侍者前一把搶下酒瓶。

「親愛的，妳不喝嗎？可以交給我嗎？手邊能留點小娛樂真是太棒了，我實在不想深夜打擾乘務員。」

阿嘉莎心裡暗笑，想像老太太往她放假牙的玻璃杯裡倒酒的畫面。

等到老太太離席時，她腳步搖搖晃晃，雙手扶著走道牆面。阿嘉莎連忙起身打算送她回包廂，才剛走出五六步，乘務員便現身接手。

她回到桌邊，瞥見熟悉的側臉。是早餐時見過的年輕女子。她坐在後方，跟阿嘉莎隔了兩張桌子，面向車頭。她低頭對著攤在盤子旁的書頁，即便她抬頭，也得要把脖子扭成很不舒服的角度才看得到阿嘉莎。因此她放慢腳步，細細打量那個女孩。她右手擱在書本旁，沒看到她的左手。早餐時阿嘉莎沒注意到她是否戴著婚戒。

亞契的婚禮即將在下下週六舉行。她會知道日期，是因為露莎琳某次週末與父親見面後，回來說溜了嘴。她想當伴娘，但她父親表示婚禮不會是她想像中的形式。這是不幸中的大幸。若是讓露莎琳背負這份任務，那可是殘酷到了無法想像的境地。

她回到剩下一半的鴨肉醬麵包前，吃了一大口，又把盤子推開。那個女孩的身份仍舊沒有絲毫端倪。年紀對了，面貌也帶著一絲熟悉，在阿嘉莎心裡迴旋不去。阿嘉莎告訴自己：肯定在過去見過她。可是不是她。不是南西。

隔著車窗，她看到寧靜的大片水域。地標閃過：「加爾答湖」。他們即將抵達威尼斯。她凝視湖面，不知怎地，赫丘勒．白羅躍入她的腦海。在這樣的情境下，這位比利時偵探會如何反應呢？

答案閃現：用用妳那些小小的灰色腦細胞啊。

是啊。廢話。可是要怎麼做？

她沒有忽略如此矛盾的思緒。她人在這裡——坐在自己早已決定要當成未來小說場景的列車上——等待虛構人物告訴她下一步該怎麼走。她心想，一個人怎麼可能創造出比自己還要聰明、眼尖、洞察人心的角色呢？

原本打算在午餐後到交誼廳喝咖啡，打發讓凱薩琳小睡片刻的時間。不過她決定留在餐車裡。她想看看那個女孩待會兒會往哪裡走，縮小她包廂的範圍。總要有個開始。她換到靠走道的位置，取出手提袋裡的折疊鏡，一邊往鼻尖補粉，一邊關注背後的動靜。她沒有等太久。那個女孩先是離席，又衝回來收起差點忘記的書。她背對阿嘉莎，離開的方向跟阿嘉莎跟凱薩琳的包廂一致。

車頭跟餐車之間只有兩個車廂，分別是頭等車跟二等車。亞契未來的新娘會搭頭等包廂嗎？阿嘉莎覺得不太可能。她強烈懷疑金錢——她的錢——是他不如以往愛她的理由之一：她已經不是他娶回家的那個女孩了，而是擁有收入的獨立女子。

該來執行第二階段的行動了。她找來領班，跟他說她覺得某位同車乘客有些眼熟，又不敢直接向對方搭話，要是認錯就尷尬了。

「女士，您說的乘客坐在哪一桌呢？」他說話帶了極輕微的口音，可能是法語之類的吧。

她指了指那張餐桌，他到車廂另一端的工作區確認名單，又回到她身邊，她在走道上打轉，感覺自己像個罪犯。

「女士，那位乘客名叫安・尼爾森。」他的微笑中帶著探詢。不知道他是否聽見她的心臟在胸中猛跳。安。這樣還不夠。因為安依舊有可能是南西。阿嘉莎曾在托基照顧過一名女性病患，她收到的信件總把收件人的名字縮寫成A。英文裡有個習慣：大家會稱呼教名是安的女孩為南西，就像是把約翰叫成傑克一樣。

「呃……尼爾森……」她含糊應道：「一定是她的、嗯、夫姓。」亞契的情婦不叫這個名字，但是非常接近。她是尼爾小姐——至少他是這麼說的。她會用假身份搭車嗎？不太可能。

妳不是正在做這件事嗎？這回腦海中的聲音是她自己的。

「要我幫您傳個口信嗎？」領班面露鼓勵似的神色。「如此愉快的巧合！」

「喔……不用了……謝謝。我、那個、我想給她一個驚喜。」她擠出最燦爛的笑容。「只要跟我說她的包廂號碼……」沒有人會對四十歲出頭的中產階級婦人起疑心，她厚顏無恥地利用自己的優勢。儘管還不到這個歲數，阿嘉莎相信臉上的眼鏡讓她更顯成熟。

「當然沒問題。」他叫來一名服務生，以法語指示幾句。服務生拿起掛在腰帶上的筆記簿，寫出包廂號碼。

她沒有猜錯：確實是二等車廂，不是頭等車廂。離車頭最近的包廂，而阿嘉莎的包廂位於車廂中段。

她捏著那張紙條，走向交誼廳所在的車廂，心思轉得飛快。若她敲響那間包廂的門，該以什麼台詞當作開場白？她總不能開門見山地詢問那個女孩是否就是她丈夫的情婦。也無法質疑對方是不是以假身份搭車。

直接出擊只會帶來尷尬的局面，對她沒有半點好處。她得要運用更細緻的手段，靜待時機，找那個女孩聊些日常話題。等她放下心防，阿嘉莎得到答案的機會就更高了。

乘務員請她坐進交誼廳唯一的空桌，端上咖啡和法式小蛋糕。她咬下包裹巧克力的心型一口蛋糕，蔓越莓醬從中間溢出，流到她舌頭上。這是最撫慰人心的觸感。車廂另一頭，鋼琴師敲下蕭邦〈幻想曲〉的開頭幾個音。她瞥見車窗外山丘頂上的小鎮，陶瓦屋頂簇擁著古老的鐘樓。她瞄了手錶一眼。離威尼斯不到一個小時車程。東方快車要到今晚九點才發車，給乘客足夠的觀光時間。她原本迫不及待想探索這座城市，絕對不能讓這個……什麼？不能讓這個可能性毀了心情。

庫克旅行社的業務員極力勸說她預約地陪導覽，但她這趟旅程就是想避開這類安排。她更想跟當地居民一起搭乘水上巴士，欣賞城市風光。她手邊有本貝德克爾的旅遊指南，自己玩應該沒問題。

阿嘉莎驀然意識到她可以跟著那名神祕女子下車，找她搭話。只要在列車進站時埋伏在對方包廂附近，就能盯著她，偷偷跟在她背後。

妳著魔了。為什麼就不能放著不管呢？

是亞契帶著威脅的低沉嗓音。阿嘉莎想起他最後一次離開陽光谷的那夜。他火冒三丈，怨她不答應跟他離婚。她永遠忘不了他的眼神，彷彿她原以為瞭若指掌的人被陌生人附身了。

他要求離婚，過程中卻斷然拒絕讓南西的名字浮上檯面。他想在布萊頓某間飯店裡設下卑鄙的圈套，以此結束他們的婚姻。

若他一切開誠布公，若他跟南西有膽承認兩人的關係，那麼阿嘉莎應該會提早讓步。太不公平了，她得要自己出庭，而南西不會沾染上半分流言蜚語。當她向露莎琳揭露她父親不再跟她們住在一起時，她的女兒撇開臉，說：「爹地喜歡我，對吧？他不喜歡的人是妳。」

男子的嗓音──不是她腦海中的幻聽──把阿嘉莎帶回現實。

「可否借用您隔壁的座位？」曬成紅棕色的年輕臉龐，小鬍子修得整整齊齊，棕色雙眼對她微笑。「恕我無禮，可是沒有其他的空位了。」

「喔，沒問題──請坐。」

他看上來跟她的外甥傑克年紀相仿。傑克將近三十歲了，但她相信他肯定不敢找年紀比他大的陌生婦人搭話。眼前的年輕人神態從容自在，跟她說他有多期待威尼斯，詢問她是不是第一次來此。沒過多久，兩人討論起各家旅遊導覽書籍的內容，比較水上巴士跟鳳尾船的優劣。

鋼琴師結束那首蕭邦，起身輕輕鞠躬。

「喔，真可惜。」

她的同伴點點頭。「妳彈鋼琴嗎？」

「以前會。這幾年沒多少空閒時間啦。」

「今晚在聖馬可大教堂有一場獨奏會。妳喜歡華格納嗎？」

阿嘉莎兩眼一亮。「曲目是？」

「〈齊格飛牧歌〉。」

「要預約嗎？」

「免費入場。如果妳想坐著聽的話，我就早點過去。」

等她回過神來，她已經說出自己小時候被姊姊梅姬帶去科芬園，聽了第一場華格納。那次的經驗讓她興起成為歌劇歌手、扮演伊索德的夢想。「我想是死亡的場景終結了這個夢。」她笑了笑，搖搖頭。「他們雙雙躺下，她的靈魂唱起歌，我真的看得見那雙翅膀——羽毛的色澤……」她閉上嘴，真是太難為情了，竟然說出這麼不切實際的話。

「我完全理解妳的想法。」他輕輕點頭。「有時候音樂也會給我這種感覺，解放我的心靈。就像是對著蒲公英吹氣一樣。」

她也點了頭。跟傑克講話不會這樣——差得遠了。她真想知道他有過什麼樣的經歷，才能如此洞察人心。接著他說他的祖母曾是布魯塞爾的歌劇演唱家，在馬斯奈《希羅底阿特》的第一幕扮演莎樂美。聽著他的話語，阿嘉莎忍不住勾起嘴角：半個小時前她還掛記著赫丘勒．白羅呢，這會竟然跟留著小鬍子、帶著比利時口音的男子聊了起來。

等到乘務員前來提醒列車再五分鐘到站，她瞄了手錶一眼，心下一驚。

「誠摯希望妳今晚過得愉快。」他起身，揚手拉著隱形的帽子向她行禮。意識到自己的舉動，他臉一紅，匆忙離去。

等到他離開車廂，她才發現他沒透露自己的名字和目的地。不知道離開威尼斯後是否還見得到他。

列車減速緩行，南西拉下窗簾。她不知道能不能從車上看到麗都島。只要瞥見一眼就完蛋了。然而失去視覺只讓其他感官更加靈敏，掀動她記憶中的餘燼。潮濕砂礫的氣味。滲入海灘小屋木牆的音樂笑語。沾滿海水、被太陽曬暖的肌膚滋味。還有他手指的觸感。真不敢相信那是六個多月前的事情。

起初，從威尼斯啟航的蜜月之旅只讓她悲慘至極，但他拯救了她。帶她離開打從一開始就註定失敗的婚姻。

全是她丈夫的意思——結婚兩個禮拜後，到義大利別墅參加朋友的家宴。他說得很好聽，但全都是設好的局，精心計畫，要以最惡劣的方式背叛她。回顧當時情景，她不敢相信自己竟然天真無知至此。成婚當晚，菲利克斯醉到無法跟她發生關係。隔天晚上兩人總算圓房，但事後他堅持回自己的房間睡，早上沒來吃早餐。婚後兩週，他本能似地不顧她感受的舉動令她深感受辱、滿心困惑。兩人抵達威尼斯後，她才搞清楚究竟是怎麼一回事。

在威尼斯的第二晚，他堅持熬夜打牌，她在床上輾轉難眠，打算給他一個驚喜，悄悄溜到他的臥房外，以為他在自己的床上。他是在床上，但床上不只他一個人。

她踉蹌踏出別墅，方才目擊的景象嚇得她六神無主。另一名賓客——昨天曾打過照面的高䠷美男子——看到她的身影。他原本獨自坐在露台上抽菸，快步走來，送上手帕，詢問她有沒有受傷。在她說明的期間，他沒有多問，只是聽著。

兩人一起看月亮下山，晨星從海面升起，這才互道晚安。他握起她的手，輕吻手背，凝視她的雙眼半晌，這才踏過佈滿露珠的卵石，繞回他的房間。

隔天他敲響她的房門，端上咖啡和庭院裡採收的桃子。她邀他進房，很清楚她的丈夫絕對不會來找她。他提起自己在海外工作，說了幾件同僚的趣事，把她逗得哈哈大笑，接著他問她想不想去泡泡水——這很快就成為他們的例行公事。

瑞薩尼可別墅的賓客很少在白天離開房間，不過她每天早上八點半起床，與他來個晨浴。第二天，他潛在水中游向她，迅速靈活如同魚兒，肩膀擦過她的臀部。她差點失了平衡，但是有他在，把她高高舉在海面上，她垂頭親吻她濕答答的額頭，品嚐淡淡的鹹味。他抬起頭，迎上她的唇。

他們躺在水際的沙地上，他的手指滑過她的臂彎，在她身上燃起火焰。兩人沒有提過這件事——還沒想到下一步要怎麼走——但隔天早上，晨泳之後，他掏出海灘小屋的鑰匙。屋裡飄著乾燥海藻和橄欖油的氣味——粗糙的木板長椅上有個空油瓶。他在佈滿砂礫的地板上鋪展浴巾，兩人倒在上頭，肢體糾纏，沾著海水的身軀帶著一絲滑溜。

三天後，兩人躺在遮蔭下吃無花果和甜瓜，他握住她的手，眼中陰影籠罩。「親愛的，有件事我一直想跟妳說。」

她直挺挺地坐著，一邊顫抖一邊聽他說起他的妻女。

「一開始就該告訴妳的。」他撫摸她的頭髮。「可是我真的真的想跟妳在一起。」他打量她的表情。「我知道妳有權唾棄我，但我從未後悔過。妳呢？」

她的回應被薩克斯風的樂曲打斷。幾百碼外艾克賽希爾宮殿飯店前的舞台上，爵士四重奏樂團奏出第一串音符，身穿粉色絲質睡袍的醉醺醺女子在沙灘上裸足起舞。

「我們快回去吧。」他說。「要是午餐遲到了，他們肯定會起疑心。」

那天是家宴的最後一天，下午眾人在沙灘上合照。她無法靠近他，笑不出來。那張照片拍出了她宛如困獸的緊繃。而他沒看鏡頭，直盯著她。他眼中蘊含著浮動的熾烈光彩，彷彿是厭倦了這段充滿表面工夫的假期。

事隔兩週，兩人在五月初再次碰面，地點是萊斯特廣場的某間戲院。安排「巧遇」

太過容易，因為他們發現彼此的住處相隔不到一哩。假如他不是離她這麼近，假如他遠在千哩之外，說不定她還能忘記他。可是啊，眺望百花盛開的綠園，知道他就在幾條街外，那真是天大的折騰。

現在，兩人之間的距離每分每秒不斷增加。他搭夜車回加萊，明天就能抵達倫敦。到巴格達還有好一段路要走。

我保證我們能夠在一起。

他會不會反悔？說自己沒有那個意思？南西躺下來，閉上雙眼。

阿嘉莎打開包廂門時，凱薩琳還穿著睡衣。她裹著毯子躺在鋪位上，幾個枕頭墊在腦袋下，膝上攤著一本書。

「妳不下車嗎？」阿嘉莎從行李架取下帽盒。

「沒這個打算。」凱薩琳打了個呵欠，伸伸懶腰。「我睡不著，外頭門開開關關的。停車以後會清靜點吧。而且我來過威尼斯五六次啦。」

阿嘉莎打開藏著洗手檯跟梳妝鏡的櫃門，打量自己的身影。嘴唇上沾著一抹巧克力醬，她胃部一縮。不知道那位男士會如何看待她。

她左右轉頭，捕捉到凱薩琳的鏡影。兩人的對比無法提振她的精神。

「妳要參加導覽嗎？」凱薩琳抬起頭。阿嘉莎正往手提袋裡翻找口紅。

「我不太喜歡跟人擠，自己逛逛比較有意思。」

「明智之舉。」凱薩琳應道：「有時候別人會讓妳渾身不舒服，等他們走光了才能放鬆下來。」

這句話幾乎刺傷了阿嘉莎，畢竟是她打擾了凱薩琳的清靜。但凱薩琳笑得那麼甜，沒有理由對號入座。「那本書好看嗎？」

「喔！」凱薩琳掏出書籤，合上書頁。「我不常看這種東西——不過確實挺不錯。」她伸手把書丟到窗前的小桌上。

封面上下顛到，但是那張圖對阿嘉莎來說熟悉得像是自家大門。穿著紅色緞面鞋的纖纖玉腿跨出汽車，踏上人行道。色調陰沉的天空印著黑色文字。腎上腺素竄過她全身。

「這本是《羅傑・艾克洛命案》。」凱薩琳轉頭拍鬆枕頭。「阿嘉莎・克莉絲蒂的小說。妳知道吧？就是那位跑到哈羅蓋特，讓半個英國的警察追著她跑的大作家？」

阿嘉莎狠狠關上手提袋，握住門把，喃喃說著要在到站前上個廁所。來到走道盡頭，她把自己鎖進狹小的側間，坐倒在馬桶上。減速中的列車突然一震，她抓住扶手，看見自己的手指抖個不停。

真蠢，竟然以為妳逃得了。

第五章

威尼斯

列車顫抖幾下，終於停住。凱薩琳傾身放下窗簾。乘客湧上月台，趕著在短短幾個小時內看盡這座城市。她撥開窗簾，露出一小縫車窗，避過車外視線往外窺視，沒一會就找到他。

「喔，麥克斯。」她自言自語。「親愛的，你就是不能離我遠一點嗎？」

她發現他剃掉在上一個挖掘季留的落腮鬍，心想八字鬍看起來更順眼。他也清瘦了些，穿著這套西裝相當俊朗。跟三年前剛從牛津畢業、加入考古隊的邋遢學生相比，幾乎沒有相似之處。

直到他消失在人群中，凱薩琳才鬆手，躺回鋪位上，他的身影彷彿無聲電影，溜過她的腦海。麥克斯一直是她的最愛。沙漠裡的第一個挖掘季期間，她想方設法引誘他，派他長征十哩，去幫她買甜食和香煙，換得的獎勵是幫她梳頭髮。她好愛他替她梳髮的模樣，手勁沉穩而溫柔。

兩人在她房裡獨處時，空氣中充滿電流。他想觸碰她——她心知肚明，興奮不已。但他生怕會踰越分際，沒有得到她的允許前不敢輕舉妄動。自己竟然對另一個人有如此龐大的影響力，這點令她陷得更深。

她閉上雙眼，想像他的雙手在她身上游移。她允許自己幻想，因為幻想很安全，不存在的人傷不了她。真正的麥克斯只要給他一點機會，就可能帶來危機。

她沒想到會在這班列車上看到他，他沒必要這麼早往東跑，過一個禮拜再出發也沒問題。她心想他是否受邀參加婚禮。希望不是如此。那不過是安排好的待辦公事，不是受人慶賀的場合。

她用力睜眼，可怕的想法浮上心頭：麥克斯是伴郎，在婚禮期間，他會站在她身後，送上戒指。那是徹徹底底的折磨。

阿嘉莎是最後一批下車的乘客，途中經過那個女孩的包廂門外。門上的簾子緊掩。她稍停幾秒，豎起耳朵，包廂裡沒有半點聲響。不敲門的話就無從分辨她是否已經下車。

阿嘉莎踏出車站，迎上午後陽光，努力把安．尼爾森趕出腦海。她的偉大冒險即將開始——只要有管道，人人都想來一段這樣的旅程——絕對不能讓恐懼毀了一切。

妳到底在怕什麼？

從她離開倫敦開始，這個疑問已經在她心底浮現好幾次。孤單、想家——這些還只是最簡單的恐懼。在東方快車上，恐懼提升到新的境界。現在她怕的是往事與她一同搭上車，心痛將她吞噬。

獨自走在鋪著卵石的街道上，她吸入混雜著香菸、咖啡、塵土的氣味。這是歐陸的氣息，跟倫敦很不一樣，即便她心情低落，這股氣味仍舊激發一絲興奮。她混入水上巴士的排隊人龍。

東方快車抵達威尼斯的時間不巧撞上放學時段，感覺城裡有一半的人都在返家途中。一群和露莎琳年紀差不多的女孩子等待著水上巴士，她們笑語連連，她不由得喉頭一緊。

船隻停入碼頭，穿著制服的學生把她擠向入口，幸好她搶到座位。不少人（其中也有幾名女性）只能站著，攀住身旁的物品，船隻上下晃動，滑出碼頭。坐著的年輕男子似乎對於沒有座位的女性毫無罪惡感，每個人只顧著自己。

選擇以這種方式觀賞威尼斯，她開始思考自己是否錯得離譜，不過當船隻駛過大運河，不斷變幻的景緻令她瞠目結舌：房屋正面精緻的石雕、鍍金的木頭飾板、從陽台流洩而下的鮮花、樂音飄揚的水上餐廳、鳳尾船在綠波間滑行。

阿嘉莎原本的計畫是在里阿爾托橋下船，逛逛紀念品攤子，接著前往聖馬可廣場，不過一看到魚市場的招牌，她立刻決定提早上岸。沒過多久，她陷入了狹窄蜿蜒的街道迷宮，途中點綴著搖搖晃晃、長滿雜草的小木橋。沒看到路牌指標，她完全搞不清楚要往哪裡走。

老屋高聳的牆面隔絕了喧囂的市中心，這裡的街道帶著詭異的寧靜。她加快腳步，聽見自己足音的迴響。前方出現一道柵門，等她走近，卻發現門上了鎖。

她回頭瞥見某扇窗邊有名男子正盯著她看。他的表情令她反胃。她先是僵了好半晌，那人臉上的獰笑使得她動彈不得。接著她看見他的手伸向褲襠。

她垂頭狂奔，退出那條小巷，鞋底敲打路面的聲響搭上她的心跳節奏。回到橋邊時，她靠著木頭扶手彎腰喘氣。一艘鳳尾船滑向她，如此可喜的景象突然間蒙上陰影，彷彿這座城市裡的一切都被方才暗巷裡的邂逅玷污了。

那艘船航過她腳下，她看見一對情侶坐在船夫後方。他們正在親吻。他撫摸她的髮絲，在她耳邊低語。他抬頭望向橋面，她看見亞契的臉。亞契的臉，頂著一頭黑髮。怎麼可能是他呢。她明明心裡清楚得很。這對情侶看起來像是西班牙人或是義大利人，總之不是英國人。但她眼前還是浮現那張臉。

她一扭頭，凝視遠去的鳳尾船。這一刻，阿嘉莎總算知道自己在怕什麼了：她怕她會瘋掉。

她腳步虛浮，在街道間穿梭，每次轉彎都期盼會看到大運河。她放棄前往聖馬可廣場的計畫，一心只想回到熟悉安心的東方快車上。不過出乎她的意料，路旁突然冒出箭矢形狀的標誌，上頭寫著「聖馬可廣場」。她想還是乖乖照著路標走吧，找到幹道的機率總比埋頭瞎晃還要高。

抵達街尾的那一刻，阿嘉莎看見從未想像過的景色。她沿著石頭隧道穿過橫跨卵石街道的古老建築，來到被人潮和鴿子佔據的開闊空間。最後一絲夕照落在聖馬可教堂鍍金的立面上，年代久遠的木頭和石塊閃閃發光，宛如通往天國的入口，繁星點點，一頭長著翅膀的獅子駐守城門。

人們在中央拱門下來來去去，她看看錶，獨奏會大概已經開始了。她稍一猶豫，心下躊躇。教堂不再是讓她自在的場所。她很久沒參加禮拜了，並不是她不再相信上帝，她擔心祂已經不再相信她。跟亞契離婚，打破神聖的誓約，她覺得自己讓上帝失望了。雖然偶爾還是會上教堂，她總覺得自己像個不速之客。

阿嘉莎心裡天人交戰，雙腳卻不知不覺地橫越廣場，彷彿有雙隱形的手拉著她前進。她鑽過鑲嵌馬賽克磁磚的西門，走進清涼陰暗的教堂。

雙眼適應光線的期間，她再次陷入猶豫。她往手提袋裡摸索，掏出一條絲質頭巾。又要多一層偽裝了嗎？亞契的聲音嘲笑她，她在下巴打好結。看到一道道人影點燃蠟燭、手劃十字、跪地祈禱，格格不入的感受更加濃厚。是音樂說服她繼續前進。傷感纖細的小提琴奏出了她的心境。

走向教堂深處途中，要抗拒仰望的衝動太過困難。大片大片鍍金的馬賽克妝點著拱頂與穹頂，彷彿是踏入了祕密寶庫。銀製提燈投下一道道糾結閃耀的光芒。鳥兒、長角的惡魔、風暴大海上眼神狂亂的門徒、聖若翰洗者將耶穌從看似裝滿毒蛇的河中救出。

她有些搖搖晃晃地順著樂音的來源前進，來到中殿左側的禮拜堂偏廳，卻被穿著制服的執事擋住去路。

「*Mi dispiace, non ci sono posti a sedere*。」阿嘉莎皺起眉頭，聽不懂對方在說什麼。

「抱歉，沒有空位了。」在列車上見過面的男子從陰影中冒出。「不過這裡還有個位置，妳可以從屏風的縫隙往裡面看。」

她跟著他繞過石柱，禮拜堂側門前有塊木頭屏風，上面刻著惡龍和獅子。沒錯，透過屏風縫隙可以看到演奏者。

「請坐。」他指著屏風旁的椅子。

「喔，可是……」椅子只有一張。

「沒關係——搭了那麼久的車，我很樂意多站一會。」笑意閃過他的臉龐，深棕色小鬍子下露出白牙。

那張看起來年代久遠的高背椅出奇舒適。她後腦杓靠著椅背，視線飄過禮拜堂鍍金的天花板，音樂填滿她的腦海。她的靈魂幾乎要脫離身軀，與頭頂上那些奇異生物一同翱翔。離開倫敦後，她第一次獲得安全感，終於擺脫那些追著她登上列車的凌遲般的聲音、揮之不去的面容。

如果上帝真的存在，她想，祂的語言肯定就是音樂。她閉上雙眼，擋住其他感官，吸入古老教堂裡安撫人心的氣息：磨亮的木頭、融化的蠟燭、繞樑的焚香。她陷入類似睡眠的狀態，直到背後的聲響把她震回現實。

「妳還好嗎？」

他的雙眼上下顛倒，小鬍子如同指向鼻子的箭頭。她過了幾秒鐘才意識到自己的腦袋往後仰，而他湊向椅子上方。

「還喜歡嗎？」他眼角泛起細細的皺紋，從這個角度來看，漆黑如同刺李的眼眸帶了點東方風味。

「喔！太棒了！」阿嘉莎跳了起來，希望他沒有誤會她睡著了。

「我好渴。妳想吃點什麼或是喝點什麼嗎？離開車大概還有一個小時空檔。」

她只遲疑了半秒。倘若是跟她同齡或是更年長的男士提出邀約，她或許會懷疑對方的動機，但眼前的年輕人態度如此坦蕩從容，她覺得接受也無妨。況且在這座異國城市裡，沒有人認識她，答應了又如何？

「抱歉，我是不是沒有好好介紹過自己？」他伸手。「麥克斯・馬龍。」

「阿嘉……瑪莉。」她有些結巴。「瑪莉・米勒。」與她握手後，他輕輕鞠躬。「妳想去哪裡呢？酒吧或是餐廳？」

「呃……不太確定耶。我還不餓，對酒吧也沒那麼大的興趣……」她閉上嘴，發覺自己的話語是多麼的無情又可悲。

「妳喜歡冰淇淋嗎？」

她熱切地點頭。

「附近有個好地方。」

離開教堂時，天已經黑了。他領著她穿過廣場，走進一條兩旁開滿小店的窄街，商品五花八門，從嘉年華面具到雪茄一應俱全。他們過了一座橋，來到朱代卡運河旁的咖啡廳，桌上點著蠟燭，冰淇淋佔據了菜單的大半篇幅，阿嘉莎沒有見識過這樣的店家。

「妳有沒有試過開心果？真的很不錯。如果妳喜歡酒，可以點杏仁甜酒口味。」

她坦承自己對酒精沒有辦法，他同情似地垂下嘴角。「我在牛津培養出跟妳完全相反的習慣。我的導師大概會這麼說：這傢伙腦袋裡裝太多紅酒，專注力不夠。」

阿嘉莎眨眨眼。她的外甥傑克也曾是牛津的學生，這兩人可能當過同學。她張嘴想問他在哪年畢業，又閉上嘴擋住疑問。提起傑克就有可能暴露自己的身份。最後她只說以前跟母親去康瓦爾度假時，曾經點了半品脫的奶霜來代替葡萄酒。

「妳們有喝完嗎？」

「喝得一乾二淨，之後我上了癮，那是我最愛的飲料。」

他笑出聲來。「東方快車上也喝得到嗎？」

「如果我說想喝，他們一定端得出來，可是我不敢——菜色已經很豐盛了，大家會想我怎麼這麼愛吃。」

「嗯，我認為度假期間妳想做什麼就做什麼。」他咧嘴而笑。「這裡應該是沒有半品脫的奶霜，我強烈建議妳點兩球冰淇淋來平衡一下。妳想吃哪些口味？」

被年紀比自己小的人當成孩子寵溺，這感覺真的很怪。不過她漸漸看出麥克斯年輕的面容下，隱藏著她母親口中的睿智靈魂。不知怎地，他感覺比她還要年長。

經過一番痛苦掙扎，阿嘉莎決定要來一客黑巧克力佐焦糖牛奶醬——對奶霜上癮者來說，這是既邪惡又美好的組合。麥克斯點了威尼斯奶油口味，他形容這個口味如同糖漿餡餅搭配幾滴瑪薩拉酒。在大快朵頤之餘，他問起她要在哪裡下車。

「先搭到大馬士革，然後到巴格達。」她應道。「你呢？」

「我在迪利亞斯特下車，最終目的地跟妳一樣，只是我得先搭船到貝魯特採購補給品。」他又撈起一湯匙冰淇淋。「妳有家人在巴格達嗎？」

她給了他跟凱薩琳一樣的說詞，又說她打算去烏爾參觀考古挖掘基地。聽到這句，他雙眼一亮。

「我就是要去那裡——我是考古基地的工作人員。」

對阿嘉莎來說，這是天大的巧事，不過等她提到屆時會與他的同僚一起住，他的表情瞬間變了。他以笑容掩飾一閃而逝的眼神，但他的演技極差。感覺像是蒼蠅停在他的冰淇淋上似的。

「喔，妳要住基令太太那邊嗎？我不知道她也在車上——還以為她是搭船過去呢。」他用湯匙刮起黏在玻璃碗底部的黏膩殘渣。「妳跟她處得如何？」

阿嘉莎吸了口氣。「她真的很有魅力。」她看不見他的表情。他的視線仍舊對著湯匙。「我覺得她的人生很有意思。」

「確實如此。」麥克斯緩緩抬頭。「這位女士再有趣不過了。不過她很快就要再次改姓啦。以後我要記得叫她吳雷太太。」

「吳雷太太？難不成……」

「是的。」他點頭。「她要嫁給我們偉大的長官。我記得婚禮是下個星期二，地點在巴格達海法街的聖公會教堂。」

阿嘉莎困惑地搖頭。「她怎麼沒提起這件事呢？她說了好多自己的事情——關於考古挖掘跟她以前碰過的文物——但她完全沒透露半點口風，說她就要嫁給我們掛在嘴邊的知名學者。」她期盼地凝視他，但他只是聳聳肩。他不是不清楚細節，就是不方便說明凱薩琳再婚的緣由。他瞄了手錶一眼，巧妙地改變話題。

「我們該加快腳步了——已經八點五分啦。」

「喔！」她緊張地拉開椅子。「你知道要怎麼回去嗎？我下午迷路了好一陣子。」

「別擔心，可以從這裡搭水上計程車。」他指著咖啡廳外一百碼處的碼頭。

兩人一來到河邊，一艘船就靠了過來。這回沒有洶湧的搭船乘客，空位不少。固定船身的繩索溜進水裡，阿嘉莎轉頭望向對岸籠罩在柔和燈火間的屋舍。一艘鳳尾船與他們擦肩而過，兩艘船只有幾呎距離。另一對男女手握著手，對水上計程車的乘客微笑。男子忸怩地揮手。阿嘉莎逼自己盯著他們，盯著他，有點擔心眼前的景象，卻還是鼓起勇氣。幸好那名男子的面容沒變，他的雙眼、顴骨、嘴巴沒有半絲亞契的風貌。

她應該要感謝身旁的年輕人。他藉由音樂跟冰淇淋，將她對威尼斯的壞印象轉變成愉快的回憶。他幫助她脫離心魔。鳳尾船消失在夜色中，她心中浮現無與倫比的平靜。

黑暗中的大運河之旅瀰漫超乎想像的魔力。提燈的光芒溶入漆黑河水，在月色中增添一層光彩。不時瞥見高雅的用餐客人、惹眼的街頭藝人。除了偶爾提起岸邊風光，麥克斯的話很少，似乎也陷入了自己的思緒。然而當兩人登上東方快車時，他的一句話讓阿嘉莎格外在意。

「恕我唐突，可以請妳別向基令太太提起我也在車上嗎？」他左顧右盼，彷彿是怕她突然從某節車廂冒出來。「我只是希望在回挖掘基地前跟不會碰見她。」

「可以問為什麼嗎？」

他露出怯怯的微笑。「當然了——只是我無法保證完全坦誠。我不希望妳對她的觀感受到我的偏見影響。」

「如果你不想說，那什麼都不用說。我聽得夠多了，可以想像你們在酷熱的沙漠裡，困在同一個地方好幾個月是什麼感覺。」

他輕輕搖頭。「她是優秀的藝術家，也擁有傑出的公關能力。若不是有她幫忙，我們早就耗盡資金了。但她有種需求……」他越說越小聲，揉揉下巴。「我想，她是喜歡控制旁人。她會施展魔法，你還沒反應過來，就成了她的奴隸。」他嘴角勾起帶著諷刺的笑意。「請務必留意。」

她還來不及回應，他已經輕觸帽沿致意，轉身走向他的車廂。「米勒太太，感謝妳的陪伴。期待在不久的未來與妳再會。」丟下這句話，他消失在車門內。

第六章

威尼斯到迪利亞斯特

南西遣走送上晚餐的乘務員。除了早餐的那片土司外，她什麼都沒吃。她知道應該要吃點什麼，但她就是無法面對。為了轉換心情，她從手提袋裡翻出黛莉亞的信。

就算這位大她十二歲的表姐被南西突如其來的造訪嚇到，她也完全沒有在信裡表現出來。她寫了滿滿的計畫，要帶南西到好幾間名稱充滿異國風情的餐館、去看戲、下午到網球俱樂部打球。

黛莉亞豪邁的字跡正如她本人——她無視傳統成規，在外國扛下原本屬於男性的職位。南西從小就對她敬畏有加。她是學校裡最聰明的女孩，在十八歲那年，她獲得進劍橋大學研讀古典文學的機會，閒暇時間自學波斯文。

戰爭開打後，外交部延攬黛莉亞參與高度機密的任務，連她父母都不知道她駐紮何處。等到和平降臨，她終於在巴格達落腳。南西不太清楚她平常都在做什麼，羅蘭姨丈提過她得要盯住當地部落之類的。

南西最怕黛莉亞發覺她此行的真正目的後會把她掃地出門。她放下那封信，按住自己柔軟的裙子。她撫過裙子上的菱形和閃電狀刺繡圖案，摸到微微膨脹的腹部。她仍舊難以置信。過去幾個禮拜以來，她總覺得肚子裡傳來細微的顫動，讓她想到那隻多年前從煙囪掉下來的知更鳥，她想救牠，想把牠送出窗外，雙手捧著鳥兒，用手肘推開窗戶，感受牠纖細翅膀的鼓動。

幸好有這幾件針織連身裙、寬鬆的大口袋外套。南西恨自己要對表姐撒謊，但也不願讓她面對那些難堪的花邊新聞。她謊稱這趟旅行是為了逃離有暴力傾向的丈夫。此舉太過卑鄙，但事關南西的存亡。黛莉亞是她僅存的親人，她得要替自己找靠山，讓她知道有了這個孩子，她別無選擇，只能遠走高飛。

發車的鳴笛聲打亂她腦海中的影像。列車開始移動，能離開威尼斯真是太好了。幸好夜幕已經低垂，她不會看見這座她度過人生中最快樂、最墮落的時光的城市。

車輛漸漸加速，有人敲了門。

「女士？」

又是乘務員。他真是周到，使出渾身解數關照她。為什麼不能放她一個人靜一靜呢？

「沒事，謝謝。」她高聲說道：「我真的什麼都不需要。」

「女士。」他提高嗓音，語氣中帶了一絲急迫。「有東西要給您，是一封電報。」

她從鋪位上跳起，心臟幾乎彈了出來。他一定是回心轉意了，決定跟她一起走。他一定是下車後馬上就後悔了。

「喔，謝謝！」她抖著手接過電報，感激地笑了笑，關上門，攤開質地硬挺的紙張。文字在她眼前浮動。

黛莉亞．格蘭菲已過世，深感遺憾。

凱薩琳吃完乘務員送來的晚餐——一盤魔鬼蛋和一碗華爾道夫沙拉，托盤和空碗盤放在她身旁的鋪位上。

「還喜歡威尼斯嗎？」

「太震撼了。」阿嘉莎摘下帽子，掛到行李架邊緣。「不過也累壞我啦。介意我先睡了嗎？」

乘務員已經把包厢調整成夜間模式，拉下上層床鋪，在邊緣掛上小梯子。凱薩琳沒跟阿嘉莎討論過床位的安排，顯然她已經把下層鋪位當成自己的領土。不過阿嘉莎並不在意。她喜歡上層鋪位的隱私感。如果空間夠她換衣服的話，她就不用在凱薩琳面前脫衣。

「妳不餓嗎？」凱薩琳把托盤推到鋪位另一端，拎起她的書。「乘務員馬上就來了——要幫妳點些什麼嗎？」

「不了，謝謝。」阿嘉莎打開裝著洗手台的小櫃子，從玻璃杯取出牙刷。「我剛才吃了最美味的冰淇淋，什麼都吃不下了。」

「介意我再看一會書嗎？現在我根本睡不著，真是太慘了！」

這點阿嘉莎也不在意。她從來沒有睡眠問題，幾乎在哪裡都睡得著，一旦陷入睡眠，就很難醒過來。昨晚是例外，這輩子第一次在火車上過夜的體驗讓她太興奮了。

她收好牙刷，在鏡裡瞥見凱薩琳。她把小說架在膝上，遮住大半張臉。那本《羅傑．艾克洛命案》已經翻過一半。想到她看著小說，渾然不覺作者就在她頭頂上呼呼大睡，阿嘉莎不由得心頭發涼。

「妳覺得她真的失憶了嗎？」

阿嘉莎胃袋一縮。

「阿嘉莎．克莉絲蒂。」凱薩琳步步進逼。「妳想那是不是一場戲？」

阿嘉莎呼出一大口氣，床板吱嘎作響。「我、呃……我不太清楚那件事。」她含糊地回應。

「是嗎？每份報紙都刊登了這個消息——當然了，那些報導連一半都不值得相信——但還是很吸引人。我想她丟下自己的車子是某種求救信號，妳說是不是？」

阿嘉莎覺得舌尖黏在牙齦上，渾身僵硬地躺著，祈禱凱薩琳認為她睡著了。

「我想失憶是她丈夫的主意。無論發端是什麼，這個藉口是很方便的煙霧彈。」

阿嘉莎聽見凱薩琳變換姿勢，床單窸窣摩擦。或許她不是真的要她回應。或許她只是想發表自己的見解，在閱讀間喘口氣。阿嘉莎還是一動也不動，不敢整理纏在腰間的睡衣，生怕會被凱薩琳發現她還醒著。

過了一會——感覺像是過了好幾個小時——凱薩琳伸手關燈。之後阿嘉莎打起瞌睡，又突然醒過來，猛然起身，頭頂擦過包廂天花板。莫名其妙的尿意令她困惑不已，下一秒她想到自己趕著上床，忘記先去一趟洗手間。

她雙腳滑下鋪位，以趾尖尋找梯子。承受她體重的梯子輕輕呻吟，她僵在半空中，豎起耳朵。凱薩琳呼吸的節拍沒有變。阿嘉莎的左腳貼上地毯，她伸手摸向門把。

一般來說，沒有多披一件睡袍，她肯定是不敢離開包廂，但在黑暗中根本找不到外衣，還有她的眼鏡——跑哪去了？她無聲哀號，想起她把眼鏡塞在枕頭下。她祈禱不會在走道上碰見其他人。不知道現在幾點了，希望乘務員已經值完班，躺在自己的床鋪上。

走道的燈光調得很暗——勉強夠乘客找到廁所，不至於摸進其他包廂，吵醒陌生乘客。阿嘉莎走到車廂尾端，途中每一間包廂都已經熄燈。一定很晚了，她猜想。當她接近車頭時，一抹動靜引起她的注意。她心一沉，有人早她一步進了洗手間。

她思考是否要在陰影裡躲一會，但一陣突如其來的寒風吹向她的臉，令她呼吸一窒。肯定是方才看到的人影拉開車廂末端門上的窗戶。她打了個寒顫。為什麼要做這種事？睡衣被吹得不停翻動，她還抱自己的身軀，氣沖沖地大步走向寒風的來源。然而來到最後一個包廂時，她愣住了。是那個女生。安．尼爾森。她上身探出窗外，髮絲被猛烈的風勢吹得貼在臉上，她的手指緊握門把，指節泛白。阿嘉莎瞬間清醒過來，發覺她正要跳出車外。

在她採取行動前的半秒鐘，阿嘉莎腦中浮現兩個大字。

很好。

南西要死了，亞契又是她的了。

這個想法竄過心頭的那一刻，她立刻把它狠狠打散，衝向車廂末端。門板敞開，撞上車廂外壁。月光透過雲層，照亮女孩攀著扶手的輪廓。

「南西！」阿嘉莎的聲音被洶湧的氣流淹沒。「南西！不要跳！」她大喊。

女孩扭過身，阿嘉莎剛好抱住她的腰，努力將她拖離門邊，然而一陣狂風吹得她失去平衡。她感覺自己迅速墜落，看到車外的地面，礫石在月光下閃耀。她揮舞雙手，尋找能夠攀附的物品，什麼都好。突然間她的身體往旁邊一抽，像是有隻隱形的手扣住她的腰際，把她撐了起來。阿嘉莎只記得她的腦袋撞上扶手，接著，一切陷入黑暗。

第七章

薩格勒布到索非亞

阿嘉莎夢見了托基，在夢裡，她坐在母親家的院子裡，被水仙花包圍。她跟亞契都穿著看賽馬的輕便禮服，他突然伸手，將兩人頭上的帽子互換。他的帽沿遮住她的眼睛，她掀起帽子，看到他隔著網紗和絲綢布花對她露齒而笑。他們對望幾秒，哈哈大笑，他說：「老天爺啊，我真的好愛妳！」她正要張嘴，還來不及回話，他的帽子又滑下來蓋住她的臉，悶住她的聲音。接著，她往下墜落，穿過水仙花園，陷入冰冷黑暗的泥土。下沉的過程中，她碰上約克夏㹴東尼的屍骨，碰上跟消防水管一樣粗的蟲子，蠕蝮舞動猶如餐刀的尾鉗。往下、往下、往下……

帶她回到現實的是那股氣味。刺鼻的碘液。她睜開雙眼，對上窗外的藍天，凱薩琳的臉龐移到她面前，帶著光暈的金髮使得她有如守護天使。

她按了按傷口，阿嘉莎一個瑟縮，揚手想摸摸自己的頭。

「不行，還不能碰。」凱薩琳的語氣變了，比先前要柔和許多。

「我……她……」阿嘉莎試圖起身，亂七八糟的影像塞滿她的腦袋。

「沒關係——妳不用解釋。」凱薩琳搭上阿嘉莎的雙肩，扶她躺回枕頭上。「我都看到了。那時候外頭傳來好可怕的聲響，我跑出來，看到妳抱著那個女孩倒在走道上。妳們運氣好，沒有摔出車外。妳救了她的命。」

「她……？」

「嗯，她沒事，只是有點瘀青。妳知道她是誰嗎？」

阿嘉莎移開視線。她知道嗎？安．尼爾森真的是亞契的情人嗎？她沒有半點根據。

「安．格蘭菲子爵夫人。」凱薩琳從綠色錫盒裡取出一片藥布，貼在阿嘉莎額頭上。「幾年前的社交季被選為年度最佳新人，還登上《時尚》雜誌封面。前陣子她嫁給尼爾森子爵，應該是四五月左右的事情吧。」她撫過藥布邊緣，讓它緊貼皮膚。「不知道出了什麼問題。」

凱薩琳一收手，阿嘉莎就緊緊閉上眼睛。碘液帶來的刺痛她還能忍，但凱薩琳提供的情報彷彿是往她肚子狠狠揍了一拳。她覺得自己好蠢，腦中一片混亂。所以說她不是她丈夫的情人，是別的南西：社交界名人，美麗的臉龐已經成為公共財。這至少解釋了那股似曾相識的感覺。

可是呢，假如她不是亞契追求的對象，那麼阿嘉莎在車上看到的男子又是誰？她幾乎篤定那是她的前夫。亞契有沒有可能跟子爵夫人牽扯不清？因此他才拼了命地拒絕在離婚官司期間讓她的名字曝光？假如那人真的是他，這位南西小姐為何會在與他道別後不到幾個小時便試圖自盡？

等她睜開眼睛，陽光令她一陣目眩。她驚覺自己不知道現在是何時，列車又開到了哪個國家。

「別起身。」看到阿嘉莎抬起頭，凱薩琳立刻制止。

「我只是……」阿嘉莎再次沉入枕頭堆中。「這裡是哪裡？」

「南斯拉夫。列車剛過國境。」她看了看錶。「妳沒有昏迷太久，停靠迪利亞斯特的時候，他們找了個醫生上車，不過妳應該沒有印象吧。」

阿嘉莎皺眉。「嗯……呃、他怎麼說？」

「他說妳可能有點腦震盪，要我仔細盯著妳。現在感覺如何？不會想吐吧？如果妳頭會痛的話一定要跟我說。」

阿嘉莎按住太陽穴。頭會痛嗎？撞到扶手的地方有點痛。指尖碰到耳朵上緣時，她倒抽一口氣。

「怎麼了？會痛嗎？」

「呃、不是……我的眼鏡……妳知道放哪裡嗎？」

凱薩琳從桌上拿起她要找的東西。「來，乘務員收床的時候找到的。」

阿嘉莎不悅地盯著凱薩琳掌中的玳瑁鏡框，接過眼鏡。凱薩琳凝視她的雙眼，若有似無的笑意可能意有所指，也可能沒有任何意圖。凱薩琳看到《羅傑・艾克洛命案》封底的照片了嗎？她知道了嗎？

「妳好好休息，我就坐在這裡看書。」凱薩琳的語氣不帶半點諷刺。「我要妳閉上眼睛，試著睡一下。再過一兩個小時，如果妳有胃口了，我就去點一些東西來吃。」

凱薩琳的話語彷彿帶著催眠般的力量，突如其來的疲倦襲向阿嘉莎。現在做什麼也沒用了，就算她的身份曝光，她打算晚點再來面對，現在她只想忘掉一切。

南西將被子拉到頭上，她好想一人獨處，然而天不從人願。面容嚴肅的義大利女子身穿列車公司的合身深藍色制服，帶著醫生上車，就這樣待在她的包廂裡不走。

南西的義大利話沒比女子的英語好，兩人的談話相當有限。但現在最不需要的就是解釋。提達蒂小姐顯然是來盯著她，不讓她尋短。

「妳要睡了？」她自然是一番好意，可是生硬的語氣使得這句話更像是命令。南西毫無睡意，她覺得自己的腦袋要燒起來了。

要是她真的跳出去了，會有什麼後果？要是那名女子沒有抓住她呢？現下她人在安全的包廂裡，難以想像其他可能性。她只慶幸自己還活著，無論接下來要面對什麼。站在被月光照耀的火車門邊，寒風從她體內奪走呼吸，腹中傳來熟悉的騷動，那個半成形的生命似乎掙扎起來，哀求她聽聽他的聲音。那一刻，她意識到自己無權因為絕望而為所欲為，因為她要摧毀的不只是她一個人的性命。

她閉上雙眼，想起拚上性命救下她的女子。記憶一片模糊。她記得白色棉布翻飛，宛如月光下的船帆。穿著睡衣、要去廁所的女子。假如她沒有醒來，沒有離開包廂……

南西深深吸氣。如果立場顛倒，她會怎麼做？她能鼓起勇氣，阻止毫無瓜葛的陌生人跳下高速行駛的火車嗎？不對……南西整理昨夜的片段影像。不對，不是陌生人：她清楚記得有人呼喚她的名字。

無論對方是誰，她一定受傷了。想起這件事，南西的指甲刺入手背皮膚。她頭上有道傷口，睡衣沾了幾滴血漬。一定要盡快找到那名女子，求她寬恕，感謝她救了自己一命。是的，要好好感謝她。只要想到未來，恐懼、驚惶便從心底浮現，即便如此，她仍舊有活下去的目的。她無法克制衝動，好想跟那位好心人說她救的不是一個人，而是兩條性命。

南西微微睜開眼睛，瞄向看守她的義大利女子，發現對方正捧著筆記本寫字。不知道是否要經過她的同意，才能離開包廂，去尋找那位穿著睡衣的女子。提達蒂小姐八成是奉命要護送她到大馬士革。這是很合理的安排，她想，列車公司可不希望乘客在車上尋短。等到她下車，她就只剩下自己一個人了。黛莉亞不會在巴格達等著接她回家。

想到表姐，南西喉頭一緊。兩人最後一次見面是在兩年前的維多利亞站，她即將遠去。兩名水手上身探出車廂，在遠去的列車上對她們拋來飛吻，逗得她們笑個不停。

「有空來找我！」黛莉亞上車前對她大喊。「我們來大玩特玩！」

南西笑著用力揮手，直到濃煙把她趕離月台邊緣。巴格達聽起來好陌生，好奇異。聽過黛莉亞描述的生活點滴——酷熱、蚊蟲、帶著成群妻妾的部落男性——南西認為她絕對不會把巴格達列入度假景點清單。

黛莉亞的死訊缺乏現實感。她對工作滿懷熱情，深愛自己的人生。那封電報沒有提供任何蛛絲馬跡。南西納悶發信人究竟是誰。大概是黛莉亞服務的單位，英國領事館的人員吧。她靈光一閃，心想說不定可以請求領事館幫她找個地方待著，直到她打理好身邊事務。他們應當要協助身陷危難的英國公民，不是嗎？不會有任何危機比南西現下的狀況還要急迫了。

凱薩琳細細端詳阿嘉莎的睡臉。在明亮的陽光下，從前額傷口旁的髮際可以看出她的髮根和髮絲顏色不同。新的頭髮才剛剛長出——凱薩琳猜她是不到一個禮拜前染的頭髮——但足以暴露瑪莉．米勒這頭紅髮並非天生。

她翻開小說封底，悄悄拿到旅伴臉頰旁邊。對，鼻子一模一樣：線條強烈的鷹勾鼻透出獨特的魅力。嘴巴說不上小巧，上唇比下唇飽滿一些。還有那對眉毛：這是凱薩琳樂意描繪的眉形，吸引旁人目光，卻又不顯突兀。沒有任何人工變造的跡象——沒有拔除雜毛或是眉筆勾勒，宛如海鷗的羽翼般覆蓋在她的雙眼上，眉尾伸展到睫毛上半吋處。

她閉著眼睛，很難完全篤定。在凱薩琳眼中，這就像是看著半埋在沙裡的文物漸漸浮現。她習慣拼湊碎片，觀察還有什麼東西缺少。她凝視躺在鋪位上的女子，小說封底的照片影像飄浮在半空中，漸漸長出血肉骨架。

「就是妳，對吧？」她低語。

阿嘉莎在南斯拉夫境內沒有清醒過，等她恢復意識，列車已經停在保加利亞邊界。窗外豎立的標誌印著陌生的字母，月台上有個小攤販，冒煙的炭盆旁堆著黑色白色的肉腸。一名婦人在火車窗外兜轉，手中的托盤裝的似乎是烤過的切塊南瓜，灑上胡桃跟糖霜。阿嘉莎看了看錶。下午三點半，她餓壞了。

凱薩琳早就料到她的反應，她叫來乘務員，後者立刻送上一盤擺得漂漂亮亮的三明治和裝在瓷碗裡的巧克力慕斯。

「妳有胃口就好。」阿嘉莎忙著進食，凱薩琳說問道：「晚上要如何安排？妳想妳走得到餐車嗎？」

「應該可以。不過這個可以拆掉嗎？」她指著前額的藥布。「看起來一定很悽慘。」

「可以拿東西遮起來。妳有髮帶嗎？」

「沒有——只有帽子。可是我總不能戴著帽子吃飯吧？」

凱薩琳搖搖頭。「別擔心——我有。底色是淡紫色，上面有黑色跟銀色亮片。妳手邊有能搭配的東西嗎？」

「我有一件黑色的縐綢及膝連身裙——這樣可以嗎？」

「太完美了。妳有別的眼鏡嗎？這一副真的跟妳很不搭。」

「喔……我……」熱氣從阿嘉莎的喉嚨湧上臉頰。

「妳的眼睛很美，把它們遮起來就太可惜啦。」凱薩琳又露出蒙娜麗莎般的笑容。阿嘉莎窘迫極了，舌頭像是被纏住般動彈不得。凱薩琳是刻意設局，要逼她自己承認嗎？還是說她只是單純的直腸子？

乘務員敲門送來一束白玫瑰和氣味香甜的法國薰衣草，替阿嘉莎解危。

「女士，這是給您的。」乘務員又遞上一張卡片。

「是她？」凱薩琳輕輕抿唇。

「對。」阿嘉莎念出卡片上的文字：「我對您感激萬分，誠心期盼您早日康復。等到您可以見客，我很想親自向您道謝。南西．尼爾森。」

「我猜她不會想在餐車露面。」凱薩琳掏出一根菸，插進菸管。「她大概會請妳到她的包廂。不知道她會給出什麼樣的解釋。」

凱薩琳逮住阿嘉莎去洗手間的空檔。她幾乎忍不住衝動，想趁阿嘉莎睡著時偷看，不過風險太大了，一點風吹草動都可能將她驚醒。

翻動別人的手提袋絕非光明磊落的行徑，但凱薩琳說服自己這都是為了阿嘉莎著想。倘若她真打算造訪烏爾的考古基地，好好參觀一番，那就要贏得李奧納的認同。他對觀光客沒有好感，就算只有幾個小時，也無法忍受他們的存在。要放一個外人在基地廝混幾天幾夜，他肯定難以掩飾厭惡之情——對方是女性的話就更不得了了。

李奧納是徹頭徹尾的大男人，不過他真心尊敬擁有聰明腦袋的對象，無論男女。另一項保證能吸引他注意力的事物是金錢。假如瑪莉．米勒真的是阿嘉莎．克莉絲蒂，李奧納一定會展開雙臂迎接她。

她的目的不到幾秒鐘就達成。指尖碰到堅硬平坦的物體，用蕾絲邊手帕包著。她抽了出來，看到一角黑色的霧面。蕾絲下金光一閃——印著獅子和獨角獸的英國護照。翻開護照前，她瞄了包廂門一眼。她要找的證據就在這裡：阿嘉莎．瑪莉．克萊莉莎．克莉絲蒂。閨姓：米勒。

經過南西的包廂時，阿嘉莎停下腳步。等到您可以見客，我很想親自向您道謝。有這句話，她要敲響這扇門應該不會太唐突吧。可是門簾緊掩，阿嘉莎心想南西是不是還沒醒。她左顧右盼一陣，將耳朵貼上玻璃。

她聽見咳嗽聲，接著是細細的吱嘎聲，像是有人爬上或是離開鋪位。南西是單獨一個人嗎？他們應該不會放著情緒如此惡劣的乘客不管。最合理的作法是請乘務員擔任使者，詢問現在是否方便拜訪，可是在這種狀況下，似乎用不著如此正式的作法。

就在她揚手要敲門的瞬間，門突然開了，包廂裡的擺設被一臉不悅的高大女子擋住，她身穿列車公司的制服。

「是誰？」包廂裡傳來另一道嗓音，是純正的英國腔，帶著一絲顫抖。

穿著制服的女子回頭，她的身軀跟門框間拉開些許距離，阿嘉莎在這道隙縫間看見南西．尼爾森的身影。她坐在鋪位邊緣，光裸的雙腳套進與睡袍成套的藍綠色絲綢便鞋。

「我可以進去嗎？」阿嘉莎對守衛小心翼翼地笑了笑。

女子皺眉。「她在睡。」

「我看到她醒著。」

女子移動重心，再次擋住整個包廂。「*Non capisco*。」她應道。

阿嘉莎可沒有這麼好打發。「妳會說法語嗎？」

這個問題換來提防的眼神。「一點點。」阿嘉莎的法語說得很好——小時候跟母親住在巴黎期間學到的。她解釋她是阻止尼爾森太太尋短的人，只想跟她說幾句話。

守衛狠狠瞪著她，又看著她的手錶，喃喃回應：「十分鐘。」

「米勒太太！」南西笑著，但下顎輕輕顫抖，似乎是費盡全身力氣才能撐住這個表情。「我真的很過意不去……我、妳的頭……」她說不完整句話，從睡袍口袋抽出手帕。

「沒事，真的，只是小小的擦傷。」阿嘉莎看見南西棕色的眼眸周圍泛紅浮腫，看起來像是哭了一整夜。她靠得更近一些。「我不是來問東問西的。如果妳想獨處，隨時都可以叫我出去。」

南西閉上眼睛，深深吸了一口氣。「謝謝妳特地來一趟。那個人守在這裡真的好可怕，我覺得我成了囚犯。」

阿嘉莎坐在守衛帶來的椅子上。千百個疑問在她腦中湧動，但她閉著嘴巴，等南西自己開口。

「妳知道我的名字。」南西沒有睜開眼睛。「妳叫了我的名字，對吧？」她掀開眼簾。「妳怎麼會認出我？」

「我……我認得妳的臉。一定是在什麼地方看過妳的照片——應該是雜誌吧。」

「啊。」嘆息卡在喉中，幾乎化為啜泣。「我想妳肯定很納悶我到底是出了什麼事。」

「喔，我……」阿嘉莎意識到無論如何回應都不夠體貼。

南西的視線掃過地毯，彷彿答案就藏在花紋中。「還是一樣的老套：我嫁給了一點都不在乎我的人。」

她的言語懸浮在半空中，阿嘉莎屏息等待。

「我以為遠走高飛就能解決一切。」南西再次停頓。「我原本要去找住在巴格達的表姐，打算待在她那邊，等我想清楚下一步要怎麼走。」她鬆開拳頭，手帕已經被她捏成一顆球。「可是昨晚我收到一封電報。」她盯著那團手帕，眼眶泛淚。「黛莉亞，我表姐，她死了。」

「喔……真是遺憾。」

南西的悲傷帶著磁力，阿嘉莎好想靠過去，扶著那對顫抖的肩膀。但是倒映在車窗上的那張臉打斷了她的衝動。那雙眼，跟亞契是如此相像。如果他可能參與其中……

「我覺得好……孤單。」南西的嗓音幾不可聞。「我躺在黑漆漆的包廂裡，聽車輪轉啊轉的，突然想到最簡單的答案就是跳下火車。」她的十指耙過髮絲。「我辜負了大家的期望。要是父親知道我現在的慘況，他肯定會死不瞑目。他以為菲利克斯是完美的丈夫。」南西打了個寒顫，她對丈夫的厭惡似乎染上了恐懼。「但我不能留在那裡——我無法忍受。」

「有誰知道妳的去向嗎？」阿嘉莎裝出最無辜的語氣。

南西眨眨眼，像是無法理解她的疑問。「不知道妳是不是這個意思——我沒有其他人可以投靠了。黛莉亞是我僅存的親人。」

*沒有其他人可以投靠。*那車上的男子又是誰？

阿嘉莎驚覺她很可能錯得一塌糊塗，把二加二算成五。她看到車窗上的倒影，認定那就是南西會面的對象。說不定倒影的主人身在車廂另一頭，她的眼睛只是受到光影的捉弄。說不定南西只是對服務生招手，阿嘉莎只是碰巧沒看到那名服務生。

如果真是如此，那名神似亞契的男子可能是任何人：在巴黎上車，沒過幾站又下車的乘客。阿嘉莎暗罵自己蠢得可以。

「我結婚不到一年，卻覺得像是過了一輩子。」南西望向窗外，遠處山峰在傍晚的光線中呈現藍紫色澤。「恕我唐突——妳結婚很久了嗎？」

「十三年。」阿嘉莎感覺雙頰一熱。

「妳有沒有過——」南西沒把話說完，雙眼再次掃過地毯。「我的意思是……妳有沒有過覺得再也撐不下去的時刻？」

她的疑問把阿嘉莎送回過去。一九二六年十二月十四日，他們的結婚十二週年紀念日的十天前。她看見亞契踏上哈羅蓋特那間飯店的階梯，大步走向她，臉上掛著冰冷的怒氣。那是她這輩子最孤單的一刻。

「我曾經愛過他。」這句話脫口而出，像是出自其他人的嘴巴。阿嘉莎喉嚨一縮。「我們……我……」她用力吞口水。這件事她沒跟任何人說過，就連夏洛特，連她姊姊都不知道。她對亞契的情感，她要他以為自己可能自殺的理由——說出來太過屈辱，太過痛苦。但眼前的女子正在逃亡的路上，正如過去的她。這名女子真的想要自殺。澎湃洶湧的保護慾湧上阿嘉莎心頭，她想在自己能承受的範圍內，對她透露一切。

「他愛上別人，我以為我的人生到此為止。」自己的聲音聽起來好陌生，像是遠處的回聲。可是南西瞪大眼睛看著她，她得要說下去。「那天是星期五晚上，我等他回家。可是他沒有回來。所以我開車到他可能去的地方，那是他朋友家，她的車停在外頭——原來他是去見那個女孩。我不知到當時自己是怎麼想的。我在外面待了一會，盯著那棟屋子看，窗簾後人影浮動。接著我開車衝進夜色，沒有理會要往哪裡去。我記得那時候我只想死掉。我開到一座舊碼頭，心想要不要直接開進水裡。」

「是什麼阻止了妳？」

阿嘉莎望向窗外漸漸暗下的群山。她知道答案應該是什麼。是的，車子開到碼頭時，她確實是記掛著露莎琳。然而當她關掉引擎，她心裡想著的是亞契。她可以營造出什麼樣的錯覺。她要如何顛覆他的世界。

「我不能離開女兒。這樣對她太……」阿嘉莎沒把話說完，她的吐息模糊了車窗玻璃。

南西的腦袋微微晃動，很輕很輕地點了頭。

「當時坐在黑暗中，我又想到一件事。那是我十二歲那年，數學老師在課堂上突然提到的事情。」想到那番話，她又猶豫了。她不知道是否要繼續相信曾經深奧無比的真理。老師提到愛與苦難，還有在客西馬尼園的耶穌。她說每個人一生中必定會遇上那樣的時刻，徹徹底底的孤單，遭到其他人背棄——連上帝也放棄了他。瓊斯頓老師說，當那個時刻來臨，我們必須秉持信念，相信那不是終點。上帝一直都在，只要相信祂，祂就會幫忙。不知道為什麼，任何一次的禮拜佈道，都沒有這幾句話清晰。但她不能對南西說出口。現在還不行。

「她說了什麼？」南西靠了過來。

阿嘉莎吸了口氣。「她說：『你們每一個人，未來都會面對絕望的時刻。』」她沒有加油添醋。「她說愛跟苦難無法分離——可是如果不懂愛情，我們就永遠不會知道人生的真正意義。然後她說：『如果一切都跟你作對，你覺得再也撐不下去了，請絕對、絕對不要放棄——那是局勢扭轉的時刻。』」

阿嘉莎凝視自己的雙手，看著無名指上母親的戒指。「所以我拉緊大衣，閉上眼睛，大概就這樣睡著了吧。等我醒過來，已經是早上了。陽光穿透霧氣，烏鶇唱著歌。我很慶幸自己還活著。」

「謝謝妳。」南西的手朝她移動幾吋，僵在半空中，彷彿是想拍拍阿嘉莎的手臂或是肩膀，卻又怕這樣的舉動太過親熱。門外的腳步聲驚得她縮起手。

「如果妳想找個地方避一避，就來我這邊吧。」阿嘉莎迅速說道：「我在十六號包廂。」

第八章

索非亞到西美昂諾夫格勒

凱薩琳看了一會小說，抬起頭，納悶阿嘉莎怎麼離開這麼久。她看看錶，阿嘉莎至少出去二十分鐘了。她會不會突然昏過去，倒地不起？凱薩琳跳了起來，她不該放任自己沉溺在小說的詭譎世界裡，被反鎖在密室裡的屍體迷得不知天南地北。當然了，書中有不少胡謅的橋段，她父親會說這是給腦袋吃口香糖。但那些胡謅足夠巧妙，引人入勝。才剛碰到門把，她就感覺到門板的移動。

「妳去了真久！」看到阿嘉莎走進包廂，她說：「我差點要派搜救隊去找妳了！」

「我去拜訪南西．尼爾森。」

「喔，是南西啊。」凱薩琳歪歪腦袋。「然後？」

「我們沒多少時間能說話。」她坐上鋪位，隔著藥布揉揉擦破皮的額頭。「有個列車公司的女員工陪著她。」

「我想他們也擔心她再次想不開吧。」凱薩琳點點頭。「她有說為什麼嗎？」

「她打算離開她的丈夫。」阿嘉莎停頓幾秒，視線從凱薩琳移向窗外的黑暗。「她說她再也無法忍受他不愛她。她要去巴格達投靠親戚，好像叫黛莉亞來著。可是昨天來了一封電報，說她過世了，這個消息把她逼上絕路。」

「黛莉亞？」凱薩琳皺眉。「黛莉亞．格蘭菲？」

「不知道。她好像沒有提到姓氏。」

「肯定是她。我見過她幾次面，尖銳得像錐子，波斯話跟阿拉伯語都說得很好。我想她是間諜。」

「間諜？」

「對。她替英國領事館工作，跟當地土著的妻子們混得很熟，還要負責監視北部庫德人的動向。她來過考古基地一次，李奧納帶她逛了一圈。」

「不知道她是怎麼死的。」

「這個嘛，她的工作非常危險，不難想像在這樣的職位上——特別身為女性——很容易遭到滅口。」

「可憐的南西。她還不夠慘嗎？」

凱薩琳從桌上的菸盒裡抽出一根菸。「她現在要怎麼辦？她有說嗎？」

「不知道。換作是我，我會搭下一班車回倫敦。假如她想自己處理所有的事情，在倫敦總比舉目無親的異國城市好。」阿嘉莎聳聳肩。「可是她說她不能回去。」

凱薩琳點煙，吹出一蓬煙霧。「她的先生真的那麼惡劣嗎？」

「我想一定是的。」凱薩琳看見阿嘉莎的雙眸變得生硬，如同河底的卵石。或許是想到她自己的婚姻了吧。在她跑去哈羅蓋特的期間，報紙上充滿各種臆測，說亞契．克莉絲蒂在外頭養情婦。

她取下叼在唇間的香菸，心想要不要說出那簡單的六個字：我知道妳是誰——又把話吞了回去。她可以欺騙自己，這是為了昨晚大受折騰的阿嘉莎身心著想，或是尊敬她隱藏身份的清楚意圖。但事實並非如此。她要好好享受掌握真相帶來的力量。她要在時機成熟時出手。

「我想我們該準備去吃晚餐了。我先幫妳換藥，傷口現在已經止血了吧。」

黏在皮膚上的血塊剝落時，阿嘉莎一聲不吭。她似乎是退入腦中的世界，不受外界影響。凱薩琳想像她寫書時都會盤據在那個角落裡，她可以輕易理解這個概念，在重建古代文物時，她也會暫時逃離現實。專注是最上等的良藥——付出全副心力，想像出尚未成形的事物——能夠有效壓抑令她無法招架的回憶。

她想到南西．尼爾森婚禮當天，登上《閒談者》雜誌的照片。不知道南西在紅毯上有何感受：興奮、深陷愛河、天真又樂觀。南西的美夢持續了多久？南西的婚姻崩潰的速度似乎比她還快。

還有阿嘉莎。她到底碰上了什麼事？過去的負面經歷讓她學到不能相信報紙上的大半內容。她究竟為什麼要往巴格達跑？究竟是什麼動機，讓她想假扮成寡婦？她這麼痛恨她的丈夫嗎？還是說她對婚姻失敗感到內疚，甚至不敢承認自己離婚了？凱薩琳皺了皺臉，往阿嘉莎髮際線下的傷口貼上藥布。要是拿內疚來比，她可以輕鬆擊敗眼前的女子。

東方快車在保加利亞境內奔馳，點點雨珠打上車窗。等到阿嘉莎跟凱薩琳抵達餐車時，玻璃被敲得格格作響。眾人注視窗外，對阿嘉莎來說真是太好了，她好在意借來的髮帶下鼓起的藥布。兩人才剛入座，一道粗壯的閃電劃破夜空，緊接著是駭人的雷聲，乘客們驚呼連連。侍者送上菜單，對兩人微笑。

「女士，別擔心。穿過洛多皮山脈時通常會碰上這樣的大雷雨，應該很快就過了。」她們點餐時，又一道閃電劈落，伴隨著更響亮的雷鳴。對面餐桌的女乘客嚇得跳了起來，打翻酒杯，差點弄髒她那套點綴亮片的淺綠色絲綢禮服。另一名侍者前來換桌布，阿嘉莎注意到凱薩琳掃視餐車，像是在找人似的。等她回過頭，她迎上阿嘉莎興味盎然的臉龐。

「昨天抵達威尼斯的時候，我看到在考古基地認識的人。他一定搭過這班車，可是現在沒看到他的蹤影。」她從手提袋裡掏出一根菸。「大概是換去搭船了吧。他叫麥克斯，妳來基地的時候會見到他。」

阿嘉莎點點頭。麥克斯都已經下車了，不知道是否該承認她曾跟他見過面。經過一番思量，她決定還是先閉上嘴巴。

「他就是那種剛毅木訥的類型。」凱薩琳把菸插進菸嘴。「剛到美索不達米亞的時候，他簡直像隻小老鼠，從牛津畢業沒多久，對什麼事情都沒頭沒腦的。」

「他年紀多大？」

凱薩琳銜住菸嘴，喃喃答道：「二十五。」她翻開鑲著珍珠母的打火機。一團煙霧飄浮在餐桌上空。「不過他看起來比較成熟，加入我們的挖掘隊前過了一段苦日子。」她在菸灰缸裡點了點菸頭。「他跟我說在牛津讀書期間曾經有個非常要好的朋友：艾斯梅·霍華——彭里斯的霍華男爵之子。在校最後一年，他身體很不好，最後診斷出是霍奇金氏病。他過世時，麥克斯一直陪在他身旁。」

「真可憐。」阿嘉莎眨眨眼，說出了無新意的評語。

「我想那件事對他影響很大，他過了一陣子才放下心防。某天晚上他把所有的事情都告訴我了。」凱薩琳吸了口菸，轉過頭，吐出煙霧。走道另一側的女乘客白了她一眼，凱薩琳回以虛假的微笑。「他說他在朋友的病榻前發誓要改信天主教。看來艾斯梅是虔誠的教徒，他面對死亡態度令麥克斯印象深刻。在挖掘季期間，他每個星期日都會去做彌撒，儘管要騎騾子穿越沙漠，來回走上二十哩路。」

阿嘉莎難以將這番描述套在那名溫和風趣、曾請她吃冰淇淋的男子身上。或許他跟她一樣，受到悲傷控制，格外謹慎地判斷要透露多少本性。

「李奧納對天主教沒有好感，不把車借給他。」凱薩琳繼續說道。「他父親是聖公會的牧師，他都自己上教堂。他對舊約聖經相當狂熱，只要挖出石板就會在上頭尋找創世紀出現過的名字。」

阿嘉莎曾在報紙上看過他的學術理論。看到凱薩琳的表情，阿嘉莎推測她和未來的丈夫意見不太合。報導旁印著李奧納・吳雷的照片。他的炯炯目光穿透濃密的眉毛，臉上帶著絕不妥協的冷硬神色，眼中蘊藏純粹的狂熱。他頭頂稀疏，耳朵周圍的頭髮泛灰。阿嘉莎猜他至少大凱薩琳十歲。這對男女的搭配相當獨特，對考古學的熱愛縮短了年齡與外表可能帶來的代溝。說不定那張照片拍得不好；或許李奧納・吳雷的本性不像照片上那樣兇惡。

「女士，您的海洋果凍來了。」侍者打斷她的思緒，在她面前放下精緻的藝術品：做成海星形狀的粉紅色果凍慕斯，甜菜根和紅蘿蔔雕刻成海葵的樣貌。唾液瞬間湧入她口中。

「妳一定會喜歡麥克斯。」凱薩琳在煙灰缸上壓熄煙頭。「他是個可愛討喜的男孩子。」

飯後，凱薩琳在交誼廳裡準備來一杯白色俄羅斯。

「喔，我不用。給我水就好，謝謝。」阿嘉莎說。

「妳的頭還會痛嗎？」

「不是的。我本來就對酒精不太行。」

「真可憐！」凱薩琳猛搖頭，雪紡紗上衣邊緣的珠飾輕輕飛舞，有如窗外的雨滴。「我可要好好享受一番。沙漠裡沒多少喝酒的機會，而且李奧納滴酒不沾。」

車廂另一端的鋼琴師奏起喬治・蓋希文的〈藍色狂想曲〉。阿嘉莎吸了口氣。車廂裡帶著濃濃的菸味，不只是凱薩琳，還有好幾名男子在這裡抽雪茄。阿嘉莎好想開窗戶，可是車外呼嘯的雷雨逼得她放棄這個想法。

侍者送上凱薩琳的雞尾酒，一名男子緊跟在後，問兩人是否介意讓他同席。這名眼神陰鬱的高大法國人說他是工程師，目的地是敘利亞。

阿嘉莎一眼就看穿這位尚克勞先生對凱薩琳一見鍾情。她的法語不太流利，他的英語也差強人意。阿嘉莎原本能順利融入兩人的交談，然而他一坐下，她就感覺到自己不受歡迎。凱薩琳與男子閒聊的模樣宛如猛禽盤旋在小兔子頭頂上。她沒有半點挑逗的意思——沒有那麼露骨。重點在於她垂下眼睫、歪歪腦袋、紅唇半啟的神態，她掛著淡淡的笑容，彷彿他的每一句話都無比巧妙逗趣。他說起他負責建造的水壩，這話題一點都不好玩，全是乾巴巴的事實和數字，但凱薩琳一副興致勃勃的模樣。

尚克勞又點了兩杯雞尾酒，首度看向阿嘉莎，盯著她面前的水杯。這是她退場的時機。

「不介意我先告退吧？」她對凱薩琳說。

「喔——當然不會。」凱薩琳幾乎沒轉頭，雙眼鎖定她的新同伴。

回包廂途中，阿嘉莎心想李奧納・吳雷要是知道他未來的妻子跟陌生人喝雞尾酒，不知道會有什麼想法。報紙上的照片加上凱薩琳的敘述，勾勒出嚴苛、冷淡、高標準的形象，在他眼中工作優於一切事物。很難想像他會找什麼樂子放鬆一下。今晚是凱薩琳最後的放縱嗎？假如她真的這麼愛玩、喜歡跟人眉來眼去，那她到底為什麼要嫁給吳雷這樣的男人？

第九章

柳比梅茲到伊斯坦堡

阿嘉莎沒聽見凱薩琳回包廂的聲音。在閉上眼睛到沉入夢鄉之間，思緒紛亂的空檔，她想的是南西，不知道她是否正躺在床上聽風雨呼嘯。昨夜彷彿是好久好久以前的事情。車門敞開、狂風吹襲、地面崩解的影像，想到這些，她腦袋一陣脹痛。希望南西已經睡了，不再回想昨夜的種種；希望她不是正偷偷計劃再做一次傻事。

當她睡著時，閃電和雷聲早已停歇，但她在深夜莫名醒來，眨眨眼，適應包廂裡的黑暗。突然間，她意識到究竟是哪裡不對勁。沒有任何動靜。沒有引擎的運轉聲。列車停止不動。

她爬下梯子，看向窗外。

「幾點了？」凱薩琳沙啞含糊的嗓音飄向她。

「不知道。」阿嘉莎聞到濃郁的伏特加味，不知道在她離開後，凱薩琳灌下幾杯白色俄羅斯。

她掀起窗簾邊角，倒抽一口氣。雨雲消失無蹤，巨大的滿月高掛在清澈的夜空上。往下一看，是整一片粼粼波光：水淹上了車輪。

阿嘉莎把窗戶拉下一兩吋。帶著松針氣息的清涼空氣凍得她皮膚刺痛。

「好冷！」凱薩琳咕噥抱怨。

車外某處傳來叫嚷聲，阿嘉莎看到兩道人影踏進及膝水中。「鐵軌好像淹水了。」

「什麼？」凱薩琳徹底清醒過來，摸索檯燈的開關。同時有人敲了門，是乘務員，他手中端著冒煙的水壺和兩個杯子。

「女士，請別擔心——只是出了點小問題。」他把托盤放到桌上。「不好意思，我要去看看狀況，可能會離開一陣子。如果兩位餓了，餐車還有一些水果跟小點心。」

「謝謝。」等到門關好，凱薩琳湊上前聞聞壺口。「熱巧克力——噁！」她扮了個鬼臉。「我要去洗手間。」正當她起身時，敲門聲再次響起。

「喔！抱歉——我以為……」門一開，窗外吹入的冷風讓南西．尼爾森打了個寒顫。

「妳來找米勒太太嗎？」凱薩琳朝背後比劃。「我先走一步。」她摀著嘴巴，擠過南西身旁。南西困惑地站在門口，拉起藍綠色絲質睡袍的領子蓋住脖子。

「抱歉，米勒太太——我沒想到妳跟人共用包廂。妳的朋友還好嗎？」

「我相信她好得很。」阿嘉莎笑了笑。「只是有點鬧肚子。」

「她去查看發生了什麼事——我是說那位待在我包廂裡的小姐。」南西說：「我想說不定……」

「請進。」阿嘉莎從桌下拉出椅子。「要來點熱巧克力嗎？」

南西坐下，接過杯子，湊到嘴邊，吸進巧克力的香氣，沒有喝下半點。「妳的頭現在還好嗎？」

「謝謝，癒合得很順利。」阿嘉莎坐上凱薩琳剛才佔據的床鋪邊緣。「我想沒過多久就不用包起來啦。」

「太好了。」她稍一停頓。「火車突然不動了，感覺像是不好的兆頭。上天叫我不該繼續走下去。」她喝了一小口，凝視杯中液體。「我在想啊，是不是到了伊斯坦堡就搭車回英國。」

「妳不是說不能回去嗎？妳改變心意了？」

「我覺得自己被困在惡魔跟大海中間。我不想回去，可是又怕跑到陌生的地方。既然黛莉亞已經……」她無法說完這句話。

阿嘉莎張開嘴又合上。現在的情勢棘手，她不算真正認識這名女子，同時又被她觸動自己的記憶：將近兩年前的寒冷冬夜，曾經無比絕望的她。南西確實需要幫助，但是照顧這麼一個情緒無比脆弱的女子是明智之舉嗎？她這趟旅程是為了親眼探索各地風光，不是跟其他旅客牽扯不清。

別那麼自私。母親的聲音無比響亮。

「不知道對妳有沒有幫助。」她說：「我也要去巴格達，不知道會不會喜歡那個地方，不過我打算至少在那裡待上一兩個月。」

「真的嗎？」

阿嘉莎點頭。「如果妳願意的話，我們可以一起在巴格達探險。」她稍待片刻。這是她首度在南西臉上看到接近微笑的表情。「我先訂了幾晚飯店，後面的事情等確定其他計畫再說。相信在這個時節，飯店一定會有其他空房間。」

「謝謝妳。」南西眨眨眼。「這個計畫聽起來真不錯。」她的笑容還在，只是看起來快哭了。「妳真的想讓我跟著？妳沒有其他安排嗎？」

「算不上什麼安排啦。」阿嘉莎聳聳肩。「我刻意不做計畫，不知道隔天會發生什麼事情不是很刺激嗎？」

「感覺真的……可是……」南西轉動婚戒。「不知道該怎麼說，承認這件事真得很尷尬……我的意思是，我可能沒有太多時間可以冒險：我得要找份工作。」她望向阿嘉莎，搖搖頭。「跟妳說，我沒有多少錢。我自己沒有任何積蓄，得要賣掉珠寶才能來到這裡。」

阿嘉莎端起那壺熱巧克力，往南西杯裡又倒了些。「妳想找什麼樣的工作呢？」

「不知道。坐辦公室之類的吧。我沒有真正工作過。在我父親破產前，我幫他打理地產。我對數字很在行，還會打字。」

聽到這句話，阿嘉莎的杯子停在茶碟跟嘴唇之間。「或許我能提供暫時的工作機會。我需要秘書。」

阿嘉莎才不需要秘書。她自己有辦法打出整本書。但是話說出口，她稍微鬆了口氣。離婚使得她瞬間從業餘作家轉變成職業作家。過去她寫來當作消遣的故事成了她唯一的收入來源。她其實很怕坐在打字機前，面對空白的稿紙。或許有了助理，她能更有身為作家的實感。

「喔！」南西的臉亮了起來。「妳要我幫妳做什麼呢？」

「主要是把我的手稿打出來，不會太繁重。」阿嘉莎尚未準備好揭露自己的身份。還沒。「我打算租一間房子，妳可以用工作來抵食宿費。妳就先跟著我，看有沒有其他長期的工作。」

南西還來不及回應，包廂門又開了。

「天啊，外頭簡直像在打仗！」凱薩琳撞了進來，雖然剛去了洗手間一趟，臉上看不出半點宿醉的跡象。剛才似乎是看了一場好戲，她雙頰泛紅，眼睛閃閃發亮。「好幾個大男人埋進及腰的泥水！天知道我們要在這裡困上多久。」她坐到阿嘉莎身旁，屈著背閃過上層鋪位。「我幫妳們準備了宵夜大餐！」她攤開亞麻餐巾，抖出香蕉、梨子、幾塊瑪芬跟糕點。她向南西伸出手。「抱歉，剛才沒有好好打過招呼。我是凱薩琳・基令。」

「南西．尼爾森。」跟凱薩琳握完手，南西馬上起身。「我先告退了，兩位請好好享用。」

「說什麼啊！」凱薩琳大笑。「人多才熱鬧啊。」她遞出蘋果捲。「妳是不是上過《時尚》雜誌封面？我記得妳那套禮服——是迪奧對吧？我幫他們的巴黎秀場畫過圖。」

南西一臉訝異。阿嘉莎以為她要奪門而出，但她接過點心，坐了回來，細細研究那塊點心，彷彿上頭藏著解開天大祕密的線索。接著她說：「是的，我好愛那套禮服。妳在時尚界工作嗎？」

「現在不是了。大英博物館僱用我，跟美索不達米亞的考古團隊合作。」凱薩琳從床尾的軟墊下抽出她的手提袋，從裡頭挖出閃亮的小東西，奶油白色的卵石。「我最近在畫這個。」她把小石子放到香蕉旁邊。

「這是什麼？」阿嘉莎問道。

「月神的護身符。別客氣，儘管拿去看。這不是真貨——只是複製品。原件是在一個墓穴找到的，我們的工頭哈莫迪幫我複製了一份。」

「這是兔子嗎？」阿嘉莎凝目細看表面的雕刻。

「對。翻過來看看，另一面有什麼東西？」

「看起來像是一雙腳掌，中間有什麼東西。我想是蛇吧。」阿嘉莎把護身符傳給南西。

「沒錯。」凱薩琳答道：「這是古代美索不達米亞的魔法符號。力量很強。應該是為了保護死者在死後世界的平安。」

「是用什麼做的啊？」南西問。

「野豬的獠牙。」

「好美。」南西將石子放回桌上。

「謝謝。」凱薩琳收好石子。「我總是帶著它。是很蠢沒錯，但我不想跟它分開。」她笑了幾聲。「我想妳們都有這樣的東西吧——絕對不能抛下，即使是在旅行途中。」她望向阿嘉莎。

「喔，恐怕我拿不出這麼有意思的寶物。我是帶了女兒的照片啦……就只有這樣。」她撒了謊。她手提袋的內袋藏了一封信，寄信人是出版社商約翰．雷恩。他在九年前寫了這封信，邀她在他的出版社推出第一部作品《史岱爾莊謀殺案》。

「妳呢？」凱薩琳的目光轉向南西。

阿嘉莎的視線在兩人臉上轉來轉去，生怕凱薩琳不加掩飾的探問會刺激南西的情緒。但她只遲疑了幾秒就給出答案。

「我有一條絲巾，被蟲蛀得很厲害，圖案是孔雀羽毛。它讓我想起在錫蘭度過的童年時光。小時候我早上起來，常會看到孔雀在窗外樹叢間走來走去。」

「真是不可思議！」凱薩琳咬了口手中的梨子。「我一直想去錫蘭一趟。妳在那裡住了多久？」

「大概十年。我父親在亭可馬里附近擁有一座茶園。我在錫蘭出生。」

「到了那個年紀，突然回到英國肯定很震撼吧。」

「是的，我一直無法適應冷天——過了好一段日子，我才改掉出門散步時留意毒蛇的習慣。」

「喔，妳到巴格達一定就像是回到老家一樣。」凱薩琳笑著說：「夏天熱得像烤爐，從來沒有冷過，就連聖誕節也暖得很。」

「我有想像過。」南西垂下頭，從衣領上拂掉蘋果捲的碎屑。

「那裡真的很美。想像伊甸園的景色，不會差到哪裡去。到處開滿了花。在炎熱的夏夜，一條條白色霧氣懸在河面上。日光漸漸黯淡，兩岸屋舍亮起燈火，河水閃耀著金光，充滿神祕氣息。」

凱薩琳精心挑選的字句引得南西屏息傾聽，她的焦慮、若有所思的表情轉化成熱切的企盼。南西想更了解美索不達米亞，以及考古基地的生活。凱薩琳拿阿拉伯長老和祕寶的故事逗得她如癡如醉，阿嘉莎想起麥克斯在威尼斯的月台上說過的話：她會施展魔法，你還沒反應過來，就成了她的奴隸。請務必留意……

凱薩琳輕描淡寫地將談話主題轉離她在美索不達米亞的經歷，問起南西未來的計畫。阿嘉莎沉溺在思緒之中，等她回過神來，只捕捉到南西的最後一句話：

「……米勒太太人很好，請我當她的臨時秘書。」

「是嗎？」凱薩琳歪歪腦袋。「瑪莉，妳沒說過妳是去巴格達工作。妳是做哪一行的啊？」

「呃、我……」阿嘉莎臉一熱。「我寫點東西——雜誌的邀稿。我想寫一些旅遊相關的報導。」

凱薩琳勾起蒙娜麗莎般的微笑。「太有意思了！妳替哪家雜誌寫稿？說不定我有——」

列車尖銳的鳴笛聲打斷凱薩琳的追問。「喔！怎麼了？」她跳起來往窗外一看，第一道曙光讓景色蒙上一層灰紗。「好像有什麼東西，另一個火車頭之類的。一定是來拖我們離開這裡的幫手。」又傳來一聲鳴笛，這回距離比較遠。

「我該回去了。」南西起身，再次繃起臉，拉起睡袍緊緊包住身體。「謝謝——妳們兩位人真的太好了。」

等到太陽出來時，列車再次啟動。餐車在駛入土耳其境內時提供早餐，到了午餐時段，他們已經快要抵達伊斯坦堡。

兩次用餐都沒看到南西，凱薩琳的法國朋友尚克勞也不見蹤影。

「最後我把他甩掉了。」當阿嘉莎問起昨晚的後續發展，凱薩琳說：「他真的是無聊到嚇死人，我完全無法想像怎麼會有人對應力跟水壓如此著迷！」

阿嘉莎有些同情那位眼神憂鬱的法國人，他不過是對自己選擇的專業領域滿懷熱情，就這樣被踢到一旁去。既然凱薩琳也覺得無趣，隨時都可以離開，不知道她為何硬要待在交誼廳裡。

「喔，快看！」凱薩琳揮舞串著鮭魚的叉子。

列車穿梭在奇異的木造建築之間。進入伊斯坦堡的邊陲時，他們經過一大片石頭堡壘——這座城市古老而血腥的歷史遺產——海景一閃而逝。

「這一端沒什麼特別的。」

凱薩琳喝了一小口夏布利白酒。「等我們穿過博斯普魯斯海峽，來到亞洲那一側的海岸，妳才會看到真正的伊斯坦堡。」

「真是太可惜了，我們竟然不會在這裡稍停。」

「我想他們也沒辦法，昨晚耗掉太多時間了。別在意——回程妳也看得到啊。妳要在巴格達待多久？」

「還不太確定。」阿嘉莎往一小片梅爾巴薄脆土司上塗牛油。「要看我有多喜歡那個地方。然後我想回家過聖誕節。」

「是啊，聖誕節。」凱薩琳諷刺似地笑了笑。「我幾乎記不得在英國過聖誕節的滋味了。」

「你們在美索不達米亞都怎麼慶祝?」

「放一天假——整個挖掘季中唯一的假日。」

「天啊,聽起來你們的工作量真大!」

凱薩琳點頭。「李奧納真的把我們當成奴隸看待。他認為我們就是去工作的,無論日夜,除了工作什麼都不需要。我還記得麥克斯第一次參加挖掘季時,某天晚上他掏出一副紙牌,跟我們的製圖師麥克打起金羅米牌戲。李奧納闖在文物室裡——他每天都會待到凌晨兩三點——當他發現他們在幹什麼好事時,他氣炸了,對麥克斯說:『如果你沒辦法工作,就去床上休息吧。』」

說完這段往事,凱薩琳咧嘴一笑。阿嘉莎實在是摸不著腦袋。根據麥克斯的說法,再過三天就是凱薩琳跟李奧納的婚禮了,她怎麼能把未來的丈夫掛在嘴邊,卻絕口不提那麼重大的事情呢?寡婦改嫁不是什麼丟臉的事——不過或許他沾上了什麼花邊消息。阿嘉莎沒有看過哪篇報導提到他的前妻,但這並不代表他沒結過婚。說不定凱薩琳把這位心智崇高的牧師之子迷得神魂顛倒。見識過她昨晚在交誼廳的精湛演出後,阿嘉莎可以輕易把凱薩琳套上魔女的形象。

火車駛近在歐洲的最後一站,車速慢了下來。麥克斯的嗓音再度響起:可以請妳別向基令太太提起我也在車上嗎……希望在回挖掘基地前不會碰見她。到底是怎麼一回事?麥克斯跟法國人尚克勞一樣,被她的魔力擄獲了嗎?她是不是擁有什麼癮頭,把男人拉到身旁，接著又推開？若真是如此，李奧納·吳雷肯定是少見的例外，竟然能無視她的魅力。

第十章

伊斯坦堡到烏魯克什拉

跨越歐亞的旅程可說是一團混亂。那道分隔兩塊大陸的狹窄海峽彼岸，接駁的列車將於兩個小時內出發，時間寶貴，得盡快把東方快車上的乘客跟行李卸下，送到碼頭。車外擠滿人和行李箱，凱薩琳一會就消失在人群中。

搭上渡輪後，阿嘉莎祈禱在多佛到加萊的航程中讓她痛苦萬分的暈船不會捲土重來，她認定最佳對策就是待在開放空間，離船側近一些。她爬到上層甲板，在護欄旁找了個位置站好。她瞄了船下一眼，舷梯已經收起。渡輪的霧號響了一聲，駛離碼頭。

幸好博斯普魯斯海峽風平浪靜如同磨坊水池，不像英吉利海峽那樣顛簸，害她渾身不對勁。她看著碼頭漸漸隱沒，欣賞湛藍天幕下的清真寺和喚拜塔。

「真的很美吧？」

向她搭話的是南西，不是凱薩琳。

「我沒看過這樣的景色。」阿嘉莎往旁邊踏了一步，讓個位置給南西。「太不可思議了，再過幾分鐘，我們就要登上另一座大陸。」

「我等不及啦。」南西笑著說：「對了，我終於自由了！提達蒂小姐在伊斯坦堡卸任，她說的話我幾乎聽不懂，但我猜得出列車公司的勢力範圍不及於亞洲。」

「喔，嶄新的世界等著妳呢。」阿嘉莎的手往對岸一揮，無數木製漁船下了錨，在海面上浮浮沉沉。一說出口，她立刻意識到這話其實是說給自己聽的。

「在昨晚之前，我一直怕得不知道要如何是好。」南西皺了皺臉。「妳說妳要找秘書是認真的嗎？」

阿嘉莎點頭。邀請素昧平生的陌生人共享兩個月的生活，這個提案放在光天化日之下更顯得有勇無謀。但現在她無路可退，要是反悔的話，對南西來說就太過殘酷了。「我是認真的。只要妳確定想這麼做——不要不好意思，在巴格達碰上更好的機會就接受吧。」

「太完美了——好到我連想都不敢想。可是妳一定要答應我一件事。」

「什麼？」

「妳這趟旅行是為了見識異國風光，別被我掃了興。我只要有個遮風避雨的地方能待就夠了，妳就到處探險，回頭跟我說打字的內容。」

「這樣不會太無聊嗎？」

南西露出苦澀的笑容。「相信我，比起前陣子的生活，這樣的日子再好不過了。」她回過頭，似乎是怕她的丈夫正緊追在後。「喔，是基令太太！她真是好看。」

凱薩琳在炫目的陽光中朝她們大步走來，她的打扮比先前耀眼百倍。白底藍點亞麻罩衫搭配寬褲，穿在阿嘉莎身上肯定顯得笨拙，但是凱薩琳的身材讓這套服裝優雅萬分。領口的深藍色滾邊與胸下的同色系緞帶相互呼應，披在她肩上的深藍色短袖針織衫讓整體穿搭天衣無縫。

「我還以為妳們沒有搭上船！」她擠進阿嘉莎跟南西中間。

「基令太太，我們只是想看看風景。」南西說。「我猜妳已經看過很多次了？」

「叫我凱薩琳，拜託。是的，這段我確實跑了好幾趟，但是帶給我的震撼從未改變。上回是清晨的船班，淺藍色的天空漂亮極了——就像勿忘我的花瓣——霧氣從海面上升起，圓頂跟高塔看起來朦朦朧朧的，如同海市蜃樓。」她望向伊斯坦堡東側的海岸線。「聽我一句忠告：到了那邊，在身邊屯滿市場攤販買來的食物。下一班火車上的餐點讓人不敢恭維。」

「到大馬士革要多久啊？」南西問。

「這個嘛，要是沒別的意外，應該明天下午就能抵達。通常會給乘客兩三個小時的空檔到市集購物，接著列車就要開往沙漠。」凱薩琳捲起罩衫的袖子，扭頭打量手肘的皮膚。「可惡！那些混帳蟲子果然又找上我了。」

阿嘉莎看到一排鮮紅色咬痕橫過凱薩琳潔白的前臂。

「一定是昨晚。」凱薩琳揉揉手臂內側，痛得皺眉。

「盡量別抓。」阿嘉莎說：「看起來發炎了。」

「是啊，我覺得這隻手好像比較腫。」她伸出雙臂給兩人看。

「我的行李箱裡有卡拉明洗劑。」阿嘉莎說：「可是要等下船才能拿出來。」

「謝謝。我通常都自己帶著，不知道這回怎麼會忘了。」凱薩琳握住欄杆，輕輕搖晃。

「妳還好嗎？」凱薩琳往旁踉蹌，南西抓住她的手臂。

「我……我……」凱薩琳臉上血色盡失。

「快坐下。」阿嘉莎勾住她的另一隻手臂。「就這樣靠著我們。那裡有座位。」

當渡輪抵達伊斯坦堡位於亞洲的那一側，凱薩琳說她好多了。踏下舷梯時，她拒絕土耳其船員的攙扶，不過她的臉色還是很差。阿嘉莎說服她搭計程車到火車站，而不是跟著其他人在烈日下排隊等接駁巴士。

海德帕沙車站內吵得像瘋人院。托羅斯快車靜靜等待眾人，但是要等海關人員檢查過每一件送往敘利亞的行李，他們才能上車。四周充滿尖嚷吼叫，乘客猛敲行李箱爭取注意。

「沒有賄賂是行不通的。」凱薩琳在阿嘉莎耳邊低語：「妳有一鎊紙鈔嗎？」

「應該有。」阿嘉莎往錢包裡摸索。

「舉起來給人看。」

阿嘉莎狐疑地照辦。一名制服綴滿金穗帶的海關人員衝上來，在她們的行李上用粉筆畫下神祕的符號。酸臭的汗味從他身上滲出。阿嘉莎很久沒碰上如此陽剛的氣味，她不由得想到亞契，想到兩人結婚當晚，從托基車站一路跑到飯店，倒在床鋪上，把對方剝得一乾二淨，發現他的襯衣緊緊黏在身上，兩人哈哈大笑。他們無法入睡，躺著聽諸聖教堂的鐘聲，度過寶貴的新婚之夜，她深深吸入他的氣味。

「妳還有一鎊嗎？」凱薩琳的聲音拖她回到現實。她已經派南西到車站另一頭的攤販採購補給品，現在她開始灌輸阿嘉莎細緻的賄賂招數，要乘務員讓她們搭上更好的車廂。她氣勢非凡地坐在最大的行李箱上，停下來喘口氣，拿雜誌搧風。

「妳身體狀況可以搭車嗎？」阿嘉莎詢問。

凱薩琳點點頭，汗珠沿著她的臉頰滑落。「離開這個鬼地方我就沒事了。」

托羅斯快車還算舒適，但遠遠稱不上豪華。南西又是孤單一人，不過阿嘉莎跟凱薩琳就在相連的隔壁包廂。南西放好行李，有人輕敲連接兩間包廂的門。

「凱薩琳睡了。」門一開，阿嘉莎悄聲說道：「我想這樣最好，她在渡輪上是不是快要昏倒了？」

「我覺得她在發燒。」南西將買來的食物放在窗邊桌上。桃子、葡萄、香蕉、半打方形的果仁蜜餅。裝著糕點的紙袋一放下就解體，流出的蜂蜜浸透了袋子。

「應該是。」阿嘉莎點點頭。「她手上的蟲咬痕跡看起來好可怕。」

牆壁另一側傳來聲響，尖銳又瘋狂，像是求助的叫喊。南西跳起來，打開門，阿嘉莎僅跟在後。凱薩琳側身躺著，臉上大汗淋漓，被子被她扯亂，捲在她肚子上。兩人關上門時，她揮舞一隻手臂。

「出去！別管我！」凱薩琳捲著被子，翻到另一側。

「凱薩琳……」阿嘉莎傾身探看。「妳聽得到嗎？」

「他手上有槍！」

南西憋住氣。「她是不是起了幻覺？」

阿嘉莎點頭。「可以幫我拿點冷水跟擦臉巾過來嗎？」

南西打開洗手台的櫃門，阿嘉莎撐起凱薩琳的頭。

「那個笨蛋不該告訴他那件事！」凱薩琳的嗓門越來越響亮。「扣下扳機的人根本就是他！」

「沒事的，凱薩琳——妳先躺好。」

南西遞出沾濕的擦臉巾，對上阿嘉莎的雙眼。「她在說什麼？」阿嘉莎掩住嘴巴。

「那樣的衝擊……沒有人能夠承受……」凱薩琳腦袋亂撞，把擦臉巾甩飛。

「她是不是該看醫生啊？」南西悄聲問：「要我拉鈴找乘務員來嗎？」

阿嘉莎搖搖頭。「醫生幫不了什麼忙。我在戰爭時期照顧過傷口發炎的士兵，他們的症狀跟她一樣，等她燒完就好了，我們只能盯著她，幫她稍微降溫。」

「那我們輪流照顧她吧。」

「妳不知道嗎？」凱薩琳突然起身，雙眼圓睜。「他們說妳丈夫死了。」她揪住阿嘉莎襯衫的領子，布料在她指間皺成一團。「他在金字塔底下做了那種事。就像是獻祭……」

接下來的幾個小時內，南西跟阿嘉莎在兩個包廂間悄悄來去，有如奉命緘默的修女。南西要求乘務員到明天早上前都不要敲兩間包廂的門。在晚餐時段，他送上幾碗燉湯——浮著油脂的稀薄液體，裡頭漂了幾塊無法辨識的肉塊。凱薩琳對這輛車上伙食的評價相當中肯。

幸好有那些果仁蜜餅，南西心想。儘管這段路波折不斷，那幾塊點心嘗起來美味極了。南西在自己的包廂用餐，看著太陽落入馬摩拉海。近海點綴著幾座小島，在漸漸隱沒的日光中化為灰色團塊，宛如浮水的成群鯨魚。等到太陽完全消失，列車往左轉，遠離海岸線，爬上峽谷。她細聽隔壁的動靜，除了模糊的引擎鏗鏘聲和車輪滾動的韻律之外，什麼都沒聽見。凱薩琳一定是睡著了。

她的高燒囈語在南西腦海中四散，像是斷裂的珠鍊。他手上有槍……那個笨蛋不該告訴他那件事……他們說妳丈夫死了……他在金字塔底下做了那種事。究竟是怎麼一回事？凱薩琳的丈夫自殺了嗎？有人實踐了她曾經思考過的行為——突如其來的領悟令她無法動彈。他究竟是聽說了什麼消息，才會走上絕路？她很想知道阿嘉莎對於自己同包廂的旅伴了解多深。凱薩琳是否跟她一樣，向阿嘉莎說出了實情？

列車被黑暗包圍，南西前去接班。

「這半個小時她好點了。」阿嘉莎輕聲說明。「還是睡得不太安穩，但稍微好轉了些。」

南西坐進阿嘉莎剛才坐過的椅子，感受她留下的餘溫。她們說好每三小時換一次班，不用照顧凱薩琳的人就去南西的包廂小睡片刻。看出阿嘉莎的疲憊，南西決定要撐到早上。要是阿嘉莎沒醒，她也不會打擾她。

這一夜無比漫長。南西數不清自己換了幾次敷額頭的擦臉巾。凱薩琳的皮膚摸起來好燙。沾了幾滴古龍水的擦臉巾吸收她的體溫，薰衣草香味飄散在包廂裡，令南西昏昏欲睡，但她努力撐住眼皮。她帶了一本《時尚》雜誌打發時間，盯著搔首弄姿的模特兒，她難以相信自己曾是那個世界的一分子，現在想起來恍若隔世。

未來太可怕了，她嚇到不敢多想。在異國城市裡，帶著一個寶寶。南西知道新朋友的提議只是水面上的稻草。她身體的變化能瞞上多久？要是這個好心人知道了真相，她會說什麼？南西放下雜誌，雙手撫過腹部。她摸得出差異，特別是在坐著的時候。她的衣服還穿得住，但也快到極限了。等她們抵達巴格達，她要想辦法換個打扮，盡量掩飾她的身形。腦袋正常的人絕對不會僱用懷了將近六個月身孕的秘書。如果運氣夠好，南西可以找到別的工作，賺夠錢租房子，還有寶寶出生後的保母費。在那一刻到來之前，她得要繼續偽裝，好好扮演遭到冷落的逃家妻子。

列車帶著她遠離孩子的父親，她努力不去想到他。現在他已經回到倫敦。她知道他住在那條街，曾經走過他家門前，拿她對他生活的薄弱認知折磨自己。他的妻子，他的小女兒。她加快腳步，生怕隔著窗戶瞥見屋內的孩子。當時她早就心知肚明——即便尚未感受到自己孩子的存在——若是見著他的女兒，她絕對寫不出那封信，不會哀求他跟她一起來巴格達。

「我快渴死了。」凱薩琳突然坐起來，擦臉巾滑落地面。「可以給我一杯水嗎？」

「沒問題！」南西跳起來。「妳好點了嗎？我們好擔心……」她轉身裝水。

「是嗎？」凱薩琳打了個哆嗦，拉起被子，蓋住她象牙白色絲質蕾絲睡衣的肩帶。

「我們輪班照顧妳。」

「天啊！我病得那麼重嗎？」

「妳發了高燒。一定是被蟲咬過的地方發炎了。」

「可惡的傢伙！」凱薩琳檢視自己的手臂。「我睡了很久嗎？現在幾點了？」

南西看了看錶。「五點五十分。」

凱薩琳眨眨眼，側身拉起窗簾。「老天爺，要天亮了。今天幾號？車子開到哪了？」

「我想還在土耳其吧。已經好久沒有停車了。對了，今天是星期日。」

凱薩琳按住腦袋。「我覺得不太舒服，有點暈。我想我該吃點東西，可是沒有胃口。」

「妳吃得下葡萄嗎？」

凱薩琳緩緩點頭。「我試試看。」

南西摘下一顆葡萄，切成兩半，挑掉種子。「想吐的話就先含著。」

凱薩琳照著她的指示，閉上眼睛，張嘴接過葡萄，過了幾秒才吞下去。「嗯……太美味了。可以再來一顆嗎？」

南西才剛下刀，阿嘉莎出現在門邊。「喔，妳看起來好多了。南西，抱歉——我睡過頭了。」

「妳不用道歉啦，前天晚上被我一鬧，我想妳需要好好睡一覺。」

阿嘉莎苦笑著在床尾坐定。「葡萄啊，很適合凱薩琳現在的狀況。」

「很好吃。」凱薩琳說：「醫生肯定也會叫我吃葡萄。」

「我還記得以前住在錫蘭的時候，曾經發過高燒。」南西將整碗水果放到床邊桌上，方便凱薩琳取用。「我有個奶媽，她名叫阿曼席，是當地的婦女。我不吃不喝，爸媽快瘋了。她叫他們準備葡萄，日夜不分的坐在我床邊，只要我睜開眼睛，就往我嘴巴裡塞一顆。現在吃到葡萄就會想起她。」

「真羨慕妳在那樣的地方長大。」凱薩琳扯下半串葡萄，連皮帶籽一起吃。「我的童年在倫敦度過，寒冷、霧氣、沒有邊際的街道巷弄，我真的恨透那個地方。我這麼愛往美索不達米亞跑就是因為那裡跟倫敦完全相反。」

「喔，我真羨慕妳的專業能力。我曾經想過要在錫蘭當老師，可是……事情沒有那麼簡單。」

「怎麼了？」凱薩琳問道。

「我的伯父在大戰中戰死，我們突然回到英國。我父親繼承了爵位跟柯茲沃德的土地──聽起來很美好，之後卻變成了詛咒。」南西停頓一下，思考她是不是透露了太多。兩名女子期待地看著她。跟她們說了這事也不會傷害到她父親吧？「遺產稅高得不得了。」她繼續道：「我母親在錫蘭過世，我身為家中唯一的小孩，努力幫父親處理一切事務，但我們不得不賣掉各種家財──農地、屋舍、畫作、家具──最後我們只剩下一棟空蕩蕩的房子。屋頂破得像篩子，只要一下雨，我們就要拿水桶到處接水。」

她望向窗外，自尊心使得她說不出後半截故事：唯有嫁進好人家，才能拯救他們的房產。她是為了父親才接受菲利克斯的求婚，他卻在婚禮後一個月死於心臟病。列車的鳴笛聲救了她，讓她不用面對更深入的訊問。車速突然放慢。

「喔，妳們看！」凱薩琳跪坐在床上，鼻子貼住玻璃。「是西利西亞之門！」

南西伸長脖子，以為會看到通往整座古城或是城堡遺跡的雄偉大門，但她只看到高聳的砂岩柱子和岩石峭壁，被第一道曙光染上珊瑚粉色。

「那是什麼？妳在看什麼？」

「再一下就會看到了。那是通往托羅斯山脈的隘口。西元前三百三十三年，亞歷山大大帝率領他的軍隊穿過此處，保羅前往加拉大途中也經過這裡。列車總會暫停一下，讓乘客下車欣賞美景。」

又一聲長長的鳴笛，托羅斯快車顫抖著停下。

「妳們快去吧。」凱薩琳朝門邊擺擺手。

「南西，妳去就好。」阿嘉莎說：「我待在這裡。」

「說什麼傻話！」凱薩琳翻翻白眼。「我一個人不會有事。」

「妳確定嗎？」阿嘉莎皺眉。

「當然。快下車，不會在這裡停太久。相信我，妳們絕對不能錯過這個景點。」

南西跟阿嘉莎下車時，太陽剛爬上山脈的東側稜線。起先她們看不出個所以然，接著兩人跟上一群聚集在幾碼外的乘客，這才看到令人屏息的景象。

「感覺就像是站在世界的邊緣！」南西挽著阿嘉莎的手臂。兩人腳下是接近垂直切落的岩壁，她們的視線前方是遼闊的平原，清晨的陽光與霧氣結合成朦朧的景緻。

「太不可思議了！」阿嘉莎敬畏地低語：「像是眺望應許之地似的。」

這句話在南西心中觸發了難以言喻的情感，超越了過去幾天來的恐懼、絕望、孤寂。那……幾乎稱得上喜悅。她感受越爬越高的太陽照暖她全身。空氣中瀰漫著雪松、柏樹、野生鳶尾花的香氣。她凝視腳下的平原，色彩在她眼前變幻，從淡淡的藍紫色轉為霧朦朦的灰色，最後變成淺黃綠色。

「讓人很慶幸……」阿嘉莎投來帶了點歉意的視線。

「沒關係的。」南西握住她的手臂。她想出聲認同，說她也慶幸自己還活著。然而記憶中情人的面容浮現在地平線前，宛如遮掩陽光的烏雲。

第十一章

阿達納到大馬士革

到了下一站，月台上小販成群結隊。阿嘉莎上身探出窗外，肚子咕咕作響。用香料醃過的烤肉香味與引擎的燃煤臭氣相互抗衡。外表粗獷的男子衝向她，手上托盤擺滿包裹餡料的葉片、醃肉串，還有一碗染得五顏六色的水煮蛋。

「妳們會餓嗎？」她轉頭詢問旅伴。

「我不餓。」凱薩琳高喊：「除了葡萄，我無法面對任何食物。」

「有什麼東西？」南西語氣帶著疑竇。

「妳自己來看！」阿嘉莎大笑。「不知道是什麼，可是聞起來好吃極了！」

凱薩琳叫她們去南西的房間吃土耳其式早餐，說那股味道讓她反胃。

「妳覺得這是羔羊肉嗎？」南西從金屬烤肉串上咬下一塊肉。

「感覺像是普通的羊肉。這些一定是葡萄葉。」

「我都忘記香料的美味了。」南西笑道：「我好愛以前在錫蘭吃過的咖哩。」

「喔，這比昨晚提供的肉湯好吃一百倍。」阿嘉莎點頭附和。「我個人不怎麼挑嘴，可是那只是漂在油花裡的軟骨。」

「這份早餐應該能讓我們撐到大馬士革吧？」南西捏起包著餡料、捲成雪茄狀的葡萄葉，咬下一口。「妳想要不要幫凱薩琳留一點，如果她等一下餓了就可以吃？」

阿嘉莎點點頭。「看她恢復得不錯，我比較放心了。原本還不知道她要如何橫越沙漠呢。」

「她昨晚說的話……」南西盯著盤上以棕色紙袋包裹的食物。「我知道跟我無關，只是……」她伸出兩根手指扭絞紙袋邊緣。「她的丈夫……他自殺了嗎？」

「不知道。她跟我說他們在戰爭時期認識，當時她在法國當護士。他們結婚才半年，他就過世了。我以為他是在戰場上喪命。」

「她是不是提到什麼金字塔啊？」南西的視線往上飄，手指忙著把玩紙袋。「妳想那是不是她的幻覺？」

「她確實提過戰後她待過埃及。說不定她是跟著丈夫一起過去。她沒有特別提起。」

「如果是真的──如果他真的是自殺──我……喔，我很難受。她待我那麼親切，可是我……我做的事情……一定勾起了她的傷心回憶。」

「別這麼想。我們不知道內情──就算妳觸發了她深埋心中的往事，我相信她也記不得昨晚說過的任何一句話。」

南西點點頭，望向窗外。列車載著她們穿過山谷，灌木叢攀附在險峻的峭壁上，遠處的谷底河流閃閃發亮。

「跟妳說，妳的所作所為非常勇敢。」阿嘉莎說：「獨自採取行動，橫越半個世界重新來過需要天大的勇氣。」

南西被陽光照得瞇起眼。*勇敢*。她好希望真是如此。

托羅斯快車沿著蜿蜒的軌道，往東南方穿過土耳其，在阿勒波進入敘利亞，接著來到黎巴嫩的貝魯特，海灣外就是地中海。想到這是她在威尼斯眺望過的同一片海域，阿嘉莎心中浮現異樣的感受。此處比義大利北部的海岸還要可愛，朦朧的藍色山脈襯著綿延不絕的彎曲沙岸。

南西在隔壁包廂補眠，凱薩琳塞了一顆水煮蛋和幾粒桃子後打起瞌睡。阿嘉莎坐在窗邊，變化無窮的景色令她難以闔眼。過了一個小時左右，開闊的海景換成一幢幢氣派的平頂屋舍，生機蓬勃的庭院裡種滿白茉莉和鮮紅的聖誕紅。他們來到大馬士革的市郊，列車即將抵達終點站。

「妳們一定期待看到更文明的城市風景對吧？」凱薩琳翻翻白眼，以不太穩的腳步踏上月台。「這裡應該是全世界最古老的首都。」

三人的行李被一群腳夫奪走，他們彼此叫嚷爭執，還有人追在後頭，找機會搶下行李箱。猶如摔角比賽的鬧劇持續了好一會，直到庫克旅行社的業務員出手介入。等到行李妥當地安置在巴士站後，業務員提議她們參加觀光導覽活動，卻被凱薩琳揮手遣走。

「他們絕對不會帶妳們見識最棒的地方。今天下午我就是妳們的導遊啦。」

「可是妳才剛好起來。」阿嘉莎抗議道：「妳可不能太勉強自己。」

「我沒這個打算。」凱薩琳笑了笑。「第一站是地球上最能放鬆的地方，一路上都有便車能搭。」

看到她口中的「便車」，阿嘉莎跟南西訝異得合不攏嘴。一排駱駝停駐在火車站外，背上扛著鞍架。凱薩琳走向駱駝旁的男子，以阿拉伯語跟他說了幾句話。兩人聊了一陣，其間她雙手插腰，搖了幾次頭，這才從手提袋裡抽出一張五法郎紙鈔。

「簡直是在光天化日下搶劫。」她氣沖沖地念著，回到兩人身旁。「別在意——妳們絕對不能錯過這樣的體驗！」

阿嘉莎震驚地看著凱薩琳以優雅的姿態攀到駱駝背上。駱駝主人命令牠跪下，接著凱薩琳側身站在牠身旁，輕鬆地坐上像是倒放的板凳的鞍架。駱駝起身時，猛然往前一衝，瞬間凱薩琳彷彿要從牠頭頂上飛出去，但她抓得很牢，哈哈大笑，等駱駝站穩。

「來吧！」她從高處呼喚。「騎上來就會愛上駱駝——要看透這座城市，這是最棒的方法！」

阿嘉莎跟南西互看一眼。「我不知道是否做得到。妳有沒有看到牠站起來的時候搖得多厲害？跟怒濤中的小船一模一樣——我很會暈船……」

「我也不太拿手。」南西搖搖頭。「我的騎術很差，有一次還被馬兒甩到地上，之後就沒膽嘗試了。」

「妳們在磨蹭什麼？」凱薩琳轉頭大叫。「我們可沒有整天時間可以耗！」

「既然凱薩琳病了二十四個小時都做得到了，我們不該這麼嬌貴。」阿嘉莎苦笑。「妳願意的話，我就試試看。」

「那個、我……呃……」南西臉色白得像紙，然而她還來不及多說半句話，駱駝主人已經一把將她抱起，放到最矮小的駱駝背上。

「抓緊，往後靠！」凱薩琳高喊。

南西緊閉雙眼，這頭駱駝比牠的同伴穩定一些，沒把她往前甩。她睜開眼睛，一臉驚嘆。「喔！我還在牠背上！」

「當然啦！」凱薩琳笑道：「不過是駱駝——又不是大象！來吧，瑪莉，輪到妳了！」

阿嘉莎靠近她的駱駝時，牠喉中冒出咕噥聲，朝她猛吐口水。「噁！」她往旁避過牠滴著唾液的嘴巴。「牠好像不太喜歡我！」

「用力拍牠肚子！讓牠知道誰是老大！」

「我不太想碰牠。」阿嘉莎小心翼翼地揚手，駱駝同時一扭脖子，噴出第二口口水。這時一雙手從後頭抓住她，下一秒，她已經坐到駱駝背上，遠離鞍架前方的唾液轟炸。

駱駝搖搖晃晃地起身，她拚命抓緊，想起以前在托基坐過的旋轉木馬。木頭馬兒隨著音樂上下撲騰，她母親一時不察，在幾分鐘前幫她買了冰淇淋。不知道是誰最不開心：得要清理善後的旋轉木馬老闆，還是坐在她前面、頂著滿頭嘔吐物回家的姊姊。

幸好駱駝的腳步緩慢而沉穩——完全不像顛簸的小船——她可以俯瞰街道、市場攤販的棚頂，眺望古老的石頭拱門。

「那是太陽之門。」凱薩琳跟阿嘉莎的坐騎並肩行走。「東門——聖保羅就是從這扇門進入大馬士革。它是羅馬人獻給太陽的傑作。」她轉過頭。「南西，妳還好嗎？」

駕駛牽著南西那頭駱駝的韁繩，引導牠移到另外兩頭駱駝旁。「沒有我想像的那麼可怕。只要習慣了就能好好享受，對吧？」

「這條是直街。」凱薩琳說明道：「記得《聖經》裡的紀錄嗎？阿拉伯人稱呼它為米德帕夏街。等一下妳們就會聞到香料攤子的味道啦。我們要去城市另一端洗土耳其浴。」

「那是什麼？」阿嘉莎的駱駝低頭打量摔爛在地上的蕃茄，她連忙抓緊鞍架前端。

「澡堂。」凱薩琳回應。「搭了五天車，我們就是需要這個。到時候會有人幫妳們刷洗身體，保證妳們這輩子不曾這麼乾淨過。然後還有香油按摩，跟天堂沒有兩樣！之後沿著絲綢街回去，路上可以買點東西。搭上巴士前應該有點時間吃東西。」

「聽起來真棒。」南西笑了。「喔，那是什麼味道？真好聞。像是……某種香水。那是什麼？」

「玫瑰花瓣。」凱薩琳往街道另一側的攤販擺手。「有沒有看到那些布袋？裡面裝滿了乾燥花瓣跟花蕾，用來調味或是做成香水。如果妳們喜歡的話，可以買點玫瑰水跟冰淇淋試試。」

駱駝穿過香料街，空氣中混入了更複雜的異國香氣。一袋袋的小豆蔻、薑黃、肉桂堆在卵石路面上，旁邊還有一籃籃核果跟杜松子。鉤子上掛著一捆捆大蒜和新鮮薄荷，往下是一碗碗的乳香跟檸檬乾。阿拉伯語的吆喝叫賣、親切招呼聲在街道兩側的牆面間迴盪。

經過在炭火坑上烤肉的攤子時，阿嘉莎口水直流。小販切下肉塊，拿三角形麵包盛裝，再淋上深紅色的濃稠醬汁。「那是什麼？」

「櫻桃醬烤肉串。」凱薩琳答道。「大馬士革的黑櫻桃非常有名，敘利亞到處都有種。他們會加上肉桂跟開心果做成讓人垂涎三尺的醬料，真的很好吃。妳喜歡的話，等一下可以來一點。」

通向澡堂的路徑上還有許多攤販店舖販賣香菸、銅鍋、銅盤、鑲嵌繁複花紋的木製家具。三五成群的邋遢乞丐蹲在路旁，披上薄紗的女子手提裝滿雜貨的籃子快步通過。

「去年沒辦法走這條路。敘利亞是戰場，他們跟法國起了衝突，導致數千人無家可歸——所以才會有這麼多乞丐。」

一名裸著上身的小男孩追了過來，向阿嘉莎垂落的腳伸長手臂。他看起來跟露莎琳差不多年紀，濃密的睫毛框著黑色眼眸，透出絕望的神色。阿嘉莎從口袋裡掏出在火車上買餐點找的零錢。土耳其里拉行嗎？她不確定。但她得要給他一點東西。

「喔！住手！」凱薩琳看到她把銅板丟進男孩掌中。「他們會緊追不放的！」她一踢駱駝側腹，催牠快走。「快點！」她轉頭大喊。

澡堂位於狹長巷弄的尾端。凱薩琳率先抵達，另外兩頭駱駝追上時，她已經落地了。

「我們要怎麼下去？」南西雙手緊抓鞍架。

「別擔心——交給他就好。」凱薩琳對尾隨在後的駱駝駕駛歪歪腦袋。

駕駛只發了一個音，棍子一甩，兩頭駱駝便乖乖跪下。爬下去比較簡單，阿嘉莎側身著地。她看了南西一眼，發現她顯然很慶幸能重新踩上大地。

「做得好！」凱薩琳興高采烈。「好啦，現在就來盡情享樂吧！」她領路鑽進陰暗清涼的室內，一道道陽光從天窗透入。「我先說了，這裡是女士專用。男士的澡堂在另一條街上。妳們只能在這裡看到本地女性拿下面紗的模樣。」

三人各有一個更衣置物的隔間。「妳們好了嗎？」凱薩琳的聲音從牆板另一側飄來。

「接下來要做什麼？」南西語氣緊張。

「躺在桌子上，讓她們幫妳抹肥皂、刷洗。」凱薩琳高聲回應。「然後就是按摩啦。」

「在哪裡？我是說桌子在哪？」

「在大房間那邊。妳們不會害羞吧？這裡只有女人。」

阿嘉莎還穿著絲質貼身背心跟短褲。南西拿著在更衣室找到的毛巾遮掩下半身。

「我第一次也跟妳們一樣。」凱薩琳夾起長髮，乳房隨著手臂的動作晃動。「阿拉伯女性對於裸露的看法不同，一旦沒有男人在旁邊，她們就不像我們英國人這樣忸怩。」

阿嘉莎努力移開視線。凱薩琳毫不羞怯，淺棕色陰毛在雪白的下腹格外顯眼。她打手勢要兩人跟上，一同前往洗澡間。光腳踩著柔軟的毯子，清新的檸檬和迷迭香氣味撲鼻而來，充滿回音的聊天聲在遠處飄盪。

她們走進滿是全裸阿拉伯女子的房間，服務員向她們打招呼。其他客人盯著她們白皙的皮膚，好奇心毫不掩飾。凱薩琳說了幾句阿拉伯語，同時朝阿嘉莎跟南西比劃。服務員紛紛點頭，其中一人打開櫥櫃，取出跟床單一樣大塊的毛巾，用類似曬衣繩的設備掛在一張桌子四周，再拿一條毛巾，在桌子周圍搭出帳篷。

「好啦！」凱薩琳對南西笑了笑。「這樣就不用害羞啦，不會有人盯著妳看。」她轉向阿嘉莎。「妳也要這樣嗎？」

阿嘉莎點頭。以前當護士時，她看過不少男性的裸體，但那裡沒有半個女病患。除了自己的親姊姊，她從沒看過脫光衣服的女性。她覺得不安又自卑，好在意自己的小腹跟胸部。生過孩子之後，她失去了像凱薩琳那樣結實的身形線條。

她以眼角餘光瞥見南西鑽進毛巾蓋成的帳篷。阿嘉莎很納悶她為何如此忸怩。比起她跟凱薩琳，南西至少年輕十歲，身上沒有半點贅肉。因為家裡只有她一個小孩，她才會這麼放不開？接著，阿嘉莎想到了另一個可能的原因。南西說她結婚多久？五個月還是六個月？無論如何都足以讓她懷上身孕，並且有所察覺。這個可能性使得星期四夜裡的種種添了一絲寒意。如果南西才剛得知自己懷孕了，收到那封電報時她該有多絕望啊。

設想南西的處境使得她狠狠想起向亞契報喜訊的那一天。兩人半夜去漢莫史密斯區跳完舞，坐在計程車上，她一陣作嘔，亞契怒斥司機開得太快。「不干車子的事。」她說。她在他耳邊低語，他的表情瞬間凍結。經過了彷彿是一輩子的時間，他默默坐著，街燈昏黃的光束如同箭矢般刺向他的臉龐。等他再次開口，那句話刺穿了她的心。我不想要小孩，妳只會一直顧著它，心裡沒有我。

有人按住阿嘉莎的手臂，服務員對著桌子打手勢，阿嘉莎乖乖躺下。等待刷洗的空檔她渾身僵硬。讓素未謀面的陌生人洗淨她身上的每一個角落，完全不符合她對放鬆的定義。她閉上雙眼，咬緊牙根忍受酷刑。不過她沒料到溫暖芬芳的絨布觸碰肌膚的感受是那麼的愉悅。服務員按部就班，以敏捷穩定的手勁從她的腳掌開始擦拭。當她擦到膝蓋時，阿嘉莎陷入了甜美的昏沉。在擦澡之後泡進熱騰騰的浴池讓她有些惋惜，但下一步的按摩帶來更強烈的催眠魔力。這回她趴在桌上，微溫的香油淋上她後腰，那雙強健的手掌再次開工，解開她全身上下的每一絲緊繃。等到所有的程序結束，她幾乎喪失了意識。

「該走囉！」一道嗓音切入她的夢境。她在陽光谷的庭院裡，跟露莎琳和亞契打板球。屋裡有人對他們呼喚，但他們要找的不是她。突然間，她看見自己的母親走上前來，一臉怒色。她嘴裡吐出阿嘉莎聽不見的話語。

「起床啦！」

阿嘉莎睜開雙眼，奮力理清眼前光景。那是一雙腿。凱薩琳的腿。她坐起來，揉揉眼睛，發現自己身上不著片縷。不知怎地，她現在一點都不在意了。

「想逛街的話現在就該走了。」凱薩琳笑道：「舒服嗎？」

阿嘉莎點點頭。「我覺得自己像是變了個人。」這句話說出口，她才驚覺這是鐵錚錚的事實。彷彿過去兩年來的一切痛苦全都隨著污垢和汗水一同刷洗乾淨。當然不是永遠擺脫了那些情緒回憶，它們恰如指甲縫裡的污垢，沒過多久就會捲土重來。但她將反覆品味這份感受。她記不得自己曾經有過如此平靜、自在的一刻。

第十二章

大馬士革到巴格達

回到絲綢街，阿嘉莎買了條上面有深藍色刺繡的白色綢布，打算寄給姊姊，也替夏洛特採購一雙燙印金色花紋的皮製便鞋。接著，她又幫露莎琳找到一個身穿豔紅長袍、頭戴亮片頭飾，打扮成敘利亞新娘子的人偶。她在賣女裝成衣的攤子前追上南西和凱薩琳。

「真羨慕她們。」她聽到南西如此說道：「我應該會喜歡披著長袍的感覺。想想這能省下多少時間啊，根本不用煩惱髮型或是化妝。」

「妳要這麼想當然可以。」凱薩琳應道：「但妳不覺得很不對勁嗎？要女人包住全身，男人想穿什麼就穿什麼？」

「喔，妳說得有道理。不過呢，要是做這種打扮是出自個人選擇，背後想必有什麼好處吧？」

「妳該不會是打算買一套吧？」阿嘉莎說著，撫過一條喀什米爾材質的紫丁香色披巾。

「不是面紗。」南西說：「那件連身裙很吸引我。」她指向一件尼羅河綠的絲綢長袍，領口鑲著銀邊。

「妳穿起來一定很迷人。」凱薩琳說：「怎麼不買呢？」

「不行。」南西瞄向阿嘉莎。「不過到了巴格達，我可能會買點布料，試試看能不能做出類似的東西。」

凱薩琳看看手錶。「別猶豫太久，離巴士發車只剩一個小時啦。」

「那裡有些類似顏色的配件。」阿嘉莎指著方才她買布料的攤子。「要不要去看一眼？」

十五分鐘後，她們跟凱薩琳在路旁的露天咖啡館會合。她已經幫兩人點了餐，她們才剛坐下，一大盤菜餚就送上桌。

「我們一起吃吧。這是炸鷹嘴豆餅、塔布勒沙拉、茄泥醬——還有去澡堂路上看到的烤肉。」阿嘉莎沒聽過這些菜名，在用餐的同時，凱薩琳滔滔不絕地介紹所有的材料。鷹嘴豆、薄荷、蕃茄、茄子、綜合穀物碎片、松子、黑莓、羊絞肉。等三人幾乎掃空所有的餐點，凱薩琳打手勢招來服務生，用阿拉伯語說了些話。

「我剛才點了這間店的招牌甜點。」她笑著說：「玫瑰水跟杏仁口味冰淇淋加新鮮無花果。」

阿嘉莎以為威尼斯的冰淇淋已經是天下無敵，沒想到這裡的調味更上一層樓。她腦中突然閃現鮮明的畫面：麥克斯舔掉沾在嘴角的威尼斯奶油。不知道他對這個口味會有什麼感想。她思考他目前人在何方，大概是地中海的某處吧，現在應該離亞洲更近了些。

她細細品味最後一湯匙的冰淇淋，他的警告再次浮上腦海：她會施展魔法，你還沒反應過來，就成了她的奴隸……她斜眼瞄向招手要服務生過來結帳的凱薩琳。她們在大馬士革的一切行動都由她主導，兩人毫無疑問地遵從她的計畫。是的，她真的施展了魔法，但這是美好的魔力。駱駝、按摩、街道攤販、餐點……阿嘉莎暗笑，她很清楚自己永遠會記住這一天。

幾輛六輪巴士等著送托羅斯快車的乘客到巴格達，由來自澳洲的納恩兄弟負責打點一切。凱薩琳詢問座位時，其中一人讚賞似地上下打量她，那雙坦率的藍眼角落牽起白色細紋，那是不受沙漠烈日侵襲的凹陷處。

「我們要盡量往前坐。」凱薩琳迎上他的目光。「我朋友很少搭車，要是坐後面會不舒服。」她轉頭望向阿嘉莎，兩人離她有點距離，沒聽到她說了什麼，阿嘉莎正被南西的發言惹得皺起眉頭。

「座位早就安排好了。」澳洲人說。

「那就重新安排吧！」凱薩琳將車票硬湊到他面前。「不然你們之後可就要應付更不得了的麻煩事。」

他垂下頭檢查車票。「這位小姐，我看看能怎麼安排。」

「我已經結婚了。」她從容點頭。「謝謝你，納恩先生。」她紅唇輕啟，露出完美的齒列。等她轉過身，依舊感覺得到他的視線追著她跑。

「叫我吉姆！」

她看到阿嘉莎跟南西結束談話，好奇地望著她。

「都處理好了。」她對兩人說：「不用擔心會暈車。」

「太好了。」阿嘉莎盯著最近一輛巴士的台階。「可是我們看到有個司機帶了兩把來福槍上車，藏在毯子下，可是槍管伸了出來。」

「喔，這沒什麼。我們不太可能惹上麻煩，但沒有槍枝我可不想橫越沙漠。來吧——快到車上安頓下來。」

她們上車時，三名披著頭巾的阿拉伯婦人被趕到後方。其中一人的籃子裡裝著活生生的雞隻，在她們與司機爭執的同時咯咯助陣。

「搶走她們的位置真是過意不去。」阿嘉莎說。

「千萬別這麼想。」凱薩琳重重坐到窗邊的位置。「她們早就習慣了，妳們還不習慣。他們可不樂意看妳在十九個小時的車程中吐得亂七八糟——特別是在這樣的熱天裡。」

過了十分鐘，巴士駛離大馬士革，經過一片片果園和椰棗樹，外頭漸漸變成貧瘠荒涼的沙漠景色，沒過多久，除了沙丘和岩石之外什麼都看不到。千篇一律的環境營造出催眠的氣氛，阿嘉莎跟南西一會就打起瞌睡。

凱薩琳凝視她們的睡臉，期盼自己也能陷入夢鄉。她看看錶。六點半。她在腦中計算時間。再過四十個小時，她就要站到巴格達的聖公會教堂的祭壇前。想到李奧納等在紅毯盡頭、轉頭對她微笑、親吻她，她覺得渾身上下的血液都要凍結了。

一股拋棄所有羈絆的衝動湧上心頭，她好想一口氣倒出打從搭上東方快車的那一刻起，一直堵在心底的恐懼。她再次看著旅伴，意識到她們昨晚熬夜照顧她，肯定累壞了。

穿過土耳其的車程間產生了某種變化。從洪水淹沒軌道的那一晚，三人在同一間包廂裡待到深夜開始。凱薩琳的高燒使得她們不只是旅伴，現在她們之間存在著更緊密的關係，凱薩琳真想向這兩個……這個字眼從她心底往上爬，令她暫時停止思考。

朋友。

她不認為自己是會交朋友的人。總之不會是女性朋友。倘若要她舉出最親近的對象，她肯定會列出考古基地的諸位男士。對了，還有在諾福克郡的姊姊，不過在凱薩琳眼中，兩人的關係絕對無法用親近來形容。沒有親近到能在柏特蘭過世那時通知她。沒有親近到知道……知道什麼？她無法用文字來描述。醫生提了什麼先天性賀爾蒙抗阻症狀，然而他也找不出害柏特蘭英年早逝的確實理由。

她望向窗外，視線範圍內只有沙子跟天空。如此明亮的景色中醞釀著惡意，即便什麼都沒有，還是有許多人在此迷路。到了中午，根本分不出東西南北，這些巴士偶爾會在錯綜複雜的胎痕中開上歧途。

這是妳正在做的事情嗎？

她腦海中響起柏特蘭的嗓音。到現在她還把他帶在身邊。要是他跟她說了醫生的那番說詞就好了。告訴她一切，而不是帶著槍，闊步走進夜色。

妳知道的，妳不需要記上一輩子。

「喔，我就是要記著。」她對自己映在窗上的身影低語。要是她放棄嫁給李奧納，她就會搭上下一班車回倫敦。不能回大英博物館——一旦離開考古隊，博物館就不會僱用她了。她得要回頭在時尚品牌間兜轉，吹噓自己的才能。但是那個充滿訂製服裝的璀璨世界現在已經失去吸引力。她才不要回到裙襬、手提袋、帽子的世界。現在她已經在男人的世界立下自己的功績，那是屬於古老王國、埋藏寶藏的世界。她熱愛、渴求活得像個男人的生活。

她操縱過那些人——與她共事的小伙子——只要夠機靈，她也能操縱李奧納。即便他地位崇高，對人心仍舊一無所知。光是看他沒有抗議新婚之夜不會發生什麼事就知道了。她要挑逗他，正如她挑逗麥克斯一樣。讓他驚鴻一瞥，像是藝廊的畫作——只能仰望，不得觸碰。

隔壁睡夢中的南西不太安穩，身體陣陣抽動，彷彿正在做惡夢。凱薩琳心想，她自己就處於活生生的惡夢之中。阿嘉莎也沒有好到哪裡去。根據報導，丈夫的不忠使得她精神崩潰，離婚文件上的墨水還沒全乾呢。這兩名女子怎麼能承受凱薩琳侃侃而談自己的婚事呢？聽到這個消息，她們得要演出興奮的模樣，假裝為她感到開心。接著就會問起他們的愛情故事，這樣的煎熬太過痛苦。不過她其實很想邀請她們到教堂觀禮。為什麼？因為她需要有人給她支持壯膽？婚禮迫在眉睫，她感受到無以名狀的恐慌。

巴士往右轉，一座高聳的沙丘映入眼簾。這片沙漠跟開羅城外的風景很像，也差不多就是此時，落日西斜，她的丈夫爬上吉薩的大金字塔舉槍自盡。

她沒看到柏特蘭的遺體。他的部下前來傳遞惡耗。她要求去停屍間一趟，但他建議她別這麼做，而她在震驚之中妥協了。事後，她後悔莫及，不斷折磨自己，想像事發經過。夢魘令她不敢入睡。

想到接下來要做的事，要她重複向柏特蘭許過的諾言，又帶來一波恐慌。痛苦與愧疚湧向她，威脅著要將她淹沒。

我後天就要結婚了。

她想像要如何她們透露實情。還是等到三人抵達巴格達，即將分道揚鑣的時候吧？

喔，對了，明天是我的婚禮——妳們要來嗎？

讓她們無暇追問。

從大馬士革到巴格達途中，唯一的地標是沙漠要塞魯特拜。車隊在深夜來到此地，阿嘉莎被煞車驚醒。車外唯一的生命跡象是黑暗中幽幽浮現的燈光。車子停妥後，她看到巨大的木頭柵門，隔著車窗聽見門閂移動的碰撞聲。兩名護衛戴著木盔，腳踏長靴，站在柵門左右，高舉來福槍。他們登上兩輛巴士，從頭巡到尾，以狠的神情打量每一名乘客。

「駱駝軍團。」凱薩琳悄聲說：「他們負責確認沒有偽裝成一般旅客的盜匪。」

等他們結束檢查，車隊才准駛入要塞，柵門在車後關上。吉姆．納恩拿擴音器鑽進車廂。

「我們在這裡休息一陣子。」他宣佈道：「三個小時後動身。房間不多，不過如果你們不介意跟別人一起睡，倒是有幾張床。」

要塞內比他暗示得還要簡陋。凱薩琳、阿嘉莎、南西分到沒有窗戶的小房間，磚牆糊上深色灰泥。唯一的家具是兩張雙人床。她們還沒說好要怎麼分配，另外三名女子——全都披著面紗——也被工作人員帶了進來。

「好吧，幸好大家都不胖！」凱薩琳拍拍床墊，沙塵飛了滿天。「誰要擠在中間？」

「要不要拿大衣墊著啊？」南西小心翼翼地靠近床鋪。「噁！那是蟑螂嗎？」她指著牆上移動的黑色物體。

「那裡還有一隻！」阿嘉莎仰望天花板，一顆燈泡投下微弱的光線。

房間另一角也有動靜。一名面紗女子走上前，手握小錫盒。「別怕。」她說：「我有火。」

「她要做什麼？」南西伸長脖子，看女子擦亮火柴。

「她要燒藏茴香子。」凱薩琳答道。「有沒有聞到？」

一縷白煙從錫盒裡升起，在房裡蜿蜒。「喔！」阿嘉莎說：「像是……迷迭香還是百里香之類的。」

「他們用這個來驅蟲。」凱薩琳點點頭，對帶著錫盒的女子燦笑，後者將錫盒放在兩張床之間的地板上。「很有效，真希望在列車上也有這東西能用。」

白煙飄到天花板，蟑螂窸窸窣窣地紛紛爬下，消失在飾板上的小洞裡，另一名阿拉伯女子上前，拿她的行李箱堵住那個洞，眾人總算能安頓下來，度過這一夜。

凱薩琳閉上眼睛，但睡意拒絕降臨。南西的體溫隔著她的大衣透過來，從兩人的呼吸聲判斷，她們都睡著了。另一側傳來某個阿拉伯女子的鼾聲。黑暗中看不見錶面，不過她知道現在快要凌晨一點了。星期一的凌晨。她只剩一晚自由。

她試著想像現在躺在她身旁的不是南西，是李奧納。她並不討厭他。他不像柏特蘭那樣好看，使得她一眼就被他迷得神魂顛倒。然而即便李奧納是全世界最俊美的生物也沒用，她還是害怕。

南西翻了個身，床鋪晃了晃。「凱薩琳，妳醒著嗎？」她輕聲問。

「嗯，睡不太著。」

「我也是。真希望已經是早上了。我不喜歡這裡。要是睡著了，我一定會做惡夢——妳呢？」

此時此刻，凱薩琳真想說出一切。祕密宛如床邊冒出的煙霧，攀在她身上。要是她現在小聲說出來，在黑暗中，會有什麼差別嗎？有幫助嗎？無論是南西還是任何人都無法改變這個景況。最好還是藏在心中，維持住充滿自信的職業婦女形象，隨心所欲，毫無畏懼。

「我擔心的不是惡夢。」她說：「鼾聲吵得我睡不著。聽起來真像是瑪莉騎的那頭駱駝吐口水的聲音，對吧？」

南西格格輕笑。「幸好妳沒睡。床上只有自己一個人清醒著不是很可怕嗎？」

吉姆．納恩用力搥門，把眾人叫醒。外頭還是一片漆黑。乘客像是夢遊者似地魚貫回到中庭，爬上巴士。下一段旅程開始後過了一個小時，東邊天際出現第一道曙光。灰色的地平線染上一層桃紅，巴士搖搖晃晃地停下。阿嘉莎往窗外看去，睡眼矇矓。一群穿著阿拉伯傳統長袍的男子架起輕便煤氣爐，從藤編箱子裡取出銅鍋。接著——她忍不住嘖嘖稱奇——他們掏出好幾盒看起來像是香腸的食物。

吉姆．納恩要大家下車，他大概沒闔過眼，但眼神異常明亮，精神好得不得了。

「早餐！」他對著擴音器大吼。「請在巴士前面排隊！」

阿嘉莎踏上沙地時，聞到香腸的氣味。平底鍋架在用石頭堆起的爐子上，排成一列，蒸氣冒出。她跟著排隊，很快就分到夾著粗香腸的阿拉伯麵餅，搭配一大杯的甜膩熱紅茶。

阿嘉莎盤腿坐在地上用餐，大口大口咬下她覺得是這輩子吃過最美味的食物。沙漠中瀰漫著一股魔力，在黎明時分，淺粉色、粉橘色、藍色的曙光，純淨清涼的空氣，營造出奇蹟似的氣氛。突然間，英國的前塵往事變得好渺小，一點都不重要了。這是她夢寐以求的感受。在這裡，在這片荒涼的土地上，她真正的離開了一切——身旁只有寂靜的清晨空氣、東昇旭日、屁股下的沙子，以及香腸和紅茶的滋味。

動身的時刻到了，幫車隊煮早餐的男子消失在沙丘後頭，他們的行李箱掛到駱駝背上。

「他們是貝都因族的人。」凱薩琳解釋道：「到了考古基地會看到更多。」她轉向走道另一側的南西。「妳也會來參觀吧？」

「那個，我……呃……」她的視線從凱薩琳移向阿嘉莎，似乎是在尋求允許。

「我們就一起去吧。」阿嘉莎說：「基地離巴格達有多遠？」

「有好一段距離，搭火車大概要十二個小時吧。不過一路上有不少好玩的景點，妳們可以慢慢來，在卡爾巴拉跟烏卡迪爾停留一兩天。然後妳們在基地的別館住上幾天。基地還滿原始的，可是我想妳們會喜歡那裡。相信那些男生很樂意招待妳們。」

「妳人真是太好了。」南西說。「聽起來真是美好到了極點。」

巴士前方的叫嚷聲引起她們的注意。司機突然往左轉。她們隔著車窗看到轉向的原因。一輛貨車就停在車輪軌跡中央，幾把來福槍伸出窗外。

「搶匪！」凱薩琳嘶聲示警。「別擔心，他們不會追上來。他們的目標是篷車車隊。」

「那些騎駱駝的人呢？」南西皺眉。

「幫我們煮早餐的人不會有事，他們已經走遠了。不過還有其他人會走這條路——往返大馬士革的商人——那是他們眼中的肥羊。」

顛簸地繞了幾哩路，車隊終於回到原路上。剛過十點，阿嘉莎瞥見一座圓頂，喚拜塔在浮動的熱氣中閃爍。

「那是費盧傑。」凱薩琳說。「等會就能看到流過清真寺旁的底格里斯河。」

進城前，巴士得要駛過船隻排成的橋面。搖晃的程度令阿嘉莎一陣反胃，幸好很快就回到平穩的地面。車隊沿著路面上的車轍，穿過棕櫚樹叢。左手邊出現另一座規模更大的金色圓頂，凱薩琳說那座清真寺位於卡濟米耶。

「很快就到底格里斯河了。距離巴格達只剩幾哩路。」這段路鋪得好一點，兩側長滿棕櫚樹，一群群黑色水牛在水池裡漫步。接著是被繁花包圍的屋舍。阿嘉莎瞄到幾座網球場，歐洲面孔的年輕男女穿著白衣在場中奔跑。

「歡迎來到小歐洲。」凱薩琳笑道。「這是阿威亞區——漂亮的市郊。如果是我，我一定會避開這一區。」

網球場和精心修剪的花園終於變成整片的棚屋。用汽油桶堆成的破屋圍繞著大片泥濘不堪的牛欄，糞便的臭味衝進巴士，眾人不禁掩鼻。

「這是水牛鎮。」凱薩琳指著窗外的兩名在泥地裡走來走去的婦人，看她們往木槽裡倒草料。「看起來像是貧民窟，對吧？不過以阿拉伯的標準來看，這些人其實相當富有。一頭水牛至少能賣到一百鎊。有沒有看到她們的腳環？」阿嘉莎看著婦人踉蹌往回走。沒錯，她們的腳踝閃過一抹銀光，手腕套著好幾個鐲子：串上一顆顆青金石、玉石、琥珀的銀鍊。

水牛鎮位於底格里斯河畔，車隊又要跨越另一座船橋——這次比較短。一過橋，他們就進入巴格達境內，街道兩旁擠滿顫巍巍的建築。巴士開向有著藍綠色圓頂的清真寺，停了下來。阿嘉莎意識到就是這裡：經過五天的舟車勞頓，她總算抵達了目的地——底格里斯皇宮飯店。

司機替阿嘉莎跟南西卸下行李，凱薩琳下車向她們道別。「給妳們幾個忠告：買東西的時候要記得，在中東，外表跟內在是兩回事。如果看到有人用力揮手驅趕妳們，其實他是在邀請妳們靠近。同樣的，要是他向妳們招手，意思是叫妳們快走。如果希望別人聽妳們說話，妳們要拉開嗓門大喊。在這裡就是這樣。用普通的音量只會被別人忽視，他們會以為妳們在自言自語。」

「妳住哪裡？」南西問。

「市區的另一邊的莫德區。我們訂了旅店，不是飯店。李奧納最討厭在住宿上花錢。」她翻翻白眼。「抱歉，聽起來像是在說他壞話。」她停頓半秒，又說：「對了，我們明天要結婚了。李奧納跟我。妳們要來嗎？」

第十三章

巴格達

南西納悶底格里斯皇宮飯店是否還有其他客人入住。她們整理好行李後下樓，鋪上大理石地磚的接待區沒看到半個人。下午茶的地點是涼爽的飯店中庭，穿著制服的侍者就算換到克拉里奇飯店也不顯突兀。

「她怎麼不早點告訴我們呢？」南西將餐巾攤在膝上。

「或許她不想引起騷動。」阿嘉莎等侍者倒完茶才開口：「畢竟這是她的第二段婚姻。」

「可是她總能提一下吧。妳想她是不是有點後悔？」

「我猜她一路上反反覆覆想了很多吧，思考自己真正想要的是什麼。」

「菲利克斯向我求婚的那天早上，我也有這種感覺。」南西拿起一塊小黃瓜三明治。「我跟父親說了這件事——他興奮極了——但我記得那時我望向窗外，看到即將長葉子的馬栗樹，心想結婚就像那些伸展出來的嫩葉，那麼的蒼白又柔軟——不知道該怎麼說耶——那麼的脆弱。一旦暴露在外，就再也回不去了。天知道會不會突然來一陣狂風或是寒霜呢？」

「妳認識菲利克斯很久了嗎？」

「算不上。在聖誕節那陣子的幾次社交場合見過他，然後他參加了我以前同學主辦的宴會。現場有好多誇張華麗的服裝，當我抵達時，已經有不少人喝醉了。菲利克斯打扮成蒙面俠蘇洛，穿著紅斗篷跟黑色寬邊帽，活像是電影明星道格拉斯．范朋克。後來我才知道那次宴會上，他接連向好幾個女生求婚，我是最後一個。」南西搖搖頭。「我以為等他清醒過來就會取消婚約，可是我父親在泰晤士報上刊登了告示，已經來不及了。因此我們在六個禮拜後結婚。」

阿嘉莎提起茶壺，依序替南西和自己倒茶。「任何一段婚姻都是向未知躍進，就算妳以為早就把對方摸得清楚透徹。某些人過得平安順遂，但我不認為有多少夫婦能真正幸福快樂。」

南西盯著停駐在阿嘉莎身旁牆上的蝴蝶——像是旗幟般的紅色、白色、黑色條紋。

「在火車上妳曾經提到妳先生愛上別人了。他有沒有放棄對方？」

阿嘉莎凝視自己的杯子。「他……我們……我們已經不是夫妻了。」

「對不起——我不該問的。」

阿嘉莎呼出一大口氣。「即使到了現在，說起那件事還是無比困難。碰上凱薩琳那天，我覺得太丟臉了，不敢跟她提起。我讓她以為我先生在戰爭中過世。」

「喔，這不能怪妳。聽妳前天晚上說的話，這件事完全不是妳的錯。」南西咬下一口三明治。

「問題在於若是男人看膩了妳，大家總認為肯定是妳的錯，說妳不夠努力。要是有了小孩，妳更覺得自己一敗塗地。」

南西嘴裡的麵包彷彿化為木屑。要是孩子的父親沒有遵守諾言，等孩子大到聽得懂人話，她該如何說明呢？

只要妳在那裡避幾個月的風頭……

記憶中的話語令她無比煎熬。她來到這裡，來到半個世界外的異國土地，仰賴她才剛認識的女子。倘若她知道南西的祕密，她保證會嫌惡地退避三舍。她不知道該如何度過接下來的幾個禮拜——更別說是幾個月了。

隔天早上，阿嘉莎起得很早，過了幾秒鐘才想起自己身在何處。昨天傍晚六點多，她累得直接倒在床上，現在看看床邊桌上的攜帶式座鐘，發現自己整整睡了超過十二個小時。

她躺了好一會，享受睽違將近一週的正常床舖、屬於自己的房間。接著她爬下床，走到窗邊，外頭是小小的陽台，腳下是巴格達繁忙的幹道拉希德街。幾乎所有的男性都穿著阿拉伯服裝，只有少數幾人做西式打扮。大部分的人徒步而行，其他則是搭乘騾子或馬匹拉曳的車輛。一組騾子拉著外殼頗有歷史的巴士艱辛前進。車尾裝設螺旋狀的階梯，車廂裡塞了幾十個人。阿嘉莎心想這一定是早晨的尖峰時刻。

對街的遮陽棚下，一名帶著印度風頭巾的男子推著拼裝的攤子賣小吃。她看到他背後還有一個人，用網架在炭火上烤著像是切片茄子的東西。另一個人往麵餅裡填入萵苣葉跟白色醬料。好幾個阿拉伯人排隊等待，一邊聊天一邊往人行道上吐口水。食物的香氣飄向阿嘉莎所在的陽台，讓她飢餓萬分。

她跟南西約好八點半一起吃早餐。婚禮十點開始，觀禮之後再來辦正事。阿嘉莎要去找房子，南西則是打算去一趟英國領事館，問清楚表姐究竟是出了什麼事。

阿嘉莎忍不住想像凱薩琳在自己的大喜之日心裡有什麼感受。觀禮令她百感交集，到時候她必定會想起自己跑了這麼遠拚命逃避的痛苦。再過四天，亞契就要跟他的未婚妻成婚。

她整理衣物，思考要穿哪套衣服參加婚禮，把想像趕出腦海。等她們踏出教堂，這座城市的氣溫會攀升到華氏九十度。最後她選定一件紫丁香色絲綢連身裙，領口鑲了一圈奶油色玫瑰花蕾。她要搭配在哈洛德百貨帽子部門新買的鐘型草帽。從帽盒裡取出帽子，她想到銷售員向她介紹這款帽子搭配不同緞帶各有什麼意涵時，自己有多麼尷尬。

「這是最新潮的作法。」那個女孩的手朝著眼神空洞的陶瓷假人頭一揮。「利用妳挑選的緞帶傳遞訊息，像是某種密碼。」她指著圖案有如箭頭的粉紅色羅紋緞帶。「這個款式象徵帽子的主人單身，但已經心有所屬。」她看著阿嘉莎，從她的表情判斷自己猜錯了。

「還有這個。」她把目標換成編上繁複扭結的淺紫色絲帶。「這代表妳已經結婚。」她的笑容迎上鎖得更緊的眉頭。

「或許這頂比較合適？」她挑出一頂帽子，白色點點緞帶打成花俏華麗的蝴蝶結。

「意思是妳還單身，對於男女交際很有興趣。」

「我想要樸素點的就好。」阿嘉莎滿臉通紅，從最近的假人頭上拎起一頂帽子，奶油色的細緞帶上縫著一顆珠母貝材質的鈕扣——她一點都不想知道它是否蘊含什麼神祕訊息。

阿嘉莎把帽子放到床上，就聽到門板傳來一聲急促的敲打。她瞥了鐘面一眼。她要飯店在七點半送茶進房，但現在才剛過七點。她心想可能是南西，上前開了門，沒想到站在門外的人竟是凱薩琳。

「抱歉一大早打擾妳。」她神情激動，光潔的額頭掀起皺紋。「是這樣的，麥克斯跟麥可，他們有事耽擱了。他們昨晚從貝魯特發電報通知運送補給品的船隻出了點問題。」她大口呼氣。「總之呢，我們的婚禮少了見證人，不知道是否能邀請妳跟南西代勞？」

「喔……我……」阿嘉莎僵住了。「妳的意思是……在證書上簽名？」這事非同小可，會徹底揭開她的偽裝。在結婚證書上用了假名會影響它的效力，使得整樁婚事化為鬧劇：凱薩琳跟李奧納・吳雷將一輩子背負罪名。「我、我不確定能不能……」她找不到藉口。若她拒絕了這個請求，肯定會跟凱薩琳撕破臉。

「跟妳說，妳不需要裝下去了。」凱薩琳前進一步，一手按住阿嘉莎的手臂。「我知道妳是誰。」

阿嘉莎感覺自己在凱薩琳的炯炯目光下萎縮。她知道。恐怕兩人見面沒多久，她就猜透謎底了。

列車上的幾個片段掠過阿嘉莎腦海。就是凱薩琳用蒙娜麗莎似的微笑注視著她的時刻。妳有別的眼鏡嗎？這一副真的跟妳很不搭……她大概憋笑憋了好幾天吧。

「現在妳已經不在車上了。」凱薩琳柔聲低語：「不用擔心其他人對妳指指點點。在巴格達，要是妳想藏起來，方法多的是。」

阿嘉莎深吸一口氣，她覺得自己的嘴唇像是黏住了。「妳什麼時候發現的？」

「在妳傷到頭之後，我看到妳沒戴眼鏡的模樣。那時候妳睡著了，我把我的書擺到妳臉旁，跟封底的照片比對。在那之前我已經起了疑心。我好想問，又不希望在車上跟妳鬧僵。」

阿嘉莎別過臉，搖搖頭。「是我太蠢，還以為能瞞天過海。我只是——」

「妳不用解釋，我完全了解。」凱薩琳停頓幾秒，又說：「當然了，我跟大家一樣，看過那些報導。不知道這麼說會不會讓妳好過一點——我懂那種感覺，私生活像是髒衣服一樣被攤在太陽下曬。」

「妳懂嗎？」

凱薩琳點頭。「我在車上不太誠實。妳說妳是戰爭寡婦，我讓妳以為我丈夫也遭逢同樣的命運。其實不是。我們結婚後過了半年，他自殺了。」

「喔，凱薩琳——真是遺憾……我……」

凱薩琳揚手打斷她。「什麼都不用說。拜託，現在給我一點支持，可以嗎？」

「當然沒問題。」

海法街上的聖喬治教堂旁邊是高聳的阿布·哈尼法清真寺。儘管矮了一截，外觀也沒那麼張揚，阿嘉莎隨著南西和凱薩琳踏進教堂內時，仍舊感受到舒坦寧靜的氣氛。

「不用告訴她——先不要。」離開阿嘉莎的房間前，凱薩琳說道：「我會請她先簽名，這樣她就不會看到妳的名字。」

南西在早餐桌上向她說「瑪莉，早安」，她覺得既內疚又虛偽，但現在不適合處理這件事，說明她為什麼想隱姓埋名，說明這個謊言開始之後，欺瞞是如何像網子般將她纏住。因此，她只向南西透露她們要臨時擔任見證人，然後就刻意將話題扯離婚禮，聊起租房子的事情，直到她們吃完炒蛋、培根、土司。

凱薩琳搭乘馬車來接她們，她打扮得耀眼奪目：香奈兒奶油色羊毛禮服，滾上黑色三股扭結花邊，雙鍊珍珠項鍊，奶油色寬邊鐘型帽（滾邊是同色系的薄紗絲帶，再點綴上一朵絲帶花）。小巧的鈴蘭花束放在她身旁座位上。

雖然半路上遇到一名男子趕著兩匹水牛過街擋路，她們不到十分鐘就抵達教堂。途中凱薩琳笑得開懷。

「天啊，妳不擔心我們會遲到嗎？」南西問道。

「遲到是新娘的特權，不是嗎？反正李奧納沒有我哪裡都去不了：我們新買的越野貨車鑰匙在我手上呢。」

馬車接近教堂，凱薩琳陷入沉默。阿嘉莎注意到她遞出花束、踏上人行道時，手指微微顫抖。

「妳還好嗎？」進入教堂後，阿嘉莎輕聲詢問：「不會太緊張吧？」

凱薩琳還來不及回答，一名留著紅褐色小鬍子的男子從陰影中冒出。「哈囉，凱薩琳，妳這小妞！」

「麥可！你趕上了！」

「什麼？」他勾起嘴角，露出一顆金牙。「妳想我們會讓妳失望嗎？」

「麥克斯在嗎？」

「在前面。」他朝著祭壇歪歪腦袋。「準備好要幫你們送戒指了。」

「喔，這真是……太好了。」凱薩琳轉頭望向阿嘉莎和南西。「看來妳們兩位可以放鬆一下了。」她僵硬地笑了笑。「麥可，我來介紹我的朋友。」這時，管風琴奏起〈示巴女王進場〉的前奏。

「喔！看來是沒時間多聊了！」他挽起凱薩琳的手臂，領著她步上走道。

阿嘉莎跟南西等到那兩人接近祭壇，才跟了上去。阿嘉莎心裡念著婚禮程序突如其來的變更。牽凱薩琳走紅毯的男子流露出溫和的困惑，彷彿她在說笑似的。那兩人真的是有事耽擱嗎？這會不會是凱薩琳逼她暴露身份的伎倆？她拋開這個想法。新娘子在大喜之日的清晨有可能想著自己跟未來丈夫以外的事情嗎？她可別太自我中心了。

阿嘉莎停在新娘這一側的教堂長椅，離祭壇大約兩三排，這時麥克斯環顧四周，露出微笑，悄悄向她揮手。

凱薩琳已經抵達祭壇前的木頭柵欄。李奧納轉身面對她。即便只看得到側臉，阿嘉莎依舊認得出他。高聳的前額、濃眉、叢生的鬍子構成獨樹一幟的容貌。從這個距離來看，他的年紀幾乎可以當凱薩琳的爸爸。

音樂暫停，牧師走上前，在頭頂上劃了個十字。「親愛的來賓，今天早上我們齊聚一堂，見證神聖的婚姻儀式。」這裡是聖公會教堂，但牧師說得一口來自威爾斯谷地的輕快口音。「婚姻」這個詞在他口中像是有三個音節。

「李奧納和凱薩琳——」他的視線分別掃向兩人。「你們即將在天主面前許下誓約，祂是全知的審判者，洞察我們心底的祕密。若兩位知道有何理由，導致這段婚姻無法合法締結，請現在就提出。」

沉默縈繞了好一會。阿嘉莎的眼角餘光瞥見麥克斯垂下頭，很想知道他心裡盤據著什麼念頭。倘若他跟凱薩琳之間真有過什麼，此刻他想必是無比煎熬。

*心底的祕密……*這句話在她腦海中迴盪。是的，她想，這間教堂裡的另外六個人——包括牧師在內——至少都有一個要帶進墳墓裡的祕密。

有些祕密說出來無傷大雅；有些足以摧毀人生。今天早上，兩個祕密曝了光：一個是她的身份——確實惱人，不過不到毀天滅地的程度——另一個則是凱薩琳前夫的死因。真不知道凱薩琳為何特地選在今天透露。表面上，這個祕密是她對於阿嘉莎身份被拆穿的尷尬的回應。但或許不只如此。

為什麼他要自殺？

她沒把這個疑問說出口。凱薩琳是否還想多說什麼？她是否想在踏入第二段婚姻前尋求一些安慰？

那個笨蛋不該告訴他那件事……那樣的衝擊……

那一夜，在列車包廂裡的囈語似乎是打開凱薩琳心房的鑰匙，但今天早上她看起來有所顧慮。或許她原本打算向新朋友透露此事，可是又因為某個契機改變心意。

「李奧納，你願意娶凱薩琳為妻嗎？」牧師富有韻律的嗓音打破沉默。「你願意愛惜她、安慰她、尊敬她、保護她，在你們一生之中對她永遠忠心不變嗎？」

阿嘉莎的心像是著火的紙張一般皺成一團。不過幾年時間，亞契就打破了每一句曾經許下的諾言。他只在一開始真正愛過她——直到現實生活破壞他心中對婚姻的想像。等到她真正需要他的時刻——當她懷上露莎琳，驚惶無助；當她被母親的死亡打擊得無法振作——他從未替她做過什麼。他沒有愛惜她，也沒有安慰她。他更沒有保護過她：他總希望她來保護他。他無法忍受有人生病或是不快樂，因為這些都會破壞他的安寧。至於尊敬呢，在他愛上別人的那一刻全都蕩然無存了。

阿嘉莎聽李奧納．吳雷許下諾言，心想亞契四天後說出同一句話時會不會感受到些許的慚愧。

她望向南西，這個女孩肯定跟她一樣喪氣——說不定比她還難過，畢竟她幾個月前才剛結婚。南西直視正前方，視線對著的不是那對男女，而是祭壇後的彩繪玻璃窗。從她的表情看不出任何端倪。

牧師轉向凱薩琳，重複方才的誓言。「我，凱薩琳……」

「我，凱薩琳，承認你，李奧納，成為我的丈夫。」凱薩琳的聲音低啞，彷彿剛從熟睡中清醒。帽緣在她臉上投下陰影，無法判斷她的感受。等她說完誓言，麥克斯送上戒指，牧師接過，放在紅絲絨軟墊上。

「願天主降福，讓這只戒指成為李奧納和凱薩琳之間親愛忠貞的信物。讓他們牢記今日在主耶穌面前許下的誓約。」他把軟墊呈向李奧納，後者取下戒指。他苦戰了好幾秒，最後是她抽回手，自己戴上戒指。

「凱薩琳，這只戒指是我們婚姻的信物。」李奧納尷尬地笑了笑，再次握住她的手。「我以我的身心靈尊敬妳，我擁有的一切都會與妳共享……」

阿嘉莎忍不住想像幾個小時後，他們一同躺在床上的光景。那幅景象太過奇異，令她隱約反胃。她在內心譴責自己竟是如此膚淺，只因為李奧納年紀大了些，外表沒有他的新婚妻子那麼迷人，就認定他不適合當她的丈夫。要是凱薩琳嫁給更年輕、面容俊朗的麥克斯呢？她驚覺這份想像讓她更不舒服。為什麼會如此？

她的思緒被牧師的宣告打斷。「凱薩琳和李奧納已經向彼此許下諾言，並透過這只戒指締結婚姻盟約。我在此宣佈他們成為夫妻。神配合的，人不可分開。」稍一停頓，他又說：「你可以親吻新娘了。」

他垂下頭，迎向她抬起的臉龐。那稱不上什麼親吻，彷彿他害怕自己的嘴唇會傷到她無瑕的肌膚。接著他勾起她的手臂，帶她走向教堂大門。兩人臉上都沒有笑容。他看起來一臉侷促，而她呢……阿嘉莎試著看清凱薩琳的表情。斷念、決心、焦慮跳進她的腦海。阿嘉莎想到自己在離婚程序中的感受，當時她被傳喚出庭，聽取亞契在格洛夫納飯店造假的偷情證詞。是的，她想，凱薩琳像是即將面對苦難的女子。

麥克斯跟麥可跟著新人走過教堂走道，南西從長椅間鑽出。阿嘉莎留在原地想一個人靜一靜的衝動排山倒海而來，只要一會兒就好。她坐下來，雙眼對著彩繪玻璃上屠龍的聖喬治。

對不起。

她不確定自己是輕聲吐出了這三個字，還是聽到了自己腦海中的聲音。

對不起，我不是個好太太，讓露莎琳無法待在爹地身旁。

若是她沒去照顧母親，沒把亞契獨自留在倫敦，他還會不會出軌？若是在露莎琳出生後，她更努力保養外表的話，他還會不會愛上更年輕貌美的女性？

她不知道自己道歉的對象是否還願意傾聽、是否存在於此，不過說出來總讓她舒坦許多。

等她走出教堂時，南西跟三名男性站在馬車旁，凱薩琳正在和牧師聊天。

「喔，妳來了！」凱薩琳露出接近微笑的表情。「不好意思，沒時間好好招待。」她雙手一揮，其中一手還握著鈴蘭花束。「我們要再一個小時內動身前往烏爾，幫其他隊員開基地的門。麥克斯會在這裡多留幾天，張羅補給品。」她回頭望向其他人。「我還沒向他們介紹妳，對吧？」她挽著阿嘉莎的手走下台階。「李奧納、麥可、麥克斯——這位是我的朋友阿嘉莎，阿嘉莎．克莉絲蒂。」

第十四章

辛賈爾山脈

婚禮隔天，阿嘉莎在正對底格里斯河的露台上吃早餐。南西還在補眠，托羅斯快車和長途巴士車程間，她幾乎夜不成眠。

對岸的景觀讓她想到威尼斯。阿拉伯船隻高高翹起的船頭、褪色的塗裝跟鳳尾船其實沒有太大差異。阿嘉莎望向上游，看到一列外表類似巨大籃子的奇特圓舟往她的方向漂來。船上載滿甜瓜、雞隻、一袋袋穀物。她一邊看著小船滑過泥濘的棕色河水，一邊回想昨天的種種。

假面具在大庭廣眾面前被凱薩琳摘下，她差點羞愧而死。回飯店的馬車上，南西很好心，跟她說不會有人責怪她匿名出遊的意圖。從某個角度來看，如此乾脆地揭露真相反而令她舒了一口氣。但她沒空向麥克斯說明——儀式結束後，他馬上就跟凱薩琳和李奧納一同離開。

因此侍者隨著咖啡一起送上的紙條讓她微微一驚。麥克斯來到這間飯店，正在大廳等她。

「可以請他來這裡跟我一起坐坐嗎？」

阿嘉莎不太確定侍者是否確實理解她的意思。正當她往土司上塗抹柑橘醬時，麥克斯穿過露台的雙開式門扉，一手搭在前額遮住陽光。

「早安！」他露出燦爛笑容，拍掉卡在他帽子上的棕櫚樹盆栽斷枝。

「哈囉。」阿嘉莎試著解讀他的表情。他的笑容不變，同時也看起來相當緊張，像是即將說出不太中聽的話。「請坐。要來點咖啡嗎——還是你比較喜歡喝茶？」

「有咖啡就再好不過了。」

她往原本替南西準備的空杯子裡倒了點咖啡。「牛奶跟糖呢？」

「黑咖啡就好，謝謝。」

「很抱歉，在威尼斯那時誤導了你。我只是——」

麥克斯揚起手。「請別擔心。我完全理解像妳這樣的成功作家會想低調一些。想放鬆的時候還要跟陌生人應酬肯定是拘束極了。」

「你人真好。」阿嘉莎感覺緊繃的神經漸漸鬆開。「對了，要吃土司請自便，他們提供的份量對一個人來說太多了。」

「謝謝，克莉絲蒂太太——老實說我有點餓。莫德區的飲食不太適合寫進信裡跟親友炫耀。」

「請用。叫我阿嘉莎就好了。」她真想改回自己的閨姓。克莉絲蒂太太。這個姓氏不斷提醒她自己已經放下的身份。然而這是全世界對她的認知，綁在她身上的頭銜。

「謝謝妳，阿嘉莎。」說出她的名字時，他的臉頰泛起淺淺的粉紅。他拿了一片土司，塗上厚厚的牛油和柑橘醬，掩飾自己的羞赧。「妳可能很納悶我為何會前來拜訪。」他放下奶油刀。「我會在巴格達多待幾天，打點考古團隊的補給品。如果妳們有興趣的話，我想邀請妳和妳的同伴在城裡逛逛。」

「喔？你真是體貼。」阿嘉莎心想南西八成是他提出邀約的理由。南西跟麥克斯年紀相仿，而且她又是個充滿魅力的女孩子。不知道凱薩琳有沒有向他提到南西悲慘的婚姻。「可是呢，我不太確定南西目前是否有意觀光。她這幾天沒睡好，得要好好補眠。」她打量麥克斯的臉。或許他深感遺憾，但他秉持紳士風範，沒有表現出來。

「沒關係，那妳呢？」

「你打算去哪裡？」

「我想妳可能會喜歡辛賈爾山脈的雅茲迪聖祠，這裡人叫它謝赫·阿迪，地點在摩蘇爾附近的庫德山丘區。妳有沒有聽說過？」

「我是聽過雅茲迪人——他們不是信奉惡魔嗎？」

「外人都這麼說，但嚴格來講並非如此。他們的信仰中心是名為瑟旦的神靈——很類似《聖經》裡的撒旦——但祂不是他們崇拜的對象：他們對祂懷抱著恐懼。他們相信上帝派祂來掌管世界，總有一天會被他們心目中的先知耶穌取代。他們的信仰儀式全都是為了討好目前掌權的瑟旦。」麥克斯咬了一口土司，吞進肚裡。「他們熱愛和平，聖祠是我見識過最美妙、最寧靜的地方。」

阿嘉莎接連問起雅茲迪部落跟他們位於山間的屋舍，等她問完，麥克斯也掃空桌上的土司。她今天原本的計畫是找房子，不過美索不達米亞北部偏遠地區之旅感覺刺激多了。找房子就明天再說吧。若是南西得知麥克斯的提議，不曉得會不會打消臥床休息的念頭。

「妳不介意走點路吧？」

「什麼？要一路走到摩蘇爾嗎？」

「不是的。」他咧嘴而笑。「只有聖祠前的最後兩哩路，看是要走路還是騎馬。因為山夠高，就算是下午也很涼爽。」

「喔，這倒是沒問題。可是我想對南西來說可能有些吃力。我去她房間打個招呼，跟她說一聲我們的計畫。午餐呢？要請飯店幫忙打包一些東西嗎？」

「沒關係——我們半路上跟小販買點包餡麵餅就好。不過妳可以請飯店準備一壺熱茶。」

兩人在半小時後出發。麥克斯在巴格達辦事期間有輛車可以開——飽經風霜的黑色奧斯丁7，擋風玻璃佈滿塵沙，沙漠的顛簸路面使得避震器嚴重受損。

他們途中停下來吃午餐，麥克斯在沙地上攤開被衣蛾咬得坑坑巴巴的格紋毯子，阿嘉莎挖出保溫壺和兩個錫杯。路旁幾碼處有一群婦人忙著挖掘根莖作物、摘葉子。她們披著鮮艷的橘色頭巾，身穿綠色與紫色長袍。

「那是庫德族婦女。」麥克斯說。

「她們長得真高。」阿嘉莎一邊倒茶，視線飄了過去。那群婦人也看到兩人，走了過來。她們體格挺拔，昂首闊步，臉龐曬成古銅色，雙頰紅潤。等她們走得更近一些，阿嘉莎注意到她們的眼珠子都是藍色的。

她們打了聲招呼，其中一人對麥克斯說了幾句話，他的回應逗得她們哈哈大笑。另一人托起阿嘉莎的裙襬，興致盎然地打量。她們向同伴點頭，笑著聊天，接著又和來時一般迅速離開，走向地平線上藍色的山脈，衣襬搖曳猶如一大束異國花朵。

「她們說了什麼？」

「喔，她們都是好人。」麥克斯趕走停在他杯緣的蒼蠅。

「她們是不是覺得我的衣服很怪？」

「喔，不是的。」他又露出怯怯的表情，正如他要阿嘉莎別跟凱薩琳說他也在車上那時。

「那是什麼？」她沒有輕易放棄。

「如果妳真想知道……她們問妳是不是我的女人。」

「喔！」這回輪到阿嘉莎臉紅了。

「我說我們是朋友。」他繼續解釋：「她們說她們知道妳不可能是我的妻子，如果是的話，倒茶的人就不會是妳了。」

「真的嗎？」阿嘉莎疑惑地盯著他。

「這些庫德族女性是特例。」麥克斯喉中冒出介於咕噥和笑聲之間的聲音。「考古基地的阿拉伯工人會拿庫德族男性開玩笑，因為他們總是受到妻子欺壓。他們都是穆斯林——可是絕對不能把庫德族女性跟阿拉伯女性混為一談。」他雙手一攤。「不只是她們的衣著打扮。阿拉伯女性內向端莊，跟她們說話時，她們總會別開臉。換作是庫德族女性，她們毫不懷疑自己跟男性平起平坐。她們敢跟任何人搭話——就算是陌生人——結婚以後也是以女方為尊。」

「太棒了！」阿嘉莎笑道：「要去哪裡加入庫德族？」

麥克斯咧嘴一笑。「克莉絲蒂先生會有什麼看法呢？」

阿嘉莎沉下臉。

「天啊，我太多嘴了嗎？」

阿嘉莎無法直視他。他真的不知道嗎？他沒看報紙嗎？「我……」她語氣閃爍，「我們……已經不是夫妻了。」

「喔，真抱歉，我不是有意讓妳尷尬。」

「沒關係，這件事已經在報紙上鬧了好幾個禮拜啦，我以為大家都知道了。」

「妳一定很不好受。」

「是不太愉快。」她倒出最後一點茶。「那些報導寫得很傷人，若是有什麼不清楚的地方，記者就加進自己的臆測，讀者卻把那些內容當成金科玉律。」

麥克斯點頭。「我有一點印象，妳的名字跟什麼事件扯在一起，只是我沒有特別注意那些報紙。」

「啊，這樣就好。我的照片曾經佔據每一份報紙的頭版。我以為全世界都對我瞭若指掌。」她稍稍停頓，拿捏該透露多少內情。「那時候我心裡好亂，沒告訴任何人我的下落就跑了。我從沒想過會鬧得那麼嚴重，大家都以為我只是想爭取曝光機會。」

「那是什麼時候的事情？」

「快兩年了，一九二六年的聖誕節前。」

「喔，這就很合理了。那時我人不在英國。」他端起馬克杯，喝了一大口茶，又放下杯子。「我有個朋友——很親近的朋友——他病得很嚴重。他的家人帶他去地中海地區療養，期盼那裡的氣候對他有幫助。我陪他一起去，可是……」他摸到毯子上的破洞，指尖順著洞口滑動。「我抵達後不過幾天，他就過世了。」

阿嘉莎差點就要說她早就知道艾斯梅·霍華的事情，說凱薩琳在車上全都告訴她了。但她察覺到麥克斯肯定跟她一樣敏感，不希望自己的隱私遭受外人議論。於是她拍拍他的手背。只是很輕很輕的一拍，不到一秒鐘。「你一定心痛極了。」

「沒錯。」他迎上她的目光，接著又望向毯子。「我沒想過世界上有那麼重大的失落感。他是我最要好的朋友。」

兩人沉默了好一會，耳邊只聽到微風吹動包著午餐麵包的紙張。「我知道兩件事差得多了，但是在我的婚姻結束時，我也有同樣的感覺。我總以為我們會白頭偕老。就像是家裡有人過世了。」

「對不起，讓妳想起不愉快的事情——妳來度假是為了忘記過去吧。」

「是的。」她站起來，僵硬的雙腿惹得她呻吟幾聲。「天啊，我的腳睡著了！」

「來——扶著我吧。」麥克斯已經起身，向她伸手。「妳一定會喜歡下一段旅程——爬得越高，景色就越有意思。」

又開了幾哩路，車子開始往上爬。他們開進了方才遠在地平線上的山丘，順著溪流穿梭在橡樹跟石榴樹之間。

「這裡是辛賈爾山脈——雅茲迪人的山。」麥克斯把車窗搖到最底，深吸一口氣。「啊！好多了！不會太冷吧？」

「不會。」阿嘉莎往窗外探頭，清新的空氣夾雜著一絲柑橘與野生百里香的香味。路旁兩名男子轉頭向他們揮手。他們有著白皮膚、瑩亮的藍眼，臉上掛著接近傷感的溫和神情。

「不覺得他們看起來特別善良嗎？據說人到了這一帶，性情就會變得格外純真，基督徒女性可以裸身在溪裡洗澡，什麼都不用怕。」

「真的嗎？」

「不知道。我個人是沒有看過誰這麼做啦——無論男女。大概又是空穴來風。」他把車停到路旁，關掉引擎，手離開方向盤，指向遠方。「妳看——謝赫．阿迪就在那裡。」

阿嘉莎看到樹叢後的白色尖頂。她下了車，拿披巾包住肩膀。兩人快步走過一片低矮的木造房屋，金髮碧眼的小孩在戶外玩耍。她轉頭對孩子們笑了笑，他們格格笑著對她指指點點。

接著，他們來到聖祠的大門。踏入境內，她幾乎無法相信這個地方座落在沙漠中的山頂上。庭院裡林木蓊鬱，桃子、無花果、檸檬掛在樹梢。流水聲營造出平和靜謐的氣氛。一群面容祥和的雅茲迪人上前迎接，兩人沒一會就坐到毛毯上，身旁堆滿刺繡精美的軟墊，捧著陶杯喝茶。

「這裡平靜到不可思議的程度。」那群人離開後，阿嘉莎悄聲說道。

「我從沒有過這種感覺。」麥克斯點點頭。「等一下就進主殿吧，跟妳看過的教堂或是清真寺都不一樣。光用眼睛看的話妳可能會覺得這裡挺邪門的。這裡有一種魔力，妳會想在這裡待上一輩子。」

他們喝完茶，走進主殿。阿嘉莎瞬間體會麥克斯口中的魔力。巨大的石雕黑蛇盤據在石柱上，守護著大門。

「雅茲迪人說這是聖蛇。他們相信諾亞方舟曾在辛賈爾山脈擱淺，船身破了個大洞。故事裡說到這條蛇捲成一圈，堵住那個洞，拯救了方舟上所有的人跟動物。」麥克斯彎下腰，鬆開鞋帶。「現在我們得要脫鞋。進門時別踏到門檻，那是禁止觸碰的聖物，妳必須跨過去。還有一件事，不能讓人看到妳的後腳跟——那是他們眼中最嚴重的羞辱。」

阿嘉莎解開鞋扣，想到凱薩琳在包廂裡給他們看的護身符，一條蛇纏繞著一雙腳掌。真是有趣，古代美索不達米亞的月神信徒消失後過了數千年，在不同的宗教信仰裡竟然出現如此相似的概念。更有趣的是，這兩個宗教都認為蛇是守護者，而非邪惡的象徵。

主殿內部陰暗清涼。阿嘉莎沒想到在這裡還聽得到流水聲，她問麥克斯聲音來源是哪裡。

「那是聖泉。」他低聲回答。「它會從這裡一路流到麥加。有沒有看到那尊雕像？」

阿嘉莎的雙眼漸漸習慣室內光線，看到他要她看的東西。一尊巨大的孔雀佇立在祭壇上，旁邊點著一根蠟燭。孔雀雕像在燭光中閃閃發亮，材質看起來像是白銀，翅膀鑲嵌著珠寶。一顆顆翡翠、紫水晶、青金石往石牆上映射出整片斑斕色彩。

「他們會在祭典時期將它搬進主殿。」麥克斯繼續說道：「這是孔雀天使——也就是路西法，黎明之子。」

阿嘉莎正看得目不轉睛，一群白袍男子從祭壇右側的門走了進來。他們手腕掛著銀鈴，隨著他們的腳步叮噹作響，搭配上潺潺水聲，阿嘉莎感覺像是來到了瑞士阿爾卑斯山的青草地。

「我們要跟他們同時坐下。」麥克斯小聲說明：「那裡有一些墊子。」

阿嘉莎發現盤腿坐下時很難不露出後腳跟，最後她放棄把腳掌塞到屁股下，將雙腿屈到身側。她忍不住納悶如此忌諱腳掌的雅茲迪人——根據麥克斯的說法——怎麼反而能對女性的裸體無動於衷。

沒來由的，她想到凱薩琳。她想起她踏出大馬士革澡堂的更衣間，毫不忸怩，對自己凹凸有致的性感裸身充滿自信。

她瞄向麥克斯，發現他閉上雙眼，像是在祈禱或是冥想。凱薩琳的話語浮上心頭：他每個星期日都會去做彌撒，儘管要騎騾子穿越沙漠……她不太能理解如此虔誠的人為何在凱薩琳這樣的女子面前無法把持住心意。可是啊，她提醒自己，李奧納．吳雷也擁有堅定的信仰，他也為她傾倒。

她閉起眼睛，靠上冰涼的石牆，感覺自己陷入半夢半醒之間，影像飄入她的腦海，宛如輕盈的雪花。她的思緒飛了起來，彷彿她正盤旋在自己身體的上空，俯瞰著自己。她突然聽見赫丘勒．白羅的聲音，清晰得如同有人在她耳邊說話：親愛的，這對男女之間的情意為何令妳如此心煩？

一聲鑼響把她震離恍惚之境。一名白袍男子走過兩人面前，手中揮舞香爐，送出刺鼻煙霧。

麥克斯睜開雙眼，笑了笑。「這是要我們離開的信號。」

阿嘉莎有些艱難地爬起來，頭幾步路像是踩在針尖上，步履蹣跚如同老太婆。坐在她前面的麥克斯貓咪似地一躍而起。

「妳覺得如何？」回到屋外的庭院，他問道。

「意外的美好，跟想像中的路西法信仰差得太多了。感覺像是在野地裡散步，偶然遇上的特別角落，比如說被陽光照亮的樹叢，或是藏在山谷裡的瀑布。那些地方都蘊含著某種力量——古老又善良，而且很正面，儘管那些都是異教徒信仰。」

「是啊，我想那些地方都稱得上是聖殿，就跟這裡一樣。」他們循著原路，繞回山間道路上。「在戰爭期間，這裡不只是聖祠。」他補充道：「數百名亞美尼亞難民逃到辛賈爾山脈，要不是雅茲迪人收留，他們早就被土耳其人殺光了。」

阿嘉莎默默上車。儘管謝赫．阿迪如此寧靜——或許正是因為如此——比起剛踏入陰暗清涼、牆面閃耀珠寶光輝的空間時，現在的她更無法冷靜，更拿不定主意。如此平靜的空間有個問題：太多不請自來的思緒會擠進她的腦海。

親愛的，這對男女之間的情意為何令妳如此心煩？

她不想回答這個問題。

第十五章

巴格達——三天後

南西一大早就去英國領事館赴約，阿嘉莎只得自己喝咖啡。侍者將一封信送到露台，看到信封上工整的大大字體，她的心臟猛烈跳動。是露莎琳的信。

親愛的媽咪，

謝謝妳的信，雖然它超長的。妳說去法國途中吐了，我好擔心。昨天佛蘿拉·彼得森在地理課堂上吐了，把我畫的牛軛湖弄髒了……

阿嘉莎笑著讀信，然而她的笑容漸漸消失，因為露莎琳接下來寫到佛蘿拉·彼得森的母親隔天下午來接她離校時，她已經完全恢復，還有她母親幫她買的新帽子真好看。揪心的罪惡感在內文突兀地中斷時達到最高潮。

寫信給妳有點膩了，所以我現在要寫信給爹地……

九歲的露莎琳誠實到殘酷的程度。跟她父親一個樣。無論是外表還是性情，她遺傳到亞契的部份都比較多。她發現露莎琳就像是把亞契的臉印在瓷娃娃身上似的。有時候阿嘉莎很想知道露莎琳對於雙親的愛是否均等，畢竟這對父女是如此相像。

她把信塞進手提袋，意識到人在倫敦的亞契肯定早就收到露莎琳寫給他的信。一想到他，她覺得自己彷彿塞了一肚子的冰塊。今天他要成為另一名女子的丈夫。不知道露莎琳有沒有向他致上祝福。

她的視線不自覺地掃向手腕，又在看清手錶指針前飄離。她不想知道再過幾個小時，她女兒就要多了個繼母。

南西沿著銅匠街前往英國領事館。她瞥見阿拉伯工匠在陰暗的店舖裡，拿著噴槍將金屬熔成不可思議的形狀，做好的器皿堆在店外販售：茶壺、鍋子、盤子在晨光裡閃耀。前方不遠處，路旁的商品換成一疊又一疊的毯子、條紋馬毯。有個小男生牽著一批騾子擠過她身旁，騾子背上扛著跟山一樣高的鮮艷的棉布，牠還能走路真是奇蹟。她避到一旁牆邊，讓牠先走，卻被一群男孩子包圍，他們捧著掛在脖子上的托盤。

「女士，這裡有別針——上好的英國別針——還有鈕釦！」這孩子看起來不到五歲大，長上衣的下襬破爛不堪。

「女士！妳看這個！很棒的鬆緊帶！可以用在內褲褲頭！」

他這句話引起如雷笑聲，南西也忍不住露出笑容。凱薩琳曾警告過別跟小販買東西，否則就沒完沒了，他們會像蒼蠅一樣繞著妳打轉。但她怎麼忍心抗拒這些無邪的小臉、大大的黑眼睛呢？他們好瘦，衣服簡直是破布。她往口袋裡摸索所剩無幾的零錢。昨天早上她把二十鎊換成第納爾幣，大多拿去付飯店房錢了。阿嘉莎很慷慨，抵達巴格達後的餐費都由她買單，但南西的自尊心不允許她幫自己出更多錢。

她將一把硬幣分給孩子們，拿了一包別針跟一段鬆緊帶，等她開始自己做衣服就派得上用場了。她找到合適的版型，打算拿她在大馬士革絲綢街購入的布料來動手。搬出飯店後，她就能翻出她的縫紉機動工。阿嘉莎已經看到喜歡的租屋處，要是運氣夠好，兩人明天就能入住。

那群小男生跟著南西過橋（橋下是與底格里斯河平行的運河），轉向銀行街。她加快腳步，兩度轉身驅趕他們，最後他們被光鮮亮麗的轎車吸引住，車子停在一間銀行外，放下一名抱著小狗的西方女子。

南西左顧右盼，生怕自己又被纏上。這一帶人多又喧鬧，攤販高聲叫賣，驢子和騾子發出怪聲，幾個路人往人行道上咳出濃痰。感覺這是巴格達的日常景色，他們一點都不尷尬，而她也學到走路要好好看清楚，別踩到黏膩的髒東西。

她匆忙前進，幾名裁縫盤腿坐在小巷裡，他們身旁架設貼著俐落西服照片的看板。接著是堆滿絨布、刺繡緞布的攤子。這條路線她已經很熟悉了，這是她第三次前往英國領事館，也是她問出黛莉亞死因的最後機會。先前兩趟她都被領事館的辦事員請走，他們彬彬有禮，對她相當敬重，卻也絲毫不為所動。她頂多只得知表姐的死亡日期、在英國人墓園的墓碑地點，還有她是死於巴格達的自家公寓裡。

阿嘉莎建議她該求見最高層級的負責人——總領事。她自告奮勇陪同前來，但南西認為她得要自己完成這個任務。接近約定好的時刻，她卻懷疑起自己的決定。阿嘉莎比她有自信，腦袋也轉得更快，絕對不會被政府官員嚇唬，無論對方官階多大。

南西抵達領事館大門外，按下門鈴，等人來放她進去。領事館人員默默帶她穿過中庭，來到一扇門前，門上掛著擦得雪亮的銅牌，上頭刻著「總領事」。門開了，她口乾舌燥，瞥見滿頭白髮的高大男子，背對著她站在窗前。她一進房，他就轉過身，冰冷的藍眼加上鷹勾鼻，面容猶如即將出擊的猛禽。

「尼爾森夫人？」他從辦公桌另一側與她握手，勁力大到幾乎捏碎她的骨頭。「請坐。容我向妳至上最誠摯的哀悼之意。格蘭菲小姐是本館在巴格達的傑出成員，每一位與她共事過的同仁都深感遺憾。」

「謝謝您。」南西感覺喉嚨堵堵的。不能哭。現在不能。「我……我只想知道發生了什麼事。好像沒有人能告訴我任何內情。」

他雙手交握，擱在一疊紙張上。「格蘭菲小姐的狀況受到官方機密法限制，恐怕我無權向妳透露一切細節。」

「但您可以告訴我她的死因吧？是自然死亡還是……」她說不出心中最真切的恐懼。他定睛凝視她，沒有回應半個字。房裡唯一的聲響是爐架上座鐘的滴答聲，沉默令她坐立不安。直覺要她起身逃離他鋒銳的目光，但她想起阿嘉莎的指示：別被他嚇著了，妳一定要堅持問出解釋。

南西用力嚥嚥口水。「抱歉，我無法接受。您肯定能告訴我更多。黛莉亞的個人物品呢？她放在住處的東西——那些東西在哪裡？」

她看到他下顎肌肉一抽。「格蘭菲小姐的住處慘遭祝融，什麼都不剩了。」

「火警？她是死於火場嗎？那算是意外嗎？」

「我真的無法透露更多了。」他的視線垂向桌面上的文件。「正如我所說，她的死亡屬於官方機密。恕我無禮，我還有公務要處理。」他起身，顯然是急著擺脫她。像是變魔術似的，她後方的門同時打開，方才帶她進來的男子又送她穿過中庭，兩分鐘後，她回到大街上。

回飯店路上，她不斷暗罵自己沒有逼得更緊。要是她大吵大鬧，又哭又叫，或許他會讓步。想到黛莉亞的死因，她好想當街大哭一場。聽聞此事的震撼麻木了她的情緒，等到領事館大門在她背後合上，她才深刻領會他那句話：格蘭菲小姐的住處慘遭祝融……假如是意外，他肯定能直言不諱。所以說到底發生了什麼事？南西一陣反胃，想像表姐坐在煙霧瀰漫的房間裡無法逃脫，驚恐萬分。同樣駭人的可能性浮上心頭：有人謀殺了黛莉亞，接著在她屋裡放火銷毀證據。

她鑽過人山人海的銀行街。要趕快回飯店跟阿嘉莎談談。她相信阿嘉莎知道該怎麼做。她們約好要在正對河面的露台吃午餐，現在南西對用餐毫無興致，但她可以在阿嘉莎吃飯時交代一切。

她在一點零五分抵達底格里斯皇宮飯店，沒空回房間了。她穿過大廳，隔著雙開玻璃門看到阿嘉莎。她坐著凝望河景。

「哈囉。」南西拉出椅子。「妳已經點餐了嗎？」

阿嘉莎嚇了一跳，彷彿剛剛陷入自己想像中的遙遠國度似的。她的臉色比平時蒼白，雙眼泛紅浮腫，很像已經哭了好一陣子。南西正要問，眼角餘光捕捉到一名男子從露台另一側大步走近，是婚禮上送戒指的年輕人。

「喔，他是麥克斯。」阿嘉莎將被風吹亂的髮絲勾到耳後。

他來到兩人桌邊，露出微笑，雙手擱在椅背上。「兩位女士，不好意思打擾妳們——妳們正準備用餐嗎？」

「是的——不過歡迎你同席。」阿嘉莎應道。

「樂意之至，但我的時間不太夠：今天下午我就要前往烏爾，吳雷太太再三指示我必須跟兩位敲定造訪基地的確切日期。」他期盼似地看看兩人，等待回應。沒等到她們開口，他說：「天啊，妳們的面色真是凝重，出了什麼事嗎？」

南西察覺到無論阿嘉莎為了什麼事情心煩，她都不想透露——至少不是在麥克斯面前。她沒打算大肆宣揚在領事館的遭遇，不過為了掩護阿嘉莎，她還是說了。

「太可怕了。」麥克斯呼出一口氣。「但我得說這是本地很典型的作風。」

「我們一定可以查出更多內情吧？」阿嘉莎恢復了一點血色，皺起眉頭，神情堅定。「如果我們找人私下調查呢？」

「我不建議這麼做。」麥克斯揉揉下巴。「妳們必須了解此時此地的情勢相當緊繃。理論上是由英國掌控，但總有人想方設法要把我們趕出去。」他轉向南西，對上她的雙眼，下一秒又望向河面。「妳表姐的職業可說是與危險共處。她來考古基地時，我曾與她有過一面之緣，她堅毅的性格令我印象深刻。然而等到我意識到她的作為，我承認我相當關切她的安危，衝著英國政府而來的敵對勢力非同小可。」

「你的意思是我們什麼都不該做？」阿嘉莎火冒三丈。

「很遺憾，是這樣沒錯。我也說了，現在時機敏感，我們可能會碰上政治漩渦，涉入其中是不智之舉。」他稍一停頓，視線在兩人之間打轉。「聽好，真的是非常抱歉，讓妳們對這個地方有了很糟糕的印象。只要別破壞任何人的盤算，妳們可以在這裡度過美好的時光。這個國家正處於轉換的時期，隨之而來的不確定性太多了。但妳們一定要看看這個國家。請告訴我妳們什麼時候要來烏爾？我承諾我們會好好照顧妳們。」

麥克斯留下火車時刻表，和一小盒散發臭味的黃色粉末，給她們灑在火車椅子上防跳蚤用的。若是他在她們敲定拜訪日期前取出這份禮物，她們很可能會打消念頭。可是阿嘉莎已經答應在十二月初成行，她對麥克斯說這是她在美索不達米亞最期待的行程，想把最好的體驗留到最後。

麥克斯才剛離開，午餐便送上桌來。南西點了一份沙拉，沒想到阿嘉莎也點了同樣的東西。

「我以為妳會點烤羔羊。」

「天啊，妳太了解我了。」阿嘉莎拿起油醋沙拉醬。「我一向熱愛各種食物。」

「只是今天例外？」

阿嘉莎稍稍遲疑。「我……我沒有很餓。」

南西看到阿嘉莎眼中泛起水光，淚水即將湧出。她垂下頭，拿刀子叉起一塊牛油，塗到麵包捲上，專注得像是往畫布塗抹油彩的藝術家。

「剛才坐下來的時候我就知道妳有些不對勁。方便跟我聊聊嗎？」

阿嘉莎放下餐刀，緊盯著刀刃，彷彿它隨時會跳起來捅她一刀。「說真的，沒什麼。跟妳方才的經歷比起來只是雞毛蒜皮的小事。」

「感覺不像是沒什麼。」南西握住她的手。「妳都難過到哭了。」

阿嘉莎點頭，拿餐巾接住沿著臉頰滑落的淚珠。「抱歉。」她低喃：「只是亞契──我的前夫──他今天要結婚了。」

「喔，阿嘉莎！妳怎麼不跟我說呢？難怪妳這麼難過！」

「我以為我挺得住。我以為來到這裡，離開英國數千哩，就不會受到那麼大的傷害。可是……」她用力吸氣。「我提早下來，把手錶留在房裡，這樣就不會知道他們是不是已經……」她用力抿唇，粉紅色的嘴唇都發白了。「我開車到碼頭那一夜，他跟他今天要娶的女孩子在一起。我原本不會知道婚禮的日期──是我女兒告訴我這件事。她想當伴娘。」

南西渾身發冷。阿嘉莎口中說出的像是她自己的故事，只是換了個角度。那股龐大的悲痛讓南西狠狠想起自己寫給情人的那封信，哀求他跟她一起來巴格達展開新生，拋棄他的妻女。羞慚令她喘不過氣，她從沒想到另外一個女人，沒想過她丈夫離開後，她要怎麼過日子。霎時間，她體會到跟獨自懷孕相比，帶著年幼的孩子並沒有好到哪裡去。她哪來的膽子，竟然妄想拿自己的處境當武器，摧毀另一名女性的人生呢？

第十六章

巴格達——五週後

十二月一日，天還沒亮，阿嘉莎已經起床換好衣服。她踮腳進廚房泡茶，沒聽到南西房間傳來任何動靜。等水滾的同時，她往一片阿拉伯麵包上抹杏桃醬。再過不久，送她到下游古城塞琉西亞的圓舟就要到了。

在巴格達的幾個禮拜，阿嘉莎體會到洶湧澎湃的創作欲望。旅程中，她半個字都寫不出來——直到亞契婚禮那一天。那一夜，在底格里斯皇宮飯店，知道婚禮已經結束、塵埃落定，她腦中彷彿水壩潰堤，靈感源源不絕。她看到的事物、聽到的片段對話，突然間開始成型。等她開始到巴格達週邊的城鎮進行一日來回的小旅行，又有更多靈感找上她。題材已經寫滿三本筆記本，準備交給南西打出來。兩本小說的雛型都在這裡：分別以東方快車和巴格達為背景。

今天她要造訪漢摩拉比建立的巴比倫帝國的最後一個首都，回程路上她打算仔細看看巴格達的僑民社區，她不需要直接踏入阿威亞——船隻會帶她經過那些庭院和網球場，距離夠近，但也不會有人察覺到她的存在。

吃完早餐，她拎起手提包和拿來包頭的披巾，輕手輕腳地打開通往露台的門。天還沒全亮，她小心翼翼地走下直通河邊的台階。台階末端泡在河裡，若是一個不留神就會直接踏入水中。

她沒有等太久，不過幾分鐘時間，一艘圓舟就進入她的視線範圍。這趟航程說不上豪華舒適，她得跟幾箱水果和一隻牽著繫繩的山羊共享船艙，山羊已經用自己的糞便劃出勢力範圍。她側身爬上甲板，努力不讓羊糞沾上鞋子。

「妳坐！」滿臉皺紋的阿拉伯船老大朝一張毯子比劃，下頭似乎墊著整袋的穀物。阿嘉莎笑著坐定。這是她追求的目標，化為河上生活的一分子，不動聲色地融入其中。船隻漂離岸邊，她望向底格里斯河的東岸，旭日將天際染上一層珊瑚粉，一大清早就搭上船，迎向嶄新的發現，這股滋味真是太美妙了。過去幾個禮拜是她數年來最快樂的一段時光，想到要回到倫敦令她百感交集。她引頸期盼能再見到露莎琳，但也知道等女兒回學校、在切爾西的屋子一空下來，她會陷入多麼難受的境地。阿嘉莎告訴自己不該掛記著這件事。今天不行。她的旅程還有三個禮拜——再過幾天就是刺激的烏爾之旅了。

她改而思考凱薩琳現下在做什麼。她的信中描述考古基地的每一個人日出而作，她每天跟那些男人一同出門挖掘，晚間忙著畫下當天發現的古物。她寫到李奧納很少在凌晨兩三點前上床，他似乎只需要幾個小時的睡眠就能維持整天精力。看到這一段，阿嘉莎心想這實在算不上是幸福美滿的新婚生活。

她想像凱薩琳的晚間時光：跟李奧納和另外四名男子同桌進餐。他們看著她獨自進房，知道她丈夫窩在辦公室裡，除了擺了滿屋的千年古物殘片之外什麼都不顧，阿嘉莎猜得出他們腦中冒出什麼念頭。至於凱薩琳——美麗的凱薩琳——她換下衣服、梳理頭髮、鑽進空蕩蕩的被窩時，她又想著什麼呢？

阿嘉莎忍不住想到最不堪的結局：直率虔誠的麥克斯，即便天主教信仰深入他的骨髓，他依舊瘋狂愛上頂頭上司的新婚妻子。不然要如何解釋他在列車上那時的焦躁呢？假如凱薩琳展現出暴躁易怒、咄咄逼人的性情，他那樣的態度相當合理，但她是很棒的旅伴——或許有時候控制欲太強，不過沒到無法忍受的地步。

妳為什麼要想到他？

這回在她腦海中說話的不是赫丘勒·白羅，而是她母親。只要牽扯上男人，她母親的直覺總是神準無比。她不喜歡亞契，儘管在察覺到兩人即將邁入婚姻後，她將這份厭惡隱藏得很好。阿嘉莎仍舊記得她對亞契首度來訪的評價：他不太體貼吧？這人看起來挺無情的。她說的真對。

阿嘉莎抽出筆記本，藉由這個動作把亞契趕出腦海。她迅速記下眼前所見的景色：

河水隨著日出變色、一縷縷乳白色的霧氣勾住河岸、一群婦人將待洗衣物頂在頭上，穿過棕櫚樹叢。

她抬起頭，突然想到假如現在還是亞契的妻子，她不可能會看到這些。他說在戰爭時期駕駛戰機飛來飛去，破壞了他對旅行的胃口。他更喜歡待在倫敦，或是趁週末在陽光谷的鄉間小路上開車兜風。美索不達米亞古城的一日來回行程肯定無法引起他的興致。他大概一路上想著如果是回到英國就能打高爾夫球了。

她把筆記本塞回袋裡，心想：沒錯，單身確實有些好處。

第一道陽光穿透南西臥室的百葉窗時，她被肋骨下狠狠的一踢驚醒。她已經習慣寶寶在她身體裡開運動會了，但他通常在她飯後鬧騰，很少趁她睡覺時活動手腳。她溜下床舖，套上自己用大馬士革買的絲綢剩料做的長袍。版型很簡單——類似和服，布袋般的線條足以掩飾她日漸寬廣的腰線。她還做了三件阿拉伯式連身裙，白天出門就靠它們了。

不知道阿嘉莎是否納悶她為何改了穿衣風格，但她半個字也沒提。她自己也在購物或觀光時穿起寬鬆的長袍，蓋住頭臉。南西猜測部份原因是她不想被人認出來。要是從哪個雞尾酒派對傳出有位知名英國作家來到巴格達，邀請函肯定會從她們住處的信箱滿出來。但阿嘉莎選擇的租屋處離大部分僑民群聚的市郊花園社區有好一段距離。

這棟屋子位於市中心的拉希德街，就在底格里斯河畔，是觀看河上來往船隻的絕佳地點。傍晚時分，兩人通常會坐在露台上，安安靜靜地看書、縫紉，不時抬起頭看看駛過的船隻，或是對另一側岸邊玩水的孩童揮手。

看到小孩子的身影，南西心裡總會掀起波濤。她幾乎忘記自己即將面對的命運，假裝她能繼續活在祥和的美麗泡沫之中。然而阿拉伯男孩女孩的笑鬧聲把她狠狠抓回現實。阿嘉莎要在聖誕節前一週離開巴格達，到時候她要怎麼辦？她想在城裡找個秘書工作卻處處碰壁，願意雇用不會阿拉伯文的英國打字員的地方只有英國領事館，顯然追問表姐死因的舉動讓她被列入黑名單。恐慌埋伏在水面下，威脅著要再度將她吞噬。

她抖著手掀開百葉窗，往外探看。河面上飄著薄霧，靠近對岸的船帆像是白色絨布針插上的縫衣針。她想到黛莉亞，以前一定也看過類似的景色。在下游約一哩處的屋子裡，黛莉亞曾眺望底格里斯河，不知她是否有過自己再也見不到英國土地的預感。

想到黛莉亞就難受，她無法擺脫自己辜負了她的罪惡感。過去幾週內，她到黛莉亞的墓地好幾回，對她說話，彷彿她就在旁邊，只是剛好站到她的視線死角。墓園很美，杏樹正值花季，但她感受不到自己追求的平靜，只覺得又氣憤又懊惱。

南西到廚房做早餐，什麼都好，只要能幫她擺脫恐懼與緊繃的漩渦。阿嘉莎請了廚子幫她們煮晚餐，另外兩餐則是兩人自理。來到巴格達前，南西從未煮過任何東西——連白煮蛋都沒做過——不過阿嘉莎在一個禮拜內教會她各種烹飪技術。

她決定今天早上要煎個起司蛋捲，這道菜需要專心。要是吃完後她還不滿足，就再來點果醬麵包。她的寶寶要變成大胖子了。

用完早餐，她在兩人當成辦公室的房間裡坐定，上午忙著打出阿嘉莎的筆記。她筆下的雅茲迪聖祠遊記令她目眩神迷，沒想到她會以孔雀天使的雕像作為小說劇情的開端。阿嘉莎只在頁首寫下「路西法」這個名字，接著滔滔不絕地寫出一大段靈感：剛抵達巴格達的年輕英國女子臥房被垂死男性闖入，他喃喃說出密語，「路西法」是其中的一部分。她笑著打字，心想女主角是不是以她為藍本。

下午一點，她熱了一點昨晚剩下的燉肉湯，裡面有絞肉、蕃茄、鷹嘴豆。她在露台上用餐，再回到打字機前。她要寫一封信，打算用打字機而不是手寫。這封信要寫給他，讓他以為她找到了坐辦公室的工作。

親愛的，

謝謝你的信和漂亮的胸針。郵件平安送達本地的郵局，我真蠢，竟然當場拆封，感動得哭了出來。我也想送你一點什麼，在這裡常常看到我覺得你會喜歡的東西，但我知道這類禮物可能會害你惹上麻煩。

如你所見，我找到了速記打字員的工作，目前只是臨時雇員，但年底轉為正職的可能性很高。

我好想念你，好想再次擁抱你。不過我很清楚你在英國的處境。你說你的婚姻已經到了盡頭，可是想到你的妻子，想到要是你離開了，她要怎麼過下去，我就覺得好難受。同時我依舊無法壓抑對你的情感。我知道我這樣很自私……

南西的眼角餘光瞄到一絲動靜，她停下雙手。在窗邊。她轉過頭，僵住了。一條蛇。黃褐色的鱗片，翡翠色的眼珠子，頭頂上長著一對小小的犄角。底格里斯皇宮飯店的服務生曾經警告過她。小姐，那種蛇看起來就像惡魔。長角的毒蛇。絕對致命。牠的軀幹跟她的手腕一樣粗，正滑溜地朝辦公桌逼近。

她勉力跳起，被她踢翻的椅子倒在毒蛇腦袋旁，逼得牠從她腿邊退開。接著她衝出辦公室，甩上門，沿著走廊一路跑出後門，差點在露台上跟剛結束古城之旅的阿嘉莎撞了個滿懷。

「老天爺啊！妳的臉色白得像紙！發生什麼事了？」

南西跟她報告有蛇入侵，阿嘉莎叫來圓舟的船老大（幸好船還停在台階下）。他帶上來福槍助陣，才進屋不到一分鐘就傳來槍響。等他走出屋外，那條蛇已經像圍巾一般掛在他脖子上。

「那尺寸真是不得了！」阿嘉莎呼出一大口氣。「妳運氣真好。好啦，我們兩個都要來杯濃茶——可以麻煩妳泡茶，我再拿點小費給我們的朋友？」

往茶壺裡倒熱水時，她才意識到現下的狀況。錢收在辦公室——阿嘉莎有個上鎖的抽屜——信還在打字機上。要是被阿嘉莎看到了……

她衝出廚房。太遲了。走廊另一側，辦公室的門開著，她聽見阿嘉莎從打字機滾輪撕下紙張的聲音。

第十七章

阿嘉莎氣到幾乎無法直視南西。她一言不發，大步掠過她身旁，付錢給船老大。等她回到露台上，南西白著一張臉來回踱步。

「我、我欠妳一個解釋。」南西嗓音顫抖。「我知道那封信看起來——妳聽我說……」

「怎麼看都像是妳把我耍得團團轉。」阿嘉莎坐進一張藤編椅子，視線追著輕巧滑遠的圓舟。「我供妳住、供妳吃，竭盡心力幫妳安頓下來——為的竟然是一堆謊言！更過份的是妳還用我的打字機寫情書給已婚人士！」

「我不是有意欺瞞——我真的沒有。」南西拉高聲調，幾乎要破音。「那一夜在列車上，我已經是窮途末路——妳人那麼好、那麼善體人意。妳不懂嗎？我不能向妳說出一切——特別是在妳告訴我妳丈夫的事情之後。」

「所以妳裝成逃離暴力丈夫的可憐小妻子——但事實上妳幹的勾當是……通姦。」阿嘉莎像是吐出魚骨頭似地控訴道。露台上陷入死寂，只聽見對岸踩著泥濘覓食的鳥兒鳴叫。

南西握住露台欄杆，俯視水面。「不知道妳怎麼想的，但我完全不對我的所作所為感到得意。」她轉身面對阿嘉莎。「一切都有原因的，請讓我好好解釋。」

阿嘉莎冷冷迎上南西的視線。「小姐，聽好了：妳耍了我一次，敢再騙我一次就試試看。」她雙臂環在胸前。「說說看我有什麼理由不馬上把妳踢出去。」

「我之所以會愛上……愛上別人……是因為——」南西吞吞口水，逼回眼淚，「——我丈夫在我們蜜月期間帶著他的情婦。我撞見他們同床共枕。」

「什麼？」

「我通信的對象……」南西盯著桌上撕成兩半的信紙。「他在那裡，威尼斯的那間別墅，那時候他……」她別開臉，淚水沿著她的臉頰滑落。

阿嘉莎跳了起來。「我去拿熱茶來。等一下妳給我從頭到尾說個清楚。」

喝了幾口茶，南西臉上恢復了些許血色。她吞吞吐吐地道出與菲利克斯旋風式的交往過程、西敏寺的婚禮、對去威尼斯渡蜜月的興奮期待。

「他說他在麗都島租了一間別墅。那裡還有其他人——他的朋友——這樣比較好玩，他說。我們要在海邊開雞尾酒派對、野餐、跳舞，還要搭船出海。他說得很好聽，我跟他認識不久，根本不知道哪些人會去。」南西凝視茶杯。「其中有個女人——她已經結婚了——長得很漂亮。她跟菲利克斯看起來交情很好，但我完全沒多想，因為她的丈夫也在。第二天晚上，我躺在床上睡不著，心想他怎麼都不來找我，所以我跑去他的房間，打開門，發現他……」她的手抖了起來，把杯子放回茶碟上。

阿嘉莎凝視著南西。顯然她依舊深受那段回憶傷害，她不可能捏造出這番說詞。

「我……我衝出屋外。」南西輕聲說下去：「我不知道要怎麼辦，要往哪裡跑。某個跟我們一起度假的男子坐在外頭抽煙。他看到我在哭，要我坐下來，聽我說出所有的事情。然後他拿出一瓶白蘭地。我們一定坐了好幾個小時，我還記得星星在天上移動，月亮沉入海中。隔天早上，他來敲我的房門，送上咖啡跟他從院子裡摘的桃子。他跟我聊起他以前來威尼斯拍的電影，拿其他演員的事情還有幕後花絮逗我開心。又過了一天，我們約好去海邊游泳。」她又端起茶杯。「我很難過，好希望有個朋友陪我……那時候我還不知道他已經結婚了。他到假期的最後一天才告訴我這件事。已經來不及了。」

阿嘉莎等了一會，在腦海中描繪這段故事。「妳的丈夫——他知道嗎？」

「應該不知道吧。我們瞞得很好。當然了，菲利克斯跟我為了他的情婦大吵一架。我想知道既然他愛的是別人，那為什麼急著娶我，畢竟我不是什麼上好的對象：我父親的產業可說是岌岌可危。」

「他怎麼說？」

「喔，他全都招了——他說他是為了繼承財產才結婚，在我們認識的那一晚，他已經跟宴會上的另外五個女孩子求婚了，他覺得我跟她們沒什麼差別。」

阿嘉莎倒抽一口氣。「被妳發現他跟那個女人亂來，他要妳怎麼做？睜一隻眼閉一隻眼？」

南西點頭。「他說我只要負責生下小孩就好，無論是男是女都沒差——只要有孩子就好。顯然那是他繼承伯爵爵位的另一個條件——或許他父親怕他一直不結婚吧。只要我達成任務，他說，我可以自己去外面找情人，我們就在同一個屋簷下各自過日子。」

「真是太可怕了。」阿嘉莎猛搖頭。「不過我想妳一開始還是愛他的吧？」

「是的。他向我求婚那時，我對他一見鍾情。現在想想，他一定是喝茫了，但我沒有發現。我跟我父親在鄉下過著很樸素的生活。我忙著維持家計，沒空融入倫敦的社交圈。那是我睽違已久的宴會——菲利克斯求婚的那一刻，我突然察覺到這可以解決我們所有的問題。我父親再也不用擔心錢的事情。」她眼中再次泛起淚光，但她忍住了。「我們的婚事讓他喜出望外，可是我從威尼斯回來之後才過了兩個禮拜，他就過世了。」

「喔，南西。」阿嘉莎傾身緊緊握住她的手。「難怪妳在火車上那麼絕望。他人在哪裡——我是說妳那個……朋友？」

「在倫敦。跟他的妻子女兒在一起。」阿嘉莎一縮。妻子和女兒。怎麼會如此相似呢。她的心思跳回兩年前的十二月深夜，那時她坐在自己的車裡，在戈達爾明，在亞契的朋友詹姆斯的屋子外，看著映在窗簾上的人影，知道他在屋裡，身旁是……她猛然抬頭。「跟妳書信往來的男人是誰？他叫什麼名字？」

線索瞬間拼湊成真相，她突然找到失蹤的拼圖碎片。她確實看到他了。在列車上。在巴黎的月台上瞥見他的隔天早晨。玻璃窗上的倒影是南西的情人：她一定是跟他揮手道別，眼淚流了下來……向那個神似亞契的男子揮手道別。但他不是亞契，不可能是。她說他是演員。電影演員。

「我……我不能說。」南西垂下頭。「他要我答應不跟任何人透露。他怕要是登上報紙……我不是說妳會做這種事情……」她握住阿嘉莎的手，像是握住命脈似的。

「妳是不是還有話沒跟我說？」阿嘉莎一頓。她只能亂槍打鳥了。「妳懷孕了，對不對？」

南西閉上眼睛，悄聲回應：「對。」

「是他的還是你丈夫的？」

「他的。」

「妳確定？」

「不會有錯。」她睜開雙眼，被陽光照得一陣目眩。「菲利克斯跟我……蜜月才剛開始，我就無法忍受他接近我。為了擋住他，我說第一次圓房那晚我就懷上了。我不敢多說，所以離開前一直瞞著。我留下一封信，跟他說那些全都是謊言。」

「那是妳決定遠走高飛的契機嗎？發現妳懷上別的男人的孩子？」

「是的。其實我沒什麼計畫，只是不逃走不行。你不會想跟菲利克斯作對。他生起氣來很可怕的。」

「那個……男人，他知道嗎？」

南西很輕很輕地搖了頭。「我承認我希望他離開他太太，但我不能對他情緒勒索。」阿嘉莎沉默無語。她要給她什麼意見，什麼建言？她有辦法放下立場嗎？她腦海中霎時浮現鮮明的影像，南西情人的妻子在倫敦某處，照常度日。影像裡的屋子跟她和亞契新婚時期的住處很像。那名女子忙著持家、照顧女兒，晚間陪伴丈夫，不知道他的心另有所屬。還不是普通的感情往來——他即將成為別的女人的孩子的父親。好一場惡夢。

她想到亞契坦承外遇那時，自己是如何苦苦哀求，求他再給這段婚姻一個機會，要他三個月後再決定。她還記得當時的慘況，他是多麼的冷淡，兩人吵得多厲害。他們的關係降到冰點，只要她一進房，他就起身離席。

到頭來，她發現緊緊攀附他只是延長這份痛苦。對亞契她已經無計可施。我無法忍受得不到想要的結果，也無法忍受過得不開心。沒辦法讓每一個人都稱心如意——總要有人不快樂。在那三個月間，他不斷重複這番話。她感受到他的恨意，他猶如困獸的憤怒，這把她嚇著了。她怕他會想殺她。

透過南西的雙眼看到幾乎一模一樣的情節令她坐立不安。她應該要唾棄南西的行為，但這不是她的本意。為什麼？或許是因為她一直到最近才獲得新的領悟：與其跟不愛妳的丈夫共度一生，還不如自己一個人過日子。

「妳應該是在猜等孩子出生以後我要怎麼辦吧。」南西的聲音劃破她的思緒。「只要找到工作，我就能自己租房子，請保母來幫忙了。」

「妳現在幾個月了？」阿嘉莎盯著南西自己做的寬鬆長袍。實在是看不出她真正的身形。

南西一手按住肚子。「不太確定。大概六個月吧，我想。」

「六個月！」阿嘉莎驚叫。「妳不可能挺著六個月的肚子去找工作。我們來想想還有什麼辦法。」

南西抬起頭。「我們？」

「妳以為我會放妳自己解決這件事嗎？聽好了，要是碰上最糟糕的狀況，我就把妳打包回去：待在我在倫敦的屋子——至少住到孩子出生。」

南西搖搖頭。「妳真的很好心——可是我真的不能接受。妳已經幫我很多忙了。而且，若是被菲利克斯發現，事情肯定會鬧大。我很怕他的手段。我寧可在巴格達碰碰運氣。」

「妳想孩子的父親最後真的會離開他的妻子嗎？他會來這裡跟妳團聚嗎？」

南西的視線越過阿嘉莎，追著在河上飛掠的鵜鶘。「我也想知道。」她低喃。

第十八章

巴格達到烏爾——五天後

「妳真的要來嗎？」阿嘉莎在廚房裡拿棉布包起幾顆水煮蛋，跟一疊麵餅和一罐酸李果醬一起放進籃子裡。

「是的。」南西再追加四顆用牛皮紙捲住的桃子。「剛來到這裡的時候，我以為沒辦法跑這一趟，不過現在涼快很多，搭火車應該不會太難受。」

「希望如此。這段路挺長的，希望在車上能多睡幾陣。」

「麥克斯給我們的驅蟲粉妳帶了嗎？」

「在這裡。」阿嘉莎拍拍外套口袋。

兩人搭乘騾車前往火車站，路上在銅匠街暫停，阿嘉莎下車花幾分鐘跟一名攤主交涉，回到車上時，背後跟了個阿拉伯男孩，幫她抱著一個大木盒。

「我越來越厲害了。」她笑著看男孩將木盒堆到她們的行李上。「希望凱薩琳會喜歡這個。」她回到位置上，掀起蓋子，原來裡面裝了一組咖啡壺，四周塞滿緩衝用的稻草。咖啡壺的壺嘴細長如同天鵝的脖子，壺身鑲著銀線繞成的圖案。杯子跟茶碟也用了同樣的設計。

「她一定愛死了。」南西應道。「讓她手邊有一些精緻的東西。看她信裡寫成那樣，考古基地的生活想必是相當樸實。」

「很難想像她會甘心待在那樣的環境。」騾車繼續前進。「感覺她是最不可能整天耗在太陽下，彎腰往坑裡猛挖的人。」

「跟她以前的工作完全是天壤之別。真想知道她怎麼會踏入這一行。」

「我想她一開始是以護士的身份來此——她在火車上是這麼說的。她說在她丈夫過世後，她就一直待在中東，靠著當護士過活。她一定是趁空檔畫了一些考古隊挖出的文物，他們欣賞她的天份，就給她這份工作。」

「她真的很有膽識，對吧？在埃及碰上那種事，一般人早就轉身逃回家鄉了。」

阿嘉莎點點頭。「不過呢，我想她是覺得離開英國比較輕鬆吧。她一定發現報紙會緊咬不放。知道全世界的人都拿妳的一切隱私來配早餐的土司，沒有人能忍得下去。」

「真不知道妳是怎麼撐過去的，一定跟地獄沒有兩樣吧。」南西嘖嘖幾聲。「報社肯定會大肆宣揚我的消息，對吧？」

「喔，希望他們永遠不會聽到風聲。我認為妳在這裡很安全。」騾車停在火車站外，車夫跳下來幫她們卸貨。十分鐘後，兩人已經搭上火車，舒適的普爾曼式標準車廂跟東方快車沒有太大差異。

「比我預想的好多了。」南西一邊擺放行李，一邊說道：「不敢相信這輛車上會有跳蚤。」

「最好還是消毒一下座位，以防萬一。」阿嘉莎打開錫盒，把粉末灑往鬆軟的椅墊。

「噁！味道真難聞！」

「要不要通風一下？」南西費了點力，把窗戶拉起兩吋。等到她坐定，剛好發車的時刻。

「好多了。我……喔！那是什麼？」阿嘉莎張大嘴巴，看著一群蟲子從窗縫湧入。南西跳了起來。「喔！妳看牠們的尾巴！是胡蜂吧！」

兩人抱成一團，飛蟲猶如戰鬥機般在包廂裡嗡嗡盤旋。

「快！」阿嘉莎抓住門把，拉著南西逃到走道，用力甩上門。幸好隔壁包廂沒人，她們坐了下來，阿嘉莎盯著臥在左掌心的驅蟲粉。「衡量一下風險，跳蚤至少安全一些，妳說呢？」

「沒錯。」南西格格輕笑。「死於蜂刺——像不像妳小說的書名？還是說《死亡之刺》如何？」

「妳真的不打算跟我回英國嗎？」阿嘉莎勾起嘴角。

火車開了半個小時，窗外風景只有毫無特色的灌木叢或是沙漠。太陽落到地平線下，一名乘務員送上熱茶跟一盤硬到咬不下去的餅乾。阿嘉莎解釋說她們的行李放在隔壁被胡蜂佔據的包廂裡了，他前去幫她們取回。五分鐘後，他毫髮無傷地完成任務，放下行李箱，拉下床板。

南西沒料到火車上會有床舖。還以為得要睡在椅子上。她擔心要在阿嘉莎面前換衣服。其實她大幅低估了自己的孕期，原本她的生理週期就不太準了，她可能是在蜜月的最後幾天，或者是六週後他帶她去皮姆利科區的一間公寓時受孕（那間公寓的主人是他派駐海外的軍中朋友）。所以孩子可能有七到八個月大了。要是向阿嘉莎說出實情可能會嚇到她，打亂她所有的計畫，這樣太不公平了。南西盡全力說服這位朋友，要她相信她自己一個人做得來，等到孩子出生，她已經打點好一切。

昨天下午，她去花團錦簇的墓園拜訪黛莉亞，碰上了接近奇蹟的事情。她跪著擦拭墓碑上的紅色沙土，一名老先生從杏樹後走了過來。他叫了她的名字，說他是黛莉亞以前的同事。兩人繞著墓園散步，他說他知道黛莉亞的死因：她很有可能遭到刺客暗殺，幕後黑手是她監視的某位本地部落首領。

「你為什麼要來找我？」兩人回到墓碑前，南西問道。

「因為黛莉亞留了這個給妳。」他從口袋裡掏出一只信封。「妳的表姐勇氣過人，她一直都很清楚自己的工作非常危險。她不信任這裡的銀行，要我幫她保管這個。別在這裡打開——等回到家再說。」

信封裡裝了三百鎊。紙鈔落到南西膝上時，她跟阿嘉莎面面相覷，花了整個晚上討論要如何安排這筆錢。她們從烏爾回來之後，馬上就去找房東交涉，看能不能買下這間屋子，讓南西繼續住下去。剩下的部份夠她請人帶孩子，再撐上三四個月，到時候她應該已經找到工作了。

「南西，妳餓了嗎？」阿嘉莎的嗓音把她拉回現實。「妳想吃的話可以先吃蛋——還是說要等到早餐？」

「我可以吃一顆蛋嗎？還有麵包跟果醬？」南西餓到可以當場吞下整個籃子的食物。希望明天早上抵達挖掘基地時有機會用餐。

「我要準備睡覺了。」吃完晚餐，阿嘉莎說：「我可以睡上鋪嗎？」

「妳不介意嗎？」南西感激地笑了笑。

「怎麼會。我喜歡爬上梯子睡覺，讓我想到小時候，我跟哥哥姊姊在農舍裡有個祕密基地——有時候大人會讓我們在那裡過夜。」

「聽起來真棒。」南西盯著自己的肚子。她的孩子未來會有弟弟妹妹嗎？她不希望寶寶跟她一樣是家中唯一的孩子。她躺在鋪位上，思緒飄回倫敦。現在那裡幾點了？他在做什麼？那裡是星期六下午，或許他正在陪女兒買聖誕節的用品，或是帶她去公園玩。然後他回到家，晚餐後念故事給女兒聽。然後……她很不願想到他跟妻子同床共枕。當她在腦海中描繪那個女人的身影時，她只看得到阿嘉莎的面容。

太陽出來後沒多久，火車抵達烏爾樞紐站。乘務員敲門叫醒阿嘉莎跟南西。阿嘉莎一腳踩上梯子，慢慢爬下來。南西面向牆壁側身躺著，被子壓在身下。可憐的孩子，阿嘉莎心想，她肯定是累到來不及換衣服就睡著了吧。

「嗯……幾點了？」南西喃喃念著，拉起披巾蓋住頭臉。

「六點十分。」阿嘉莎往窗外瞄了一眼。「喔，那裡有一座小教堂——就在車站旁邊。」麥克斯一定都是來這裡望彌撒。

教堂的門打開，兩名身穿黑色長衫的修女走了出來，白色頭巾尾端被風吹起。她們年紀很輕，身材嬌小，皮膚黝黑，五官偏向印度人，而非阿拉伯血統。她看過印度的基督教徒去巴格達的聖公會教堂，認出其中幾人是銅匠街那一帶的店主。但她沒想到在如此偏遠的地區也有印度人群聚。

她想像麥克斯混在他們之間，風塵僕僕，身上帶著沙漠的熱氣。她還記得雅茲迪聖祠裡，他臉上接近天人合一的平靜神色。是的，她心想，他來到這裡，跟靈魂帶著東方風情的居民相處起來，一定是如魚得水。

「到了嗎？」南西坐起來揉眼睛。「我快渴死了。妳想他們還會送茶進來嗎？」

「不會吧。」阿嘉莎笑了笑。「來接我們的人應該到了，妳不用等太久。」

確實，安排給她們的轉乘車輛已經等在火車站外。那輛車外表類似切成一半的火車車廂，下方裝設橡皮輪胎，漆上漂亮的淺藍紫色，不過表面佈滿刮痕凹洞，還蒙上厚厚塵土。司機跳下車，向她們打招呼。他是麥可・克魯夫特——迪肯，考古基地的製圖師，也是牽凱薩琳走紅毯的人。

「兩位女士，早安！」他咧嘴燦笑，將兩人的行李甩上後車廂。「抱歉這車破成這樣——賣車給李奧納的小伙子大概是從第一次世界大戰的戰壕裡把她挖出來，修到勉強會跑，再賣了個天價。我們得要托高底盤，才能放她在這裡亂跑：可以看出她戰功彪炳吧？」他打開車門，雙手一揮，示意她們上車。雖然不太尊重，我們都叫她瑪莉皇后。」

儘管只有幾哩距離，通往考古基地的道路坑坑巴巴。「妳們運氣好。」貨車又彈過一個凹洞。「上個月底這裡下了大雨，乾谷氾濫，我們一個禮拜出不去。」

「你們怎麼辦？」阿嘉莎得要拉起嗓門才能壓過震天響的引擎聲。「我是說淹水期間。」

「喔，我們只能靠著補給品過活，每天晚上吃燉豆子跟米飯都要膩了，幸好當地的部落長老牽了兩頭山羊來救急。」

阿嘉莎跟南西互看一眼。

「這一季我們找來的廚師還不差。」麥可繼續道：「他的布丁差強人意，不過燉湯跟咖哩好吃極了。我想他應該已經幫妳們準備好早餐啦。到時候妳們可以獨占整棟屋子，其他人都去挖土了。等妳們安頓好，我再找人帶妳們到工作區看導覽。」

車子轉了個彎，阿嘉莎看到遠處有一棟屋子，四周架設高聳的鐵絲網。

「那就是考古基地。」麥可朝著打開的車窗歪歪腦袋。「在阿拉伯語裡叫做沙漠之月。從這個角度看起來不怎麼吸引人。鐵絲網是為了擋住強盜。我們挖出不少黃金，都沒地方可以放啦，只能塞在自己的床鋪下。」他們又轉過一個彎，他手邊忙著換檔。「現在可以看到挖掘區了——在那裡。阿拉伯人說那是土墩。」

阿嘉莎跟南西順著他的手指望向左側。一座看似小火山的圓錐狀土堆佇立在淡黃色的清晨天空下，突兀地座落在平坦的灌木叢中央。土堆表面有些動靜，是人，從遠處看去不比螞蟻大到哪裡去。

「你們的基地總共有多少人力？」南西問。

「基本上我們會請一百個左右的工人。每個禮拜會有些變動。他們來自附近的村莊，收完工錢就消失一陣子，等到錢用光了又跑來找我們。麥克斯的阿拉伯語說得很好，所以這一塊都交給他處理。要他們乖乖聽話可不容易，有點像是當校長。」

車子接近基地大門，麥可放慢車速。兩名高大的阿拉伯守衛聽到車聲跳了起來，他們肩上掛著來福槍和彈藥。麥可揮揮手，開進築起圍牆的中庭。他關掉引擎，外頭傳來一陣狗叫聲。「我們的看門狗。等牠們習慣妳們的氣味就不會來煩妳們了。」

另一名阿拉伯少年從屋裡走出來，背後追著一條混種小狗，他披著白色長袍，看起來不過十二三歲。「他是沙藍，會幫妳們整理行李。我帶妳們繞一圈，然後放妳們吃點東西。」

他領著兩人穿過露台，進入主屋。他說屋子的牆壁都是用他們從工作區挖來的泥磚蓋的。「最新的磚塊也有二十五世紀的歷史，還是紮實得不可思議。」

屋裡的裝潢出乎阿嘉莎的預料。粗糙的牆面塗上紅褐色油漆，地上鋪滿柔軟的毯子。擺設簡約的起居室透出舒適的氣息。

「這是我的辦公室。」麥可往起居室對面揮手，那個小房間只放得下一組桌椅。「走廊盡頭是文物室，白天都鎖著，不過我想凱薩琳晚上會讓妳們看個仔細。」

他帶兩人到中庭另一側的別館。「吳雷夫妻的臥室在主屋後方。我們其他人都住這裡。」

阿嘉莎回頭看到兩扇掛著窗簾的窗戶。凱薩琳沒提到他們分房睡。或許是因為她丈夫工作時間長，不想在半夜回房時吵到她。阿嘉莎又一次納悶這對新婚夫妻究竟要如何培養感情。

「妳們的房間在這裡。」麥可帶她們到走廊盡頭，剛才幫她們拿行李的少年正從櫃子裡取出毛巾。「不好意思，這裡只有一間浴室，不過沙藍每天早晚會送熱水到妳們房間。」

兩間臥室不大，家具簡簡單單，金屬框單人床、羊皮地毯、窗台上花盆裡種了像是野生鬱金香的植物，營造出美妙的鄉間風情。麥可離開別館，兩人梳洗後回到主屋覓食。

在主屋，她們聞到有什麼東西在鍋子上煎的香味，原來是包了山羊奶起司和蕃茄的蛋捲，廚師艾伯拉罕以花俏的手勢上菜，在兩人面前放下盤子，很有禮貌地鞠躬。接著還有土司，切成三角形，排在細細的鐵絲架上。桌上已經擺好牛油和柑橘醬。

「天啊。」南西笑出聲來。「這算不上粗茶淡飯吧？」

「比我想像的要好太多了。」阿嘉莎同意道。「我還以為要坐在火堆旁吃東西，睡在地板上。」

「我以為凱薩琳會來迎接我們。」

「她應該已經跟其他人一起去工作了。說不定她以為火車會誤點，不想浪費時間在屋裡閒晃。」

南西點點頭。「妳準備好參加導覽了嗎？」

「妳呢？」阿嘉莎不知道是否該讓南西爬山。現在才七點半，但是溫度很快就會飆高。

「沒事的。」南西笑著回答。她湊向阿嘉莎，悄聲說：「我只是懷孕了——又沒有生病！」

第十九章

烏爾

攀爬土墩沒有阿嘉莎想像的那樣艱困。陽光暖得剛剛好——不像她們剛抵達巴格達那陣子的酷熱難耐——而且土堆側邊已經被人踩出還算好走的小徑。她們在半山腰遇到凱薩琳，她蹲在髒兮兮的地上，與一名穿戴阿拉伯頭巾和條紋長袍的男子談得全神貫注。她身穿卡其襯衫和裙子，腳踏棕色雕花皮鞋，頭戴寬邊帽。儘管在沙漠裡揮汗勞動，她依舊展現出從容的時尚感。

阿嘉莎叫了她一聲，她跳了起來。

「喔！妳們來了！」她像法國人一般親吻兩人雙頰，嘴唇輕輕擦過皮膚。「妳們看起來氣色好得很，看來沒有水土不服的問題。南西，妳曬黑了，加上這套衣服，簡直就像是貝都因人！」

她朝著剛才跟她交談的男子歪歪腦袋，他起身，頭巾往後滑落，露出俊美的臉龐。

「他是哈莫迪，我們的基地工頭，我在火車上給妳們看的象牙護符就是出自他的巧手。」她用阿拉伯語對他說了幾句話，他笑著走上前，伸出右手。

「他只懂一點英語。」三人握手時，凱薩琳解釋道：「他跟麥克斯交情好得很：麥克斯是全基地阿拉伯語說得最好的人。」

「麥克斯在哪？」阿嘉莎問道。

「在另一邊跟李奧納挖東西。現在就去找他們吧。」

南西和阿嘉莎引來周遭男性注目，他們有老有少，忙著整理從挖掘區挖出來的碎石。「他們很少看到西方女性，可能把妳們當成考古團隊成員的女眷了吧。」看到兩人的表情，她又說：「別擔心——麥克斯會跟他們說清楚！」

步道繞著土墩往上延伸，轉到另外一側時，阿嘉莎瞥見左手邊有一座巨大建築，飽滿的紅土表面砌了長長的階梯。「喔！那是塔廟嗎？」

凱薩琳點頭。「那是我們上一季的成果，月神神殿。看到頂端的尖塔了嗎？那是神廟，各種神祕儀式都在那裡舉辦。」

「比如說？」阿嘉莎揚手遮住陽光。

「嗯，裡面有一張躺椅，國王會躺在上面扮演神明的角色。在祈求豐收的儀式中，他得要跟代表女神的女性性交，通常是他的女兒或是姊妹。接著他們高唱頌歌，讚美女性的私處。」她看看兩人。「抱歉，希望沒把妳們嚇到。」

「我在報紙上看過介紹。」阿嘉莎回應：「不過我不知道有近親相姦的情節，或是那些情色的歌曲。不是什麼讓人心曠神怡的故事，但還是很有特色。」

「我看過活人獻祭的報導。」南西說。

凱薩琳點點頭。「這種儀式在那邊舉行。」她指著塔廟右側的一排柱子。「那是皇家墓園。一旦統治者過世，他的妻妾、僕人都要陪葬。他們還會宰殺牲口，跟各式各樣的珍寶一起下葬。他們的概念是國王在死後的世界還能享受這些事物。當然了，這樣太過浪費——特別是女性的生命——最後他們放棄這個習俗。」

「所有的寶藏——你們在挖的東西——都是來自墓穴嗎？」南西提問。

「大部份是。不過呢，我們的發現遠遠比不上外頭的謠言。有人說我們挖出純金的人面獅身像，全是一派胡言。確實有一些金飾，但沒有多到那個程度。這類流言蜚語讓我們緊張極了。妳們可以想像會有什麼影響。所以我們才要派武裝守衛看守考古基地。」

「哈囉！」

有人在她們頭頂上高喊。三人抬起頭，看到麥克斯從土墩的坡面滑落，激起一小片碎石細沙。

「你在那裡幹嘛？」凱薩琳喊了回去。「有什麼發現嗎？」

「一座雕像。」他也扯著嗓門。「看起來像是寧伽勒女神。」

「月神。」凱薩琳轉頭解釋。

麥克斯站到她們身旁，他的短褲沾滿泥巴，黑髮也被沙土染成鐵鏽色。他的膚色——有露出來的部份——曬得比之前還要深。

「很高興兩位能來到這裡。」他看看自己的手。「抱歉，沒辦法好好招呼——如妳們所見，這可是一份骯髒活！」

「李奧納要過來嗎？」凱薩琳扶住帽沿，仰頭眺望。

「他快到了。」麥克斯回道：「只是要在雕像離開他的視線範圍前，確定包裝妥當。他說等一下去麵包店會合。」

「麵包店？」阿嘉莎楞楞重複。「這裡沒有這種東西吧？」

「現在沒有。」麥克斯微微一笑。「不過三千年前有。就在下面。」他指著一片廢墟矮牆，中間夾雜一個個圓形石墩。「在尼布甲尼撒的時代，那裡是商店和住宅區。」

「跟《聖經》一樣嗎？」南西問。

麥克斯點頭。「這裡就是《舊約》的場景：迦勒底帝國的烏爾曾在〈創世紀〉裡登場。我們認為亞伯拉罕在遷移到巴勒斯坦之前住過此地。這是我們工作的一部分——尋找《聖經》內容的實際證據。」

「麥克斯，可以麻煩你送她們下去嗎？」凱薩琳歪歪腦袋，露出專橫的表情。阿嘉莎意識到凱薩琳結婚後，就從麥克斯的同僚變成他實質上的上司了。

「沒問題。」就算麥克斯難以接受她身份的轉變，他完全沒有表現出來。

「等一下午餐時間主屋見。」凱薩琳轉身往原處走去。

「兩位女士，這邊請。」麥克斯領著兩人走上另一條路。等到跟凱薩琳拉開距離，他才說：「妳們運氣好。李奧納・吳雷最愛炫耀了。他正在改寫歷史，他熱愛跟訪客介紹我們的發現。」

在偉大的考古學家抵達前，三人在廢墟間漫步。麥克斯說明在這座城市的時代，幼發拉底河離這裡更近，這三千年來，河道移動了十哩之多。「這裡以前是重要的貿易城市。從石板上的文字得知此地有金匠、珠寶匠、屠夫、麵包師父。船隻停進波斯灣，帶來埃及的翡翠、喀什米爾的藍寶石、阿富汗的青金石……」他停在往下的台階前，下方是一片泥磚鋪成的地面。「我永遠忘不了我們挖出第一座皇家墓穴的那一天：裡面有七十四具遺體——全都是活生生的埋進坑底。挖開墓穴時，我們以為看到的第一件文物是一片黃金地毯，後來發現那是皇后的頭飾，上頭串著滿滿的黃金山毛櫸葉片——還有黃金豎琴和里拉琴，他們演奏葬禮的輓歌，直到最後一刻。」

「這樣的獻祭儀式實在是難以想像，對吧？」阿嘉莎說。

「讓我想到鐵達尼號。」南西點頭附和。「樂隊明知他們即將溺斃，還是不斷演奏。」

「誰在說什麼溺斃？」如雷的嗓音在他們背後炸開。「希望這個小伙子沒有搶了我的鋒頭！」

李奧納・吳雷勾起嘴角，或許在他心中這就算是笑容了吧，但他灼灼的目光讓阿嘉莎覺得自己像個被校長訓斥的壞小孩。

他與兩人迅速握手，手勁很大。「現在跟我來，麥克斯，你負責殿後，我們可不想碰上什麼意外。」

他帶頭穿過廢墟，來到一個大坑旁，坑口沾著有數千年歷史的沉積物。「這個坑有六呎深。」他伸手示意。「台階嵌入牆面，走到最底部就等於是突破了現今認知的歷史。」他繼續往前走，要其他人跟上，消失在坑洞邊緣。

阿嘉莎擔憂地看了南西一眼。「妳覺得呢？樓梯挺陡的。」

「你們去吧。」南西說：「我在這裡等著。」她指著泥磚砌成的矮牆，恰好是適合靠坐的高度。

「妳不舒服嗎？」麥克斯立刻湊到她身旁。「我身上有水，要不要喝一點？」

「不用了，謝謝。」她笑著回答：「搭了大半天的車，我有點累了。沒事的——真的。你帶阿嘉莎下去吧。」

「既然妳這麼說……」他轉向阿嘉莎，伸手讓她扶著踏入坑裡。

他們在階梯上排成一線，緩緩沉入幽暗之中。等兩人追上李奧納時，他似乎沒注意到他們耽擱了幾分鐘。他凝視某片牆面中央。「有沒有看到那層紅色沙土？」他的視線沒有離開牆壁。

阿嘉莎往坑裡看去，雙眼漸漸習慣周遭亮度。「嗯，看到了。」

「那是書寫文字問世的年代。」他停頓幾秒，等他再次開口，語氣換了個調，像是在進行精心排練的演說。「此處是幼發拉底河的南谷，在西元前三千五百年至三千兩百年間，本地居民發明出一套楔形文字，在泥板上印出三角形的記號——楔形文字演變成最早的字母。」

離現在超過五千年了，阿嘉莎心想。她眺望從這裡到坑口的地層，思考在這之間究竟過了多少個世代。她心想自己的遠祖會不會曾在此地，拿泥板寫故事。

「好啦，再往下看去，那裡有一大片棕色的沖積土壤。」

阿嘉莎望向他說的區塊。

「只有洪水會帶來那種土壤。」他繼續說下去。「可以追溯到〈創世紀〉的年代。我們在這一層找到史前時代的墳墓——在大洪水中溺斃的人類遺體。」

「真的嗎？」阿嘉莎敬畏地凝視夾在兩片黃褐色之間的棕色土壤。「原來諾亞來自美索不達米亞。」

李奧納點點頭。「他的故事紀錄在吉爾加美什的第十一片石板上——那是全世界最早的書寫紀錄。那位英雄在這裡用的是不同的名字——在蘇美語裡，他名叫烏特納比西丁——不過故事中有許多細節，像是從方舟上送出鳥兒之類的，都與《聖經》裡的紀錄相符，足以證明洪水的故事發生在這裡。」他高舉雙手，仰望坑口，彷彿是向上天尋求認可。

「是的，今日我們腳踏的土地是在大洪水後數千年間形成的。許多人沒有意識到諾亞跟尼布甲尼撒相距的歲月，正如我們與尼布甲尼撒的距離。」他指著坑底。「來，站到最下面的台階。」

他們繼續往下走，阿嘉莎被鬆脫的石塊絆到腳，往旁滑落，慌亂伸手想扶住牆面，卻因為太過陰暗而喪失方向感。一隻手按住她的肩膀，從後頭穩住她的腳步。

「小心點——這裡的台階不太好走。」

她感覺到麥克斯溫暖的吐息灑向她後頸。

「謝謝。」她低喃。

來到最後一格台階，李奧納靜靜佇立半晌。跟站在教堂裡，等待禮拜開始的感覺很像。「妳剛才走過了一萬年的人類歷史。」他終於開口。「這片土地是原始土壤。我們在上方的地層找到蘆葦屋的遺跡，出自最早的居民之手，當時此地還是個沼澤中央的島嶼。」

一股寒意竄上阿嘉莎的背脊。「你挖掘出這一切，真是了不起。」

「當然還有更多歷史證據尚未出土。」他的臉龐籠罩在陰影中，但柔和中帶著興奮的語氣透露出顯而易見的驕傲。「我們回去吧——回到亞伯拉罕曾經住過的地方。」

他們穿梭在坑外的廢墟間，李奧納鉅細靡遺地介紹每一個角落。他說得眉飛色舞，鑽過狹窄的街道，假裝敲門，解釋幸好在這片遺跡找到大量的楔形文字石板，他們知道每一間屋舍居民的名字。商人、裁縫師、珠寶匠、學校教師——他知道他們當年的事業是否順利、生了幾個孩子、享年幾歲。他帶兩人到麥可停放卡車瑪莉皇后的空地，問他們要不要搭便車回考古基地。

南西——他們爬出坑洞後她就一直跟在後面聽導覽——對阿嘉莎說：「介意我先回去嗎？我想躺一躺。」

「當然不介意——要我陪妳嗎？」

「不用——妳留下來繼續參觀。妳來這裡不就是為了這個嗎？我沒事的。」

李奧納．吳雷誇張地清清喉嚨，顯然他不喜歡演出被人打斷。車門重重關上，南西消失在一陣塵土之中。

「現在去月神神殿吧。」李奧納對著塔廟歪歪腦袋，嵌著階梯的外牆在沙漠中投下龐大的影子。

他領著阿嘉莎跟麥克斯走上階梯，左右各有一條平行的台階。「亞伯拉罕在領命離開烏爾，信奉耶和華之前，曾是月神的信徒。」三人越爬越高。「月神是阿拉伯半島各個地區的主神，祂的蹤跡依舊存在於伊斯蘭教的新月符號中。」他踏進塔廟，跟阿嘉莎說這裡算是神廟的主殿。「我們要從那裡進去。」他指著不到五呎高的狹窄拱門。「裡面有一道螺旋階梯——封閉感很強。古代蘇美人比我們矮不少。」他從嵌入牆面的架子拿下一盞油燈，點燃燈火。「跟我來。」

李奧納身上沒有半點贅肉，輕輕鬆鬆就鑽過拱門，但阿嘉莎發現她的臀部太寬了，只能側身通過。

門後是一小段走道，連接彎曲的泥磚階梯，在前方油燈跳躍不定的光芒中，幾乎看不清。她低著頭爬樓梯，生怕撞到天花板。轉過第一個彎，四周一片黑暗。她摸著粗糙的牆壁前行，耳邊聽著李奧納的腳步聲在遠處敲出回音。他沒說有幾格台階，或是距離主殿有多遠。汗水沿著她的背脊滑落，乾燥的空氣中滿是沙塵，她突然陷入驚慌，無法繼續走下去，往後退了一步，徒勞地試圖在狹窄的空間中轉身。

「喔！」

她完全忘記麥克斯就在她背後，重重貼上他結實的胸膛，感覺到他的大腿抵著她的後臀。一瞬間，她的恐慌被截然不同的情緒侵蝕：與男性肉體相親的刺激，如此熟悉，在她內心深處引燃火花，令她心癢難耐。

她連忙抽身，退回她剛才踩過的階梯。「抱歉……我——」

「沒事吧？」麥克斯在黑暗中向她伸手。「我的手在這裡。等等，我先點根火柴。」他的臉龐浮現在小小的光暈中。「好啦，看清楚現在的位置了嗎？只剩幾步就到了。」

看到她離樓梯口有多近，阿嘉莎咕噥幾聲。「天啊，你一定覺得我是個可憐蟲吧。」

「怎麼會。」他笑了笑。「妳會慌也是很自然的。李奧納總是以百哩時速狂奔，完全不顧還不習慣的人。」火柴燃盡，他又點了一根。「我跟他說下樓的時候讓妳拿燈。」

跟李奧納會合時，他坐在樓梯口對面刻入牆壁的王座，房裡空無一物，天花板低矮。

「這就是主殿嗎？」阿嘉莎努力掩飾語氣中的失望。

「妳要想像在亞伯拉罕的時代，這裡會是什麼模樣。除了奢華以外沒有其他的形容詞：天藍色的釉彩牆磚、地上的絲綢毯子、供國王和女奴使用的躺椅、盛裝食物美酒的純金杯盤。還有那裡——曾經擺放著巨大的月神南納雕像。祂的形象是戴著頭巾的老人，留著青金石色的大鬍子。每天晚上，他乘船——在凡人眼中像是明亮的彎月——在夜空中航行。」

閃爍的燈光帶來凶險的氣氛。阿嘉莎腦中響起凱薩琳提過數千年前在此進行的詭異儀式。

「這裡瀰漫著魔力。」李奧納的導覽還沒結束。這時，他似乎是聽見她的心聲，繼續說道：「在這個房間裡發生的事情是最傷風敗俗的異教徒儀式——對現代人來說應該是很大的衝擊吧。」

「是的，凱薩琳跟我說過。」

「是嗎？」李奧納第一次直視她。他的眼神告訴她這是危險的領域，重複凱薩琳對於古代豐收儀式的描述會讓她的丈夫尷尬萬分。

「她也提到陪葬的儀式。」她努力改變話題。「如果你是國王的妻子或是僕人，那一定很可怕吧。如果他病了還是怎麼了，你一定會提高警覺，就怕他隨時會過世。」

李奧納點點頭。他的視線依舊沒有離開她，銳利的眼神讓她跼促不安。「跟現在的價值觀差很多對吧？」他說：「不過到現在還是保留著部份習俗。比如說印度的娑提儀式，就是要寡婦投入焚燒她丈夫屍體的火堆，雖然一百年前已經明文禁止，但某些印度教徒依舊認定這是女性犧牲奉獻的最高境界。」

最後這句話語氣有點古怪。那股鋒芒是她的幻覺嗎？房裡瀰漫接近威脅的負面情緒。是數千年前的不人道行為在此處遺留的氣息——還是她身旁兩名男子之間的對抗衝突？

第二十章

麥克斯跟阿嘉莎各騎一頭騾子回考古基地。考古團隊的其他成員都回去吃午餐了，但阿嘉莎說她不太餓，於是麥克斯提議帶她繞去看看風景。

這段路只有四哩長，但地勢拖住了騾子的腳步，阿嘉莎鬆了口氣，因為她覺得騾子只比駱駝安全一些。

「我們得要迅速穿過乾谷。」麥克斯與她並肩而行。「在這個時節水還很淺——妳連腳都不會弄濕。」

騾子走下沙丘，阿嘉莎看到一道閃亮的河流，岸上長著零星的野花——和她房間窗台上一模一樣的精緻紅色鬱金香，有紫色鳶尾花，還有類似牛歐芹的輕盈白花。

「那是貝都因村落——妳看。」麥克斯望向西方地平線。阿嘉莎只勉強看見木頭柵欄，圈著一個個圓形帳篷，與周圍的黃沙融為一體。「過幾天我們會去拜訪。」麥克斯繼續道：「他們邀大家過去吃大餐。」

「真的嗎？太棒了！」阿嘉莎揚手遮陽。「所以說他們沒有威脅性？凱薩琳說外頭謠傳你們的挖掘成果，害你們惹上麻煩。」

「我們僱用本地部落居民當保鏢。長老組織了一小群人馬在這一帶巡邏，嚴防盜匪。他擁有最響亮的頭銜：聖戰士孟席德長老。」他蒙上沙塵的笑臉上雙眼閃閃發亮。「當個貝都因長老似乎也不賴——他們每個人至少都有十個老婆。」

阿嘉莎投以狐疑的眼神。

「開開玩笑而已！我是受到那種游牧民族的風格吸引：四海為家，隨時隨地、隨心所欲地四處遷徙。在沙漠中漫遊，住在帳篷裡、總有新的發現……有多辛苦我都不介意。」他聳聳肩。「剛來這裡的時候我們只有帳篷，不過隨著挖出的文物不斷增加，那不是長久之計。妳看過文物室了嗎？」

「還沒。」

「凱薩琳應該打算親自替妳們導覽，前提是今天下午李奧納沒把自己鎖在裡面。」

「他真的是滿懷熱情，對吧？」阿嘉莎細細打量麥克斯的臉。她刻意沒指明李奧納投注熱情的對象。

汗水在麥克斯左臉畫出軌跡，他揚手抹去，剛好遮住自己的雙眼。「沒錯，他大概是我遇過最投入的人了。每分每秒都在工作，還有顆靈光的腦袋，能記住所有的事物：包括他自己捏造的部份。」

「喔？」她無法忽視這句話。

「亞伯拉罕跟諾亞那一段——妳絕對不能照單全收。」他直視她的雙眼。「我們翻遍了每一吋土地，想找到直接提到亞伯拉罕這個名字的石板，但至今仍舊一無所獲。至於他指給妳看的沖積土壤，是的，那代表這個地區曾經洪水氾濫，可是無法證明那就是〈創世紀〉裡的大洪水。」

「可是他看起來很篤定……」

「那都是演技。」麥克斯重重吐了一口氣。「演給潛在的金主看，讓他們資助這個計畫，直到他找到佐證。」他停頓幾秒。「對妳灌輸這個想法並不是有意冒犯，只是希望妳提防一點。吳雷夫妻真的很有一手，他們深知迷惑人心的招數，妳絕對不能覺得對他們有所虧欠，忍不住出手幫忙。」

說完，他就趕著騾子走下河岸，踏入河床。阿嘉莎跟在後頭，他這番話在她腦中迴盪。他是否曾經對他們有所虧欠？所以才任由凱薩琳偷走他的心，又在更好的對象現身時乖乖讓到一旁去？兩人的坐騎踩著清淺的河水，她驅策騾子爬上對岸的河堤，丟開這個想法。麥克斯總是殷勤耐心地關照旁人的需求，從這個角度來看，他與凱薩琳是完全相反的類型，她擁有如此魅力，一向把自己的利益看得最重。

異性相吸。

在她宣佈與亞契訂婚的那天，她母親這麼說：親愛的，他跟妳身旁其他小伙子完全不同，對吧？她笑得開朗，眼中卻蒙上一層淚膜。阿嘉莎被愛情蒙蔽了雙眼，沒看出那並不是喜悅的淚水。她把母親的評語當作對亞契的讚美：沒錯，他跟其他人不一樣——他毛毛躁躁、反覆無常，同時也非常、非常的帥氣……

她意識到麥克斯跟當年的她也有同樣的感受：目眩神迷、深陷情網、不可自拔。

兩人回到沙漠之月時，沙藍正在清理午餐的廚餘杯盤。麥克斯搶在他之前抓了一盤麵餅。

「妳現在有胃口嗎？」他把盤子遞向阿嘉莎。「如果妳喜歡的話，還剩一點山羊奶起司。」

凱薩琳的腦袋探了進來。「喔，妳終於回來了！還以為妳被綁架了呢！」她走進飯廳，勾住阿嘉莎的手臂。「妳一定要來文物室看看——李奧納還跟鄧肯泡在暗房裡。妳還沒見過鄧肯對吧？皮耶呢？」

阿嘉莎連連搖頭。

「皮耶是我們的金石學家，負責解讀那些楔形文字石板，鄧肯則是陶瓷器專家。晚餐的時候就能見到他們兩個啦。先不管這麼多了，跟我來，南西已經過去了。」

她帶路沿著走廊來到位於考古基地中心的房間。「這間房沒有窗戶，從外頭沒有任何管道可以進來。不過我們還是一直鎖著房門。」

阿嘉莎跨過門檻，馬上就理解他們這麼做的原因。在兩盞油燈的照明之下，房裡閃耀得如同阿拉丁的寶藏洞窟。南西站在一尊頭部像法老、身體是獅子的黃金雕像旁。她手捧同樣色澤的高腳杯，杯緣環繞一串羊頭浮雕。

「妳看！」南西把高腳杯湊到阿嘉莎面前。「真的很重——是純金嗎？」

凱薩琳點頭。「雕像就不是了——它是鍍金的象牙。引起那些流言蜚語的就是它。如果它是純金，肯定價值連城。」

「感覺很有埃及風格。」阿嘉莎說。

「蘇美文化跟埃及文化有不少相似之處。那種條紋圖案頭飾幾乎沒有兩樣。來看看這個……」凱薩琳從最高的架子取下一個小盒子，裡面是美麗的黃金匕首，刀柄鑲著深藍色寶石。「這東西來自某位王子的墓穴，我們認為上頭的藍寶石是埃及的產物。我們得要付錢給找到這個古物的工人，匕首有多重，就給他同重量的黃金——很貴，但這樣才能阻止偷竊行為。我們也挖到其他的皇室墓穴，不過大部份都被盜墓者洗劫過了。」她指著南西手上的高腳杯。「這是我們最有價值的成果，阿卡德帝國早期的東西。獨一無二。」

「這是什麼？」南西盯著一座等比例大的男性胸像，風格跟房裡的其他雕像截然不同，頭飾樣式偏向阿拉伯系統，顏色也不同——更深的黃褐色。

「喔。」凱薩琳笑出聲來。「不好意思，這是我的作品。是哈莫迪——我們考古團隊的工頭——認得出來嗎？」

「是妳做的？」阿嘉莎伸手撫摸雕像的五官。

「嗯，上一季的作品，我帶去倫敦上了銅模，送給李奧納當成結婚禮物。」

「太精緻了，幾乎跟本人一模一樣。」南西讚嘆道。

「我花了不少時間調整。可憐的哈莫迪：每天晚上其他工人回家後，他就來當我的模特兒，一定無聊死了。」凱薩琳臉上掃過一抹留戀，她很快就以笑容掩飾過去。「時間不多了，李奧納等會就要來研究今天的挖掘成果。」她領著兩人離開房間，鎖上門。

「我們下午通常會小睡片刻——除了李奧納，感覺他沒在睡覺的……」她扮了個鬼臉。

「搭了那麼久的火車，相信妳們都累了——兩個小時後見，如何？」

凱薩琳躺平，閉上雙眼，但睡意拒絕降臨。她感覺得到偏頭痛在眼窩後方蠢蠢欲動，不太確定觸發的契機是什麼。或許是她蹲在土墩東側的新區域太久，遭受上午的太陽直射。又或者是因為阿嘉莎和南西來到此地，令她意識到自己即將面臨她不確定是否能巧妙迴避的一連串疑問。

她溜下床鋪，套上長袍，打開臥室門鎖。她在走廊上站了一會，豎耳傾聽。她聽見遠處廚房傳來的敲打聲：艾伯拉罕跟沙藍正在準備晚餐。她聽見陶器與木頭的摩擦聲，李奧納從文物室的架子拿起什麼東西。他不會聽見她踮著腳尖去找麥克斯，渾然不覺她打算如何打發晚餐前的空檔。

她經過中庭時，熟睡的狗兒沒有半點反應，通往別館的門開了一縫，讓新鮮空氣流進低矮的泥磚宿舍。現在裡頭的六間臥室都有人在，麥克斯的房間離門口最近，她不需要經過其他人房門外。

她猶豫幾秒，手指搭上他房間的門閂。屋裡一片悄然，只聽得到某人悶悶的鼾聲。大概是麥可，或是皮耶。她輕輕提起門閂，內側有個門鎖，但麥克斯從沒用過。她推開門板。

麥克斯躺在床上，衣著完整。一本翻開的書頁面朝下地擱在床鋪上。他閉著眼睛，看起來無比平靜，隱隱散發出貴族氣息，宛如即將躺入石棺的年輕法老。

「麥克斯。」她輕喚。他毫無反應。她靠得更近一些，彎下腰，雙唇離他耳際只有幾吋。「麥克斯，你醒著嗎？」

他眼睛啪地睜開，挺起上身，將書本撞到羊皮毯上，發出輕柔的撞擊聲。「什麼？怎麼了？」他眨眨眼睛，用力揉了一陣。

「我頭痛。」她一手按住太陽穴。「可以幫我按摩一下嗎？你的技術很好。」

麥克斯猶豫一會，額頭揪起皺紋。「嗯，應該可以。我先去梳洗一下。」

凱薩琳坐在床上，看他往梳妝台上的錫盆倒水。她看見他的小腿還沾著沙土。他沾濕絨布擦臉，又清洗了雙手，連手肘也不放過。

「妳要坐在椅子上嗎？」他擦乾手臉。

「我比較想躺著。」她說：「我把枕頭移到床尾，你坐椅子，這樣應該會比較順手。」

「好。」麥克斯懷疑地看了她一眼。「我試試看。」他拉來放在窗邊的椅子，而她選了個位置躺好，拉起絲綢長袍蓋住光裸的雙腿。她閉上眼睛，等待他的指尖觸碰到肌膚的美妙瞬間。

阿嘉莎猛然驚醒，納悶自己身在何處。她裸身躺在被子上睡著了，為了讓小房間通風一點，窗戶沒關。不知道是被什麼吵醒。可能是外頭的聲響吧。

她披上睡袍，走到窗邊，隔著厚重的鐵窗看不太到什麼風景，其實外頭也沒什麼好看的，只有荒蕪的灌木叢，夾雜著零星的巨岩。除了不知道是誰發出的隆隆鼾聲，她也聽不出個所以然。

她決定換好衣服，帶筆記本到主屋的起居室坐坐，總比悶在房間裡愉快。說不定那裡放了些點心。離晚餐還有兩個小時，她很後悔自己婉拒了剩餘的午餐。

幾分鐘後，她拉起自己臥室的門閂，悄悄鑽出門外，沒讓門閂鏗鏘垂落。她不想吵醒隔壁的南西。沿著狹窄的走廊前進時，她注意到另一扇門開了一縫。不知道這是誰的房間，顯然某位男士為了別的事情放棄午睡。不知道會不會在起居室裡碰上那人，如果是尚未打過照面的考古團隊成員，那實在是有點尷尬。有旁人在，她也不太方便埋頭寫下對考古基地的觀察。

透過門縫看到的景象把她嚇傻了。隔著不到一吋寬的縫隙，她瞥見凱薩琳頭對著床尾，軟綿綿地躺在床上，一條赤裸的腿從鮮紅色的絲綢長袍間伸出。對著她彎下腰，雙手埋入她髮絲間的人，正是麥克斯。

她雙腳像是生了根似地無法動彈，他頭一抬，在她衝向中庭之前的一瞬間，他眼中閃過震驚。踏進起居室，她用力坐進搖搖晃晃的扶手椅，氣喘吁吁。四下無人，至少這點值得慶幸。等她稍微緩過氣來，她從桌上的水壺倒了杯水，慢慢喝下，在液體滑過喉嚨時感受自己的脈搏跳動。

她努力抽離方才目睹的景象，試著不帶感情地思考，把它當成電影橋段。這些人的作為意圖跟她又有什麼關係呢？

但她無法否認身上泛起熟悉的痛楚，彷彿肚子被人捅了一刀——車子停在亞契朋友家門外的那一夜，她也感受過同樣的真實痛覺。

這叫做嫉妒，純粹又直接。

妳有什麼立場去嫉妒？妳幹嘛追著比妳小十幾歲的男人跑？

「媽媽，我不知道。」她對著空蕩蕩的房間低喃。

快要六點時，阿嘉莎回到別館。麥克斯的房門關得死緊，她快步走過，不想聽見房裡的動靜。若不是答應了要在晚餐前叫醒南西，她肯定會在起居室待到用餐時段。

南西沒聽見她第一陣小心翼翼的敲門聲。等到阿嘉莎好不容易把她吵醒，她一臉迷茫地前來應門。

「抱歉——我睡得太熟了。」她憋住呵欠。「妳有睡著嗎？」

阿嘉莎點頭。「只睡了半個小時左右。然後我拿早上的見聞寫了些筆記。」她心底有個角落好想向南西透露方才窺見的光景，但她吞下在舌尖成形的字句。若是說出口了，她就無法否認那件事真正發生過。就算沒把她捲進來，晚餐飯桌上的氣氛也已經夠糟了。「妳感覺如何？」她改口關切。「剛才我有點擔心妳呢。」

「好多了，謝謝。」南西垂下眼。她的睡袍敞開著，露出腹部的隆起。她拉起兩邊衣襟，綁好腰帶。「妳不會跟凱薩琳還有其他人說吧？要是消息傳開了，我一定會受不了的。」

「要是妳不想說，我絕對不會說出去。可是如果凱薩琳注意到了，妳會說嗎？」

「妳想她會嗎？很明顯嗎？」

「披著斗篷的時候就看不出來。我想其他人也猜不到。但若是她對妳起了疑心呢？她一定會問起等我回倫敦以後，妳有什麼打算。」

「那我就說真話——黛莉亞留給我足夠的生活費，我到春季就會去找工作。」

「可是……」阿嘉莎一時語塞，端詳南西的臉龐。想到她即將承受生產之苦，身旁沒個熟人能照顧，她不由得擔心不已。應當要讓凱薩琳知情，然而阿嘉莎剛剛目睹的景象接近背叛，使得她不願意給凱薩琳這個機會。

「可是什麼？」南西皺起眉頭。

她一定得說。不管凱薩琳私底下有什麼盤算，她還是能當南西的朋友。「喔，只是……」阿嘉莎遲疑幾秒。「我知道妳到時候想請個奶媽——不過萬一碰上什麼緊急狀況的話，凱薩琳應該幫得上忙。」

「不知道她能怎麼幫耶。烏爾離巴格達那麼遠。」

「她一定有人脈。只要她能保密，跟她提起孩子的事情不會有什麼影響吧？」

兩人來到起居室，房裡只有凱薩琳一個人。她打招呼時眼中沒有半點難堪的神色。阿嘉莎心想，麥克斯跟她說了什麼嗎？既然兩人如此親近，感覺他不會瞞著她這種事。或許她打算矇混過去：裝作若無其事的模樣，希望阿嘉莎以為剛才看到的全是幻覺。

「我們去頂樓一趟。」凱薩琳說：「高處的日落風景棒極了。」

三人從中庭另一側的階梯爬上考古基地的平坦屋頂，上頭鋪著漆成白色的磚頭。落日西斜，紅色的光球懸在遠處的挖掘基地上空，從這裡可以看到爬下土墩的工人身影。

「挖出來的陶器都存放在這裡。」凱薩琳朝著散在屋頂各處的陶片比劃。「如果妳們願意的話，今天晚上想請兩位幫個忙。妳們喜歡拼圖嗎？」她的視線從阿嘉莎移向南西。「樓下有個房間，我們用來拼湊碎片，看看究竟挖出什麼東西，感覺像是立體的拼圖。有可能是碗、水壺、杯子、儲藏罐——還滿好玩的。還可以順便敘敘舊——我等不及要聽聽妳們在巴格達過得如何啦。」

南西跟阿嘉莎互看一眼。兩人打量一堆陶器碎片時，一張臉從樓梯口探出。來人年約五十歲，留著灰色捲髮和一臉大鬍子，向她們輕輕鞠躬打招呼。

「晚安。」他說起話來帶著法國口音。

「他是皮耶，從索邦大學來的。」凱薩琳環上阿嘉莎的肩頭，稍稍使勁帶她往前走。「皮耶，阿嘉莎的法語說得很好，相信你們肯定一見如故。」

等到太陽沉入地平線下，阿嘉莎已經跟這位金石學家聊開了。他向她介紹在烏爾的遺跡裡找到的楔形文字石板，在她的筆記本上畫出字母表，讓她理解這個古老語言的基礎。

告知晚餐上桌的鑼聲響起，他勾起她的手臂，扶她下樓。「坐我旁邊吧。」兩人來到桌邊，他用法語說道：「能跟不同的對象說說話真是太開心了。考古團隊裡只有麥克斯的法語比較流利。」

阿嘉莎看到麥克斯已經在餐桌另一端坐定，他隔壁是麥可。坐進椅子時，她垂著頭，避開他的目光。她瞄了凱薩琳一眼，看她指揮南西坐到一名年輕男子身旁，她猜那人就是鄧肯。凱薩琳曾在她的信中提到這名來自蘇格蘭的考古學家——團隊裡的第一號新人——才剛從聖安德魯大學畢業。他看起來年紀很輕，如果不知道他已經大學畢業，阿嘉莎會猜他正值青春期。

李奧納是最晚入座的成員，他坐在凱薩琳跟麥可之間的空位，有點心不在焉。阿嘉莎意識到對他而言，用餐不過是必要的維生手段，並非值得期待、享受的時光。若他知道今天下午當他潛心研究時，幾碼外發生了什麼好事，若他看到她目睹的景象，不知道他會有什麼感想。

一大碗熱氣騰騰的燉羊肉送上餐桌，她看著凱薩琳越過李奧納，湊過去跟麥可說了些話。她的表情很放鬆，絲毫沒有透露不到兩個小時前，她曾躺在另一個男人床上。

阿嘉莎這餐吃得跼促不安，全程不往麥克斯那邊看，這實在是很難，因為大家都得要從餐桌中央拿撕碎的麵餅沾燉肉吃。每次伸手時她就壓低視線。麥克斯碰巧跟她同時伸手，兩人的手幾乎相觸，他的手指微微一僵。

李奧納隔桌看到這一幕，臉上浮現狐疑的神情。不知道他是否嗅出兩人的曖昧情感，她的心跳漏了一拍。

「我剛讀完妳的一本作品。」他說：「寫得非常好。」

「喔？」她鬆了一大口氣。「請問是哪一本？」

「《羅傑．艾克洛命案》。凱薩琳借我的。」他面露淡笑，瞥了妻子一眼。「我也看過其他幾本。我真的很喜歡偵探辦案的故事。」

阿嘉莎感到一陣驚喜。她一直把他想成不屑這類作品的高級知識份子。

「我恰好有個謀殺詭計的靈感。」

「是嗎？」阿嘉莎更訝異了。

「以古埃及為背景。」他點點頭。「我知道那不是妳熟悉的年代，但我相信只要做足功課，妳肯定能創作出優秀的故事。」

「饒了她吧！」凱薩琳對他輕輕搖頭。「阿嘉莎可是來度假休息的！」

「沒關係的。」阿嘉莎笑了笑。「我總是在尋找新的靈感。說不定等一下我可以抄一些筆記。」

飯後，眾人在中庭喝咖啡，掛在牆上的煤油燈把此處打造成如夢似幻的空間。李奧納跟凱薩琳率先離席，阿嘉莎在用餐室待到麥克斯離開，接著皮耶問她想不想看看他目前正在研究的楔形文字石板。

「喔，當然好。」她很慶幸有個逃避現實的大好機會。

「妳待在這裡。」在她一躍而起的當頭，他用法語說道：「我拿過來。」他會把石板帶到中庭，她只得乖乖與其他人會合。

麥克斯在中庭門邊等她。

「我得要跟妳談一談。」他悄聲說。

她假裝什麼都沒聽見，逕自從他面前走過。

「拜託！」她感覺到他按住自己的手臂。「聽我解釋。可以跟我來一下嗎？一下子就好。」

「麥克斯，你不需要跟我說明你的私人事務。」她回得犀利。「跟我無關。」

「可是我需要解釋。」他轉頭看看其他忙著倒咖啡的人。「我不希望妳誤以為我跟……」皮耶帶著石板走出來，麥克斯連忙閉嘴，抓住阿嘉莎的手臂，牽著她回到用餐室。「皮耶，不好意思，有個東西要給我們的客人看看——她三五分鐘就回來。」

他把她帶到起居室旁的小隔間，長桌上擺滿陶片。他關上門。「抱歉，我一定要說個清楚。妳看到的——我知道看起來是什麼樣子，但不是妳想的那樣。」他對上她的目光，定睛看著。「聽起來像是藉口——她會犯頭痛，嚴重的偏頭痛。照料她的責任就落到我頭上。」他看看自己的雙手。「對我來說不是什麼好玩的事情，可是她說只有按摩有效。」

阿嘉莎沉默半晌，思考片刻。「那幹嘛不找李奧納？這不像是適合麻煩同僚的事情。」

「他忙到沒空管這種事。」

「喔，那她怎麼不去看醫生？」

「最近的醫生在三十哩外的納西里耶，這裡沒有電話，我們得要自己撐過去。」他嘖了一聲。「凱薩琳半夜常常被頭痛鬧醒，她試過叫醒李奧納，可是怎麼叫都沒有反應——他的睡眠時間那麼短，睡得熟也是很自然的。他們結婚後過了幾天，她想了個辦法，在他腳趾上綁線，需要他的時候就用力拉扯——還是沒用。所以現在她碰上緊急狀況就會來找我。」

想到考古學大師被人扯動腳趾的景象，阿嘉莎差點憋不住笑意。

「有時候我還得在她額頭上放水蛭。」麥克斯擺出跟她一樣的苦笑。「上一季有個醫生來考古基地，他說放一點血會有幫助。」

「喔，聽起來有點噁心！」她看見他因為她開朗的語氣鬆了口氣。「看到她躺在你的床上，我確實直覺似地下了定論。在火車上聽你說不想讓她知道你在這裡……」

他點點頭。「我知道妳會怎麼想。以男性的觀點來看，她真的是個很難伺候的女人。我母親會稱她為*allumeuse*。」

雖然精通法語，阿嘉莎從沒聽過這個詞。「呃……意思是跟火柴一樣？」

「沒錯。她讓男人像飛蛾撲火一樣衝向她，但火焰不會故意傷人，她會。就算對她毫無興致，她仍舊會讓你難以抗拒。對她來說跟遊戲沒有兩樣。」他拎起桌上的陶片，端詳粗糙的邊緣。「三年前，我剛來到這裡，她常常叫我幫她梳頭髮。都是在晚間，李奧納把自己關在文物室的時段。要是知道我幹了什麼好事，他一定會氣瘋：不是嫉妒什麼的，單純因為他無法忍受旁人無所事事。我試著跟她講道理，但她不領情。她總有辦法為所欲為。她擁有絕對的魅力——不過一旦忤逆她，她就會把氣氛搞得劍拔弩張。」

他站在陰影中，顯然是怕洩漏自己的情緒。阿嘉莎心想，他們發展到哪一步了？是她斷然拒絕了他，還是剛好相反？她很想知道答案，卻也了解深入刺探只會逼得他無法承受。「她的丈夫呢？」她換了個方向。「他知道這些事嗎？」

在他回答前，她聽見一聲嘆息。「這就是他娶她的理由。她的行徑傳回了大英博物館的董事會耳中。美國長老教會提供大筆資金，要是聽到風聲，他們就有理由撤資——所以董事會明說她不能以單身女子的身份住在這裡。」

「為什麼是他？」

「因為他是老大。」麥克斯抬起頭，眼神小心翼翼，彷彿是擔心被旁人聽見。「她希望自己在別人眼中是個獨立自主的女性——可是她真正想要的是安全感，想要有人保護她。」

阿嘉莎難以將這句評論與凱薩琳在列車上塑造出的自信傲氣形象融為一體，不過她提醒自己，她已經瞥見藏在檯面下的真相。凱薩琳燒到神智恍惚的那一夜：她說起前任丈夫自殺的悲痛語氣；還有婚禮當天早上，她說她知道私生活被報社記者挖得一塌糊塗的感受。或許她確實渴求像李奧納這樣聲名卓越的男人。

「可是她愛他嗎？」阿嘉莎冒著被批為三姑六婆的風險提問。假如凱薩琳不愛她的丈夫——假如這段婚姻只是權宜之計——那麼麥克斯或許還是她的目標。

麥克斯正要回應，卻被敲門聲打斷。

「你們結束了嗎？」皮耶的語氣相當不耐。

「該走了。」麥克斯說：「不然就要輪到妳被大家嚼舌根啦。」

第二十一章

「妳們都不知道我看到妳們有多開心。」凱薩琳一手夾著煙，另一手握著古代陶罐的把手。「我真不想把妳們留在巴格達。要是有辦法的話，我早就把妳們打包放上瑪莉皇后了。」

「不知道李奧納是否樂見這個狀況。」南西偷瞄阿嘉莎一眼。「我想他會想盡量獨占妳吧。」

凱薩琳叼起煙，深吸一口。她吐出的白煙有如雲朵般飄在封閉的隔間上空。「想知道我的蜜月是怎麼過的嗎？」她停頓幾秒，看看兩人。「監督茅坑工程。在我們抵達時，工人還沒開挖，所以我盯著他們一整夜，要他們在開工前完成基礎建設。」

「喔，太悲慘了吧！」南西歎道。「希望之後有點起色。」

「老實說沒有。」凱薩琳的嗓音中帶了一絲警告。

「希望能給妳一點安慰，我的蜜月大概是史上最慘烈的。」

凱薩琳眼神專注，聽南西描述她丈夫不加掩飾的出軌。「換作是我，我一定會想宰了他。」她說：「後來妳怎麼做？跟那兩個混帳一起悶在別墅裡？」

南西在回答前看了阿嘉莎一眼。「我爬出了油鍋，卻跳進火堆裡。」

南西吞吞吐吐地道出她跟已婚演員的一段情，阿嘉莎直盯著凱薩琳的臉，猜不透她的表情。不知道南西的故事是否與她的過去隱約呼應。她是否曾對第一任丈夫不忠？那是他自殺的內情嗎？

她從記憶裡挖出凱薩琳昏迷中的囈語。那個笨蛋不該告訴他那件事……那樣的衝擊……沒有人能夠承受。沒錯，她想，這個可能性很高。凱薩琳在埃及搞外遇，對象可能是她丈夫的朋友或是同僚。然後有人告訴他這件事。

「重點是……」南西陷入沉默。阿嘉莎看著一團煙霧飄過桌面，環繞無人聞問的陶片堆。「我、我懷孕了。」

凱薩琳吐出低語似的聲音，有如被人踩過的乾燥落葉。她臉色死白，連眼珠子都彷彿失去色彩，鮮艷的藍紫色呈現幽魂般的透明。「妳有了？」

「抱歉，惹妳生氣了。」南西滿臉通紅。「實在是難以啟齒……如果妳把我丟出去，我也不會怪妳。」

「呃，我不……」

阿嘉莎察覺到凱薩琳完全語塞。她沒見過她如此倉皇的模樣，滿身的自信全都煙消雲散。南西的坦白帶來龐大的衝擊。為什麼？

「我完全沒有想到。」凱薩琳按熄菸頭，又抽出一根菸。「妳看起來一點都不像……」

「還有一陣子才要生。」南西拍拍肚子。「我一直拚命隱瞞。要是妳能幫我保密，我會非常感激。」

「我當然不會說出去。不過我最好跟他們說妳被蟲咬了——怕哪個人會拖著妳到沙漠裡遠足。」她彈開打火機的蓋子，湊到香菸末端。「要是他們跟妳勾搭，別往心裡去。特別是麥克斯跟鄧肯。他們困在這裡幾個月一定悶壞了。更何況妳長得這麼漂亮。」

阿嘉莎微微瑟縮。在凱薩琳心目中，麥克斯跟南西是有潛力的一對。如果她還對他有興趣，她會說出這種話嗎？

當天夜裡，等其他人都已經上床休息，凱薩琳要沙藍送熱水來給她洗澡。主屋的浴室不比別館寬敞，裡頭只有一個小小的黃銅浴缸，得要屈膝才能坐進去。沙藍往返廚房五趟才在浴缸裡裝滿水，但這是凱薩琳每夜的儀式——在考古基地的難得享受。

浴缸準備妥當，油燈擱在浴室地上，她遣走沙藍，脫下睡袍，從玻璃瓶裡倒出翠綠色的液體，那是她在婚禮前一週到哈洛德百貨美容部門添購的私人物品。她伸手攪拌熱水，泡泡不斷冒出。

她爬進浴缸，把泡沫撥到胸前，只有脖子跟頭臉露在外頭。浴室設了窗戶——長寬不到一呎——她故意沒拉下窗簾。

她往全身塗抹肥皂，誘惑似地撫摸肌膚，知道他正看得目不轉睛。

阿嘉莎不太確定自己睡了多久。她吹熄蠟燭時沒有關百葉窗。在黑色的泥磚牆面上，窗戶框出一方灰色天空。

她支起手肘，一顆星星映入眼簾。或許是它讓她心中生起爬上屋頂的衝動。又或者是為了逃離狹小的房間。不用點蠟燭。她可以靠星光橫越中庭。

她在走廊上摸索著前進，聽見另一端房裡傳來起起伏伏的鼾聲，現在她已經聽慣了。是麥可還是皮耶？她不確定那是誰的房間。不是鄧肯，她猜。他太年輕，還不到打鼾的歲數。至於麥克斯呢，她知道他睡那一間房，經過門口時沒聽到半點聲響。

踏入中庭，仰望夜空，群星令她炫目。在巴格達的時候，她夜裡常坐在露台上看星星，但從沒見過如此壯觀的景色。這裡的星星彷彿一伸手就能碰到。

她小心翼翼地爬上屋頂，繞過一堆堆陶器碎片，終於找到能坐下的空位。屋頂還帶著點暖意——是陽光的餘溫，還是沙藍晚飯後升起的爐火？她無法斷定。她用披巾摺成小枕頭，平躺下來。星斗宛如落在靛藍絲綢上的雨滴，她真想知道那些星座的名字。

接近地平線處冒出一抹不同的色彩。粉橘色的薄霧，像是太陽的餘暉。那是什麼呢？不是太陽——離傍晚太久了。在她的注視之下，光暈變幻形狀，邊緣變得更鮮明，帶著如同切片甜瓜的弧度。她悄聲驚呼，意識到那個形體的真面目。月亮。以仰躺的姿態浮起的彎月，好似滑入漆黑海洋的黃金船隻。

她看著月亮緩緩升起，想到蘇美文化的月神南納，在夜空划船的老翁。或許她不明瞭星座的名稱，但她對月亮的特性足夠熟悉，知道深夜才升起的彎月代表它已經來到循環的末期，而非新月。衰老的月亮。由老翁掌舵。說來也真稀奇，蘇美的月神竟然是男性，在許多文化中，月亮往往被套上女神的形象，因為它的盈缺與女性身體的節奏相符。

少女、母親、老嫗。

她曾是少女，也身為人母，接下來就要迎向最終階段了嗎？如同頭頂上日漸消瘦的月牙，越來越蒼白，越來越黯淡？

我三十八歲了。

她還沒準備好離開人生的滿月階段，還沒準備好放棄……放棄什麼？可能性。沒有別的了。

她想到母親，三十八歲時已經是寡婦。她可曾想過自己還不到孤單終老的年紀？在巴黎，在埃及，有沒有哪個男人注意到她，看她帶著年幼的女兒，想對她說句鼓舞的話，或是多看她一眼？

就阿嘉莎所知，母親從未對任何人起過一丁點的興致。她對自己的葬身之處別無它選，就是在她亡夫的隔壁。但阿嘉莎偶爾會感受到母親強烈的存在感。此地。此刻。在她耳邊低語。

可能嗎？

她把焦點放在月牙旁邊，最明亮的星星上頭。科學家說星光要經過數百萬年的時間才會被地球上的人看到。再怎麼不可思議，這都是鐵錚錚的事實。看著這片星空，什麼事情似乎都有可能發生。想到這裡，奇異的平靜落在她心頭。這裡只有她一個人。只有她跟月亮跟星星。她一點都不孤單，已經很足夠了。

像是小石子丟中窗板的細碎聲響把她拉回屋頂上。她豎起耳朵。有人走上通往屋頂的階梯。李奧納？他來收集更多研究素材嗎？要是看到她躺在這裡，他會說什麼？她迅速起身，星星在視野中轉成閃耀的旋風。

「阿嘉莎？」

從樓梯口探頭的人是凱薩琳，她的輪廓鑲在夜空中。

「妳在上面做什麼？」她的嗓音帶著笑意。「睡不著嗎？」她以貓兒般的優雅敏捷穿過滿地陶片。「很不得了吧？」她盤腿在阿嘉莎身旁坐下，仰頭眺望。「有沒有看到正上方那顆明亮的星星？那是天狼星，它的左邊就是水瓶座。」

阿嘉莎轉轉脖子。「我都不知道星座是這個樣子。喔，對，看到了——像是有個女人坐在地上，抱著一個水瓶。天啊！」

「我懂。可以想像人們數千年前也是這樣，每天夜裡繞著營火看星星，來來去去。

如此大規模的變化。既美麗又空虛。我常常爬上屋頂，只是想逃避。」

「抱歉，我破壞了妳的獨處時光。」

「別這麼說。我想避開的只有那些男人——不是妳。」

「我想妳一定很有壓力吧。」阿嘉莎沒有說下去。她想問婚後一切是否有所變動——無論是好是壞。但她又害怕會踏入禁忌的領域。

「氣氛沒有以前那樣緊張。」凱薩琳伸直雙腿，往後仰躺，以手肘撐著上身。「自從李奧跟我結婚之後，那就像是……嗯，像是沙子上劃了一條線吧。我們都知道自己的位置。」

李奧。她從未這樣喚過他，感覺像是鬆口的跡象，像是釋出坦承的意願。只要阿嘉莎保持沉默，只要她像個透明人，或許凱薩琳會透露更多。

「現在我知道妳為什麼會在這裡。」凱薩琳的視線依舊投向星空，但她說出阿嘉莎從未料想到的話語。「我寫信給住英國的姊姊，跟她說妳要來找我，她寄了一張剪報給我。是關於妳丈夫的婚禮。」她停頓幾秒，再次開口：「妳想逃到天涯海角也是情有可原。要是我事先得知此事，就不會拿我自己的婚禮來煩妳了。以那種方式勾起記憶肯定很難受吧。」

阿嘉莎的喉嚨悶悶地抽緊。她直盯著那顆最明亮的星星，淚水刺痛眼窩，星星在她眼前模糊。天狼星。她在腦中一遍又一遍念著這個名字，像是撞到腳趾時默數數字轉移注意力一般。她不想提起亞契。然而凱薩琳想要彌補，想要挽回她惹出的尷尬局面。既然人生都已經成了公共財，保持沉默又有什麼意義呢？

「前夫過世的時候，我以為我永遠走不出來。」凱薩琳挺直上身，從睡袍口袋裡摸出煙盒。「他是我第一個真正愛過的人——我想沒有人應該能擺脫那樣深刻的傷痛吧。」她掀開打火機的蓋子，雙手替火焰擋風，黃色火光照亮她的臉龐。「針對柏特蘭的死因，曾經開過一次調查庭。有個記者打電話問我一堆問題，嚇死我了——好像我還不夠痛苦，還要讓報社翻動我的傷口似的。」她吸了一口氣，吐出煙霧。「妳的情況肯定比我棘手十倍——哈羅蓋特的事件。」

「是啊。」阿嘉莎覺得像是有人操縱著她的嘴巴，她的聲音彷彿來自某個平行宇宙。她從未提及在哈羅蓋特的十天。剛好是兩年前——一九二六年的十二月——她把車子丟在碼頭邊緣，踏著冬日的曙光徒步到最近的火車站。

「那時候我崩潰了。」屋頂上，一片漆黑的阿拉伯沙漠中，似乎是個適合說出真話的地方。「我離開亞契幾個禮拜，去德文郡照顧我母親。我們母女感情很好，她過世時我可說是悲痛欲絕。然後，隔了一個禮拜，亞契從倫敦來找我，說他愛上了別的女人。就在幾天之內，我的世界完全崩毀了。」

一片寂靜中，阿嘉莎只聽見凱薩琳深吸一口氣。

「在列車上的時候，我曾經想問起這件事——就是一開始懷疑妳的真實身份那時候。」凱薩琳的嗓音低沉柔和。「抱歉，當時我沒有多想，假裝一無所知，故意問起妳那時候是不是真的失憶了。」

「我不怪妳。不列顛群島的每一個人似乎都想知道當時的真相。」阿嘉莎將體重從一邊手肘換到另一邊手肘。「妳說得對，事實上是亞契出的主意，要我說我失憶了。他認為只有這招能挽救我們雙方的名聲。他跟報社說我工作過度操勞，導致精神崩潰。我甚至跟精神科醫生約診，增加說服力。在我回家後，有個記者真的每天跟蹤我，大概跟了兩個禮拜吧。我覺得自己跟犯人沒有兩樣。」

「柏特蘭過世那陣子我也有同感。」凱薩琳往後一靠，往夜空吐出一蓬白煙。「我覺得錯都在自己，即便我沒有半點過錯。」

沒有半點過錯？所以在埃及的婚外情只是她的胡思亂想囉。「妳有跟任何人提過這件事嗎？」阿嘉莎問道。「在妳說出那件事的時候——就是婚禮當天早上——我覺得妳心裡有事。是妳需要在嫁給李奧納前說開的事情。」

「妳看得真清楚。」凱薩琳傾身在屋頂邊緣敲掉煙灰。「但我沒辦法。那件事太過……私密。我無法將它化作言語。太痛苦了。」她稍停一會，又說：「對不起。妳懂我的意思嗎？」

阿嘉莎瞬間領悟了麥克斯的暗示。套出妳的心底話。這就是凱薩琳現在耍的花招，引誘阿嘉莎透露她人生中最黑暗的日子，又在輪到她發言時緊緊關上門。一來一往間，她取得了心理上的優勢。現在她知道了其他人都不知道的事情。

「阿嘉莎？」

她的音色暴露了她的真實情緒。低啞的詢問中帶著恐懼。阿嘉莎再次察覺她完全誤會凱薩琳了。這不是什麼遊戲。她丈夫的死亡背後蘊藏著她不敢說出口的內情。記憶中的片段對話飄入阿嘉莎腦海。南西宣佈她懷孕那時，凱薩琳的反應。當時在埃及，她肚子裡是不是也有個娃娃？是死胎還是流產？

「當然了。」阿嘉莎柔聲回應。「有許多事情痛苦到無法說出口。我完全能了解。」

第二十二章

烏爾到烏卡迪爾

南西來敲門時，阿嘉莎睡得正熟。她瞄了手錶一眼。八點半。她跳下床鋪，拉起披巾圍住肩膀。

「想說還是把妳叫起來比較好。我沒什麼胃口，不過其他人已經吃過早餐了。」阿嘉莎迅速更衣。等她抵達主屋，沙藍正在收拾早餐飯桌。她抓起一片土司，問可不可以來一杯茶。她喝著熱茶時，麥克斯的腦袋探了進來。

「哈囉，妳想去沙漠裡兜風嗎？我得去奈吉夫提領給工人的薪水，我們可以一起去看看烏卡迪爾的宮殿。」

「喔！」阿嘉莎放下茶杯。「我在書上看過，那座宮殿有超過一千年的歷史，對吧？」

「沒錯。它在西元七百七十五年落成。當然了，現在的宮殿已經成了廢墟——但依舊壯觀。妳有興趣的話，我大約半個小時後出發。」

「我去問一下南西。」阿嘉莎喝完茶水，站起來。

「抱歉，我沒辦法同時帶上妳們兩位。」麥克斯聳肩。「我們得在奈吉夫載一些補給品，還要加上一名貝都因保鏢的空間。」他朝中庭歪歪腦袋。「我想凱薩琳會幫南西打點好一切。她說南西好像不太舒服，要找她幫忙替照片分類。」

阿嘉莎點點頭。「奈吉夫離這裡多遠？」

「大概五十哩。附近有一座大湖。」他微微一笑。「回程路上我們可以停在那裡野餐。可不能讓妳靠一片土司撐一整天。」

阿嘉莎回以笑容。顯然麥克斯跟她一樣注重食物，跟他那位把用餐當成維生手段的上司完全不同。

在回房準備的途中，她瞄到凱薩琳跟南西走進中庭另一側的門裡。幸好有凱薩琳居間安排，這趟小旅行才得以成行，對此她頗為訝異——或許她昨晚沒有想錯：先前她完全誤解凱薩琳了。倘若她真想把麥克斯納為己有，怎麼可能會放阿嘉莎跟他一同去沙漠觀光呢？

前往奈吉夫路上，阿嘉莎向麥克斯提到得知李奧納喜歡偵探故事時的驚訝。

「他其實不像外表那樣一板一眼，對吧？」麥克斯輕笑一聲。「我超想聽聽他想的古埃及謀殺案了——他跟妳說了嗎？」

阿嘉莎搖頭。「老實說當時我差點被靈感淹沒了。我腦中的故事全都建構在現代，從沒真正想過要寫古代的犯罪小說。」她聊起自己替另外兩本新作構思的情節。

「真是巧妙。」當她說到運用雅茲迪聖祠的神話故事作為凶手使用的密碼時，他勾起嘴角。「我規劃的旅程帶給妳靈感，真是太榮幸了。」路中央冒出一個大坑洞，他放慢車速。「說不定妳可以把某本小說的背景設在考古基地。」他諷刺似地瞄了她一眼。「裡頭可是藏了豐富的殺人動機！」

「是嗎？」

麥克斯笑出聲來。「除了鄧肯——他才加入我們不到五分鐘呢——我想不出過去三年來，有哪個成員從未激起我的殺意。妳絕對猜不到有時候團隊的氣氛多麼緊繃。一群人二十四小時關在同一個地方。我們沒有真的大打出手——不過有好幾次衝突一觸即發。」

「你們都吵什麼？」阿嘉莎想到凱薩琳，她是最有可能的肇因。一群男人為了她爭執不休是很合理的想像。

「什麼都吵，從誰沒在挖掘區賣力工作，到誰摸走最後一包菸。妳們來的前一天，早餐的氣氛糟到極點，因為凱薩琳說沒有人把土司架傳給她。」

「真的嗎？感覺是很微不足道的小事耶。」

「沒錯！」麥克斯猛搖頭。「在考古基地裡面，什麼事情都會被放大好幾倍。我得說凱薩琳是裡面最常爆發的人。跟她一起生活簡直像是走在鋼索上。」

「昨晚我有類似的感覺。」阿嘉莎說起她昨晚到屋頂上看星星，凱薩琳突然冒出來。「她沒有特別提到以前的事情，可是我感覺她前夫自殺的真正原因到現在依舊是她心頭的痛。所以她才會這麼暴躁嗎？」

「很有可能。我自己也常常想到這件事。她有沒有跟妳說她不讓李奧納上她的床？她只准他每天晚上看她洗澡。」

阿嘉莎瞋目結舌地看著他。

「考古團隊的人都知道這件事，她應該不會介意我告訴妳。真不知道他怎麼忍得住，那簡直是生不如死。」

「太詭異了。她有沒有說過原因？」

「沒有。」方向盤上的雙手緊握，曬紅的皮膚下指節發白。「妳剛才也說過，她很少提起以前的事情。不過肯定有什麼關鍵，某種心理因素，讓她把男人吞下肚又吐出來。每次她都能靠著那張臉跟魅力順利脫身。李奧納太可憐了，他肯定急到要瘋掉。」

車子猛然轉向左邊，阿嘉莎依稀看到遠處清真寺的喚拜塔，但她視而不見，凱薩琳的身影在她心中打轉。現在她相當篤定凱薩琳跟麥克斯之間有過什麼。聽他的語氣，看他每次提到她的時候都會繃緊肌肉。凱薩琳引他上鉤，又把他吊在半空中搖擺不定，現在也是拿這招來對付李奧納——唯一的差異在於李奧納是她的丈夫。他有權利。有所期盼也是很合理的。在其他領域無比強勢的男人，怎麼能甘心接受這種情勢呢？

他們經過一排小販，婦人牽著載滿一籃籃水果的騾子。麥克斯把車停到清真寺陰影中的市場旁，阿嘉莎跟他逛了一攤又一攤，幫他挑選品質最好的洋蔥、橘子、蕃茄、小黃瓜。接著兩人到警局與貝都因保鏢會合，再去銀行領錢。等到現金收進卡車後車廂，他們驅車前往烏卡迪爾。

這座宮殿是阿嘉莎見識過最接近海市蜃樓的建築。經過好幾哩平凡無奇的沙漠與灌木叢，它就這樣憑空出現，珊瑚色的城牆宛如長在平地上的峭壁，禿鷹在四角的高塔上空盤旋。

「太壯觀了！」阿嘉莎揚手遮住太陽，上身湊向前去。「他們怎麼能在一千年前建造出這麼巨大的建築物？」

「讓人印象深刻，對吧？」麥克斯點點頭。「這些城牆高度超過六十呎。希望妳不怕高。」

城垛裡幾乎空無一物，盛極一時的宮殿只剩下倒塌的石柱，上頭妝點著葉薊浮雕。麥克斯說明遊客來此的主要活動之一就是爬上城牆，欣賞無邊無際的沙漠風景。踏上螺旋階梯時，她才意識到這些城牆有多高。

「喔！」她扶著石頭拱門的殘骸穩住腳步。陡峭的牆面令她一陣暈眩。「挺嚇人的。」

「有需要的話就牽著我的手吧。我們慢慢來。」麥克斯伸出手。他的手掌溫暖厚實，牽著她走向其中一座塔，窄窗外是壯麗的風光。塵土飛揚的沙漠彼端浮現一片藍綠色的閃耀水域。

「那是米爾湖。在阿拉伯語裡面是鹽海的意思。」

「我差點忘記要呼吸。」她站得直挺挺的，思考既然已經停下腳步，他會不會放開她的手。但他沒有。「我們要去那裡野餐嗎？」

「對，南岸有個很漂亮的地方，很安靜，除了偶爾繞到那邊的漁夫之外沒有半個人。如果妳想試試看，可以脫掉鞋子泡泡腳。」

兩人的距離太近，她聞得到他散發的氣味，被陽光曬暖的皮膚混雜一絲鮮明的芳香，像是百里香或尤加利。在阿嘉莎體內掀起心癢難耐的浪潮——跟兩人在黑暗的月神神廟中無意間撞成一團時相同的感覺。她清楚意識到前額凝起汗珠，希望他不會覺得她的掌心又溼又黏。

環繞城牆途中，他沒有鬆手。一直到他們回到地面。

卡車停在城牆的陰影中，貝都因保鏢在車旁等待，來福槍擱在身旁的一大袋洋蔥上。麥克斯對他說了幾句阿拉伯語，他拉起長袍下襬，靈活地跳上車斗，坐在另一袋即將送去沙漠之月的食材上。

廢墟與大湖的距離短得不可思議，從城牆上看來要走上好一段路，但他們不到半小時就抵達目的地。

「妳餓了嗎？」麥克斯跳下車，繞過來幫她開車，又握住她的手，扶她在沙地上站穩。

「餓壞了。」她承認道。「不過我有點熱，我們要不要先踩踩水？」她想做的不只是踩踩水。湖水看起來無比誘人，讓她想到托基的海岸。小時候她每天每天在海邊廝混，跟亞契結婚後，游泳成了她難以常常耽溺的享受。

「妳想好好游個泳嗎？」麥克斯肯定是猜穿了她的心思。

「那一定很舒服——可是我忘記帶泳衣了，真可惜。」

「我想，說不定可以……」麥克斯低頭盯著自己的雙腳。「妳可以……湊合一下？」他回頭望向卡車。「我請我們的朋友背對我們，然後我閉著眼睛游泳。」

阿嘉莎的心跳漏了一拍。她可以嗎？該答應嗎？她的連身裙下只有一件絲綢背心跟內褲。沙漠裡太熱，穿不住更多層裡衣。泡進湖水就沒有人看得到她的身體，但她很清楚這套內衣褲碰水就會變得透明，上岸時跟赤身裸體沒有兩樣。

「呃，我……」她一陣結巴。湖水如此美好。「之後要怎麼擦乾身體？」

「太陽這麼大，曬一下就乾了。」麥克斯咧嘴一笑。「我可以提供一些布袋，讓妳上岸的時候包著。抱歉，無法提供奢華的設備，但總比什麼都沒有好……」

「你發誓不會看？」她也笑了。

「我發誓。」他舉手行了個童子軍禮。

等她鑽出車外時，麥克斯已經下水了。她低頭看看自己的身體，好在意自己蒼白如百合花瓣的雙腿，以及生下露莎琳之後一直甩不掉的鬆軟小腹。她深深吸氣，努力縮肚子，怕麥克斯或是保鏢剛好看到。湖水就在幾碼外，她決定一路衝進完美的清涼之中。

「萬歲！」

麥克斯突然從水面下竄出，離她只有兩呎遠，眼睛緊緊閉著。

「你現在可以睜開眼睛了。我脖子以上沒什麼好遮的。」

她看著他掀開眼皮，露出雙眸，湖水反射的陽光使得那雙眼呈現融化巧克力的色澤。

「很舒服吧？」他腦袋往後一仰，漂浮在水面上，短褲浮在大腿周圍。「挖了幾個禮拜的土，我無法形容現在的感覺。」

「我可以想像。」阿嘉莎努力別開眼。那雙淺棕色的雙腿肌肉結實，陽光照亮稀疏的黑色腳毛。她望向湖水另一側，怕被他逮到自己不禮貌的視線。「那裡是不是有個碼頭？可以游過去嗎？」

「好啊，只要妳體力夠。」麥克斯翻回趴著的姿勢。

她用力打水。「看誰游得快！」她轉頭高喊。

她聽見他的笑聲從後頭傳來，兩人的手同時抓住碼頭的木板。

「哇！妳在哪裡學會這種游泳姿勢的？」他吸進一大口氣，爬上平台，朝著準備上岸的阿嘉莎伸出雙手。

「我在海邊長大，沒有印象是怎麼學的。應該是我姊姊教的吧。」她突然發覺自己就坐在他身旁，渾身滴著水，已經太遲了。他睜著眼睛。她連忙雙手掩胸，又想到毫無遮蔽功能的內褲，屈起腿擋住下身。

「對不起！」他說：「我、我忘記閉眼睛了。」

看到他的表情，她實在是憋不住笑聲。他曬黑的臉頰漲得通紅。她放棄遮遮掩掩，改為伸手遮住他的臉。他的皮膚光滑清涼如同沾濕的陶土。

他抬起手，勾勒她手指的輪廓。「妳真美。」

這句話如同雷聲般迴盪不去。他真的說出口了嗎？她的舌頭打了結，無法動彈。湖水拍打碼頭下方的支架。兩人背後的蘆葦叢裡有隻鳥兒啾啾高唱。

他輕輕握住她的手，從他眼前移到唇邊。他的吻輕柔如同掃過她皮膚的蝶翼，卻帶來宛如電擊的觸感，令她全身上下泛起脈動。

「喔，麥克斯……」她望入那雙讓人融化成一灘泥的眼睛，心想要是她母親看到這一幕，看到她幾乎全裸地跟這個小伙子坐在湖邊，會有什麼感想。

然而這回她母親半句話都沒說。

「我們該回去了。」他鬆開她的手，別開臉，望向對岸。他的意思是回到卡車旁，回去享用他們裝在野餐籃裡的點心——在高溫之下，餐點只會越來越喪失風味。但她很想知道他是否後悔給她這個吻。說出那句話。

他溜進水裡，幾乎沒有激起半點水花。她跟著他回到原處，保持距離，在他上岸時留在水中。她等他去車上拿布袋，看著他遠去。他這是展現紳士風範，還是對她沒興趣了呢？

兩人在尷尬的沉默中吃午餐。她想問他在想什麼，但她沒有開口。他激起的劇烈情感把她嚇到了。湖上出現一艘漁船，他說了幾句話，提到或許能買點鮮魚回考古基地——對於在沙漠裡住了幾個月的人來說，這是少有的好菜，他說。他打算假裝沒有那個吻嗎？說不定他跟她一樣，害怕自己的情感。她小口小口地吃東西，腦袋裝得太滿，塞不下半點食物。

等他們吃完，他到附近兜轉，放她自己收拾。她拿棉布蓋住籃子，不讓蠅蟲聚集，收進卡車上。不知道他跑哪去了。她在卡車跟湖岸間來回踱步，宛如困獸，心裡亂成一團。為了平定腦中的動亂，她回車上拿了筆記本，胡亂寫下離開考古基地後看到的一切。字句在紙上成形，但她只想得到麥克斯親吻她時，眼中的神采。她把筆記本丟回手提袋，快步回到湖邊，視線掃過湖面。他突然現身，手中抱著什麼東西，卡其布衣服令鮮艷的橘色更加醒目。他走得更近，她終於看出那是什麼。滿懷的鮮花。野生金盞花。串成了一大條花圈。

「給妳。」他把花圈繞過她的腦袋，套上她的脖子。「那裡有一大片——就在樹叢後面。」

「你人真好！」她好想吻他。真正的親吻。但她清楚意識到貝都因保鏢的好奇視線，當她跑來找麥克斯的時候，他一直跟在後頭。

「我們該回去啦。」麥克斯眼中寫滿堅定的承諾。「他們會納悶我們到底跑哪去了。」

三人搭上卡車，他發動引擎，車子發出不太對勁的嗚咽聲，往旁倒下。他低聲唸了幾句，跳出車外，跟保鏢一起挖出卡在輪子下的沙土，然而不論挖了多少都無濟於事。

「很遺憾，我們真的困住了。」麥克斯從車窗外探頭，汗水從髮際傾瀉而下。「是我不好，把車停在這裡。兩個禮拜前的大雨把沙子浸濕，現在還沒乾透。我應該要顧慮到的。」

「要我做什麼嗎？在你們推車的時候發動引擎？」

「不用了——感謝妳的心意——沙子卡進輪軸，我們要找人幫忙拖車。」

向阿拉祈禱後，保鏢徒步到二十哩外求助。「抱歉，我們要等上好一陣子了。」麥克斯面色凝重。「不該讓妳碰上這種事情，真是太丟臉了。」

「沒事的。」阿嘉莎跳下車，繞到有遮陰的駕駛座外。她攤開剛才拿來擦身體的布袋，躺在上頭。「別顧慮我，我就在這裡小睡片刻。」

他跪在她身旁苦笑。「克莉絲蒂太太，妳真的是最了不起的女性。如果現在跟我在一起的是凱薩琳．吳雷，我肯定不會聽到這種回應。她會在接下來的幾個小時內譴責我是多麼的沒用，害我們困在這個鳥地方。」

「是嗎？」

「真的。」麥克斯挖起一把沙子，在她後腦杓堆成枕頭。「如果我說想躺在妳身旁，這個要求會不會太唐突？」

阿嘉莎坐起來，摸摸金盞花花圈。「你送我這個，我真的很開心。請原諒我如此疑神疑鬼的，只是——」她深吸一口氣，「——你知道我被狠狠傷害過，所以……我的意思是……我很難理解像你這樣的人為什麼會對我這樣的女人感興趣。」

兩人沉默了好半晌。麥克斯在沙上畫出螺旋圖案。「因為妳是個很有意思的人。」他悄聲說著，似乎是怕有人偷聽。「妳才華洋溢、很好相處，還有最美的一雙眼睛。好啦，我說出來了。」

輪到阿嘉莎說不出話。她感覺血液從脖子湧上臉頰。有多久沒聽人對她說這種話了？以前亞契會說些浪漫的情話。很久以前的事情了。在露莎琳出生之前。「謝謝。」她低喃。「你……真會說話。可是……好吧，我就明說了。我比你大很多歲。我結過婚。我有個小孩。」她停頓幾秒。他又在沙子上描繪線條：這回他寫的是她的名字。「這樣的感情會有什麼結果呢？」

「這個嘛，只要我們繼續了解彼此，說不定就能想出辦法。」他搓掉指尖的黃沙，握住她的手。「聽好，我會在聖誕節前回倫敦。這件事別跟其他人說：這個月我們挖出一個純金死亡面具，李奧納不想冒險用一般的管道送回去。他要我親自運送。我在想……妳打算什麼時候回去？說不定我們可以一起搭車？」

「這真是……」

她一句話還沒說完，就被他吻住。他一手托著她的頭，讓她慢慢躺下，嘴唇忙著探索她的唇。她的舌尖劃過他的嘴角，嚐到湖水與他臉上汗水的鹹味。他展臂包住她，讓她感受到他堅硬的身軀。兩人滾到布袋鋪設的範圍外，沙子混入她的髮絲。不該繼續的，但是這感覺實在是……言語在她腦海中炸成絢麗色彩。為什麼不行？她想。為什麼我們不該繼續？

他的雙唇沿著她的頸子蜿蜒而下，這時遠處傳來兩聲槍響。麥克斯一躍而起。

「趴下！可以的話躲到卡車下面。」他以全身護住她，反手從車裡摸出望遠鏡。

「喔，嚇死我了！是馬哈德——他找到幫手了！」

她跳起來。麥克斯對著地平線上的小點猛揮手。過了一會，她看清那是一輛車——老舊的福特T型車。保鏢運氣很好，在半路上遇到這輛車——車上擠滿從奈吉夫前往巴斯拉的乘客，總共十四人，都是男性。他們下車幫忙抬起卡車。

回烏爾的車程中兩人一言不發。方才的種種令阿嘉莎難以招架。她的腦袋正火速運轉，不斷回溯那個飽含情慾的瞬間。但她無法平息那些聲音——她母親的，亞契的——

罵她寡廉鮮恥，好人家的女性不該任由那種事情發生。

她偷瞄麥克斯一兩次，猜測他的想法。他的表情透不出半點端倪。

抵達考古基地後，他跳下車，繞過來幫她開門。「我得先卸貨，再去挖掘現場發薪水。」他說。「妳自己待著一下沒問題吧？」

她點頭。「麥克斯……我……」她說不出半句話。在沙漠中再自然不過的事情，現在想起來尷尬到了極點。

「希望妳不要覺得我是在佔妳便宜。我說想更了解妳——那些都是真心話。可以請妳考慮一下剛才討論的事情嗎？要不要一起搭車回倫敦？」

她湊上前，親吻他的鼻尖。

第二十三章

隔天早上起床時，阿嘉莎很清楚自己變了。她察覺到鳥兒在屋頂上蹦蹦跳跳、床邊桌上稍稍枯萎的花朵香氣、走廊另一端某扇門打開的聲響。一切都變得更加鮮明、新鮮，彷彿她到昨天為止都隔著一層薄紗過日子。在沙漠中，她遇上了某件事。很重要的事。當麥克斯把金盞花花環掛到她脖子上的那一刻，她瞥見了過去的自己。認識亞契前的自己。

她拿起花環，將臉埋進虛軟的花瓣中。若不是有這個鐵錚錚的證物，她肯定要質疑自己是不是憑空幻想出整件事。

她很想知道麥克斯今天起床時想著什麼。昨晚兩人沒有直接接觸，只隔著餐桌害羞地互望。接著他就被李奧納叫去看看下午出土的一套工具。她要上床時，他們還關在房裡研究。

晚餐後，她跟南西繼續執行凱薩琳交付的任務，把陶器碎片拼湊起來。凱薩琳去李奧納和麥克斯那邊幫忙了，小隔間裡只剩她們兩個。

阿嘉莎幾乎憋不住說出湖邊那件事的衝動。她好想透露那段突如其來、意想不到的浪漫奇遇，然而顧慮到南西的處境，提及此事感覺不太厚道。於是兩人聊起麥克斯之外的每一名考古團隊成員。

南西很在意凱薩琳的婚姻，她去暗房收照片時聽到吳雷夫婦在中庭談話。「凱薩琳把他批得體無完膚。」她說：「只為了他們最近買的那箱橘子品質，根本不是什麼大事。他對她好有耐性，說話從沒大聲過。」阿嘉莎沒有從麥克斯口中聽說的這段婚姻的實際面。坐在別人家裡大肆談論男女主人的性生活，這樣太過份了，她想。

「這對夫妻真的很怪。」南西還沒說完。「不覺得他很冷淡嗎？無法想像這種男人會走入婚姻。我覺得比起二十世紀出生的人類，古代的陶器碎片更能讓他興奮。」

阿嘉莎點點頭。

「妳覺得他們的婚姻是不是表面工夫？妳看，他們沒有睡在同一間房裡……」這時南西臉上浮現恍然大悟的表情，她想到自己苦澀的過往。

阿嘉莎試著轉移話題，沉浸在記憶中對南西沒有好處。一分鐘後，凱薩琳端上咖啡——用的是阿嘉莎買給她的結婚賀禮。她心情很好，對她們的進度讚不絕口。她說這就是阿拉伯人口中的彩色咖啡，跟綠豆蔻、肉桂棒、番紅花一起磨碎。接著她教她們享受這種飲料的正確程序。

「妳們一定要學會，因為明天我們要去貝都因村裡參加宴會。」她說：「要是端著咖啡壺的人跳過妳們，先替男性倒咖啡，請不要覺得不開心。那是他們的習俗——總是從年紀最大的人開始。」她端起有著長長壺嘴的咖啡壺。「這叫做*dallah*，還有這些杯子——沒有把手的——叫做*finjan*。在正式場合，他們會從一呎外倒咖啡，因為他們覺得太靠近客人是不禮貌的舉動。」她替兩人倒咖啡，表演給她們看。「他們只會倒四分之一杯，所以不會太燙，可以好好品味。倒咖啡的人會說*samm*，意思是請妳們說出神的名字。」

「那我們要回答阿拉嗎？」南西問。

凱薩琳點頭。「他們不介意妳們不是穆斯林——在他們心目中，這不是刻意討好。他們相信我們的神跟他們的神是一樣的，只是名字不同。」她端起杯子，吸入咖啡的芳香。「喝完之後有兩個選項：晃晃杯子，代表還想再來一點；或是將杯子倒過來蓋住，這是已經夠了的意思。」

「嗯——太美味了！」阿嘉莎喝完咖啡，搖晃杯子。「咖啡豆是在哪裡買的？我想帶一點回家。」

「巴格達香料街上隨便哪一攤都買得到。」凱薩琳答道。「只要弄清楚想買什麼東西，他們會幫妳混好。」

阿嘉莎在回房休息前不斷觀察凱薩琳，看不出她哪裡焦慮了。阿嘉莎心想她一定是在大家都睡覺後才洗澡。李奧納坐在旁邊，看著她，連一根手指都不准碰——這幅景象太難想像了。美景當前，天底下有哪個男人忍得住呢？那跟酷刑有什麼兩樣？

阿嘉莎來吃早餐時，凱薩琳獨自坐在中庭看書。她抬起眼，對阿嘉莎說：「要不要陪我散散步？一下子就好，之後就去吃飯。」她掛著笑容，嗓音卻暴露她的情緒。阿嘉莎察覺到一絲緊繃。不知道她有什麼意圖。

凱薩琳帶她走過打著呼的狗兒身旁，走出基地大門，來到一片緩坡旁。下面是乾涸的河床，兩旁長著一叢叢灌木，還有一片顯眼的侏儒鬱金香——跟阿嘉莎窗台上花瓶裡的一樣。

「昨天跟麥克斯出去玩得愉快嗎？」

啊，原來如此。不知道麥克斯跟她說了多少。「嗯。」她努力穩住語氣。「很有趣——我玩得很開心。」

「你們去了湖邊？」

「對，那裡真美。」

「麥克斯下水游了泳。」

阿嘉莎沒料到會聽到這句話。她無法想像麥克斯向凱薩琳透露那件事，在他對她說了那些話之後。

「別替他掩飾啦。今天早上我看到他的短褲掛在曬衣繩上。他一個禮拜只洗一次——都是星期六。光是這點就百口莫辯。」她摘下帽子，掃掉聚集在兩人身旁的大片蚊蟲。「希望他沒有冒犯到妳。他知道妳是我們的貴客，可不能隨便亂來……」她沒把話說完。帽子從阿嘉莎左耳旁狠狠揮過。

「妳怎麼會這麼想？」阿嘉莎心想凱薩琳有沒有看到她的內衣褲昨天也拿出來晾了。掛上曬衣繩時，她從沒想到有人會因為這個猜測她就這樣下水游泳。在酷熱的沙漠裡過了一整天，清洗內衣褲應該是再自然不過的舉動。

「因為我很了解他。」凱薩琳眼中燃起烈火。「他是個熱血青年，妳事業有成，既迷人又聰慧。阿嘉莎，妳要小心。面對現實吧，男人會對妳大感興趣，但他們不一定心懷好意。」

這番話讓阿嘉莎胃部一擰。她突然能以不同的角度看待昨天的種種。麥克斯在宮殿城牆上握住她的手，兩人在湖裡游泳，在沙漠中親熱——全都是為了吳雷夫婦來討好她嗎？她幾乎聽見凱薩琳對他下達指令：逗她開心、多誇她幾句，到時候她就會給我們錢……顯然他的舉止超出了凱薩琳容許的範圍，超出他的職責。阿嘉莎就如此愚蠢的跳入陷阱。她想到連車輪陷入沙地八成也是他佈置好的舞台，這樣他就能遣走保鏢，與她獨處。

蒼蠅在她耳邊嗡嗡飛舞，淹沒腦海中的聲音。她母親，溫柔又強硬，叫她理智一點。還有亞契，她第一次在哈羅蓋特聽到的冷酷憤恨語氣。狠狠譏諷她竟敢癡心妄想還有哪個男人會對她有意思——像麥克斯這樣的年輕人更不可能。

這時，麥克斯的嗓音壓過了其他聲音。想到他問她要不要一起回倫敦。如果他只是虛情假意，那又何必硬是跟她關在火車上將近一個禮拜？

凱薩琳的目光沒有離開她，等待她的回應。如此精心算計的手段令阿嘉莎一股氣衝上腦門。凱薩琳只是在嫉妒。麥克斯曾經拜倒在她裙下，即使他已經脫離她的控制，她卻無法看著他受到旁人吸引。

「我們一起游泳。」阿嘉莎努力不洩漏過多情緒。「昨天很熱，我們決定下水泡泡。麥克斯很有紳士風範，我們在水裡的期間，他一直閉著眼睛。」

凱薩琳沉默了好一會才開口：「喔。阿嘉莎，妳真是讓我驚訝。沒想到妳是這麼的……自由奔放。」

阿嘉莎一咬牙。「凱薩琳，容我提醒妳一聲。」她死命壓低嗓音。「妳已經結婚了。麥克斯未婚。我也是。我們喜歡與彼此相處，跟妳又有什麼關係呢？」

「喔！別跟我說妳愛上他了！」

「妳說這什麼話！」阿嘉莎雙頰熱燙。「我不知道妳為何對這件事如此激動！或許妳要先問問自己這個問題！」

她的回應像是開了一槍。凱薩琳頹然坐倒在地，雙手掩面。

「凱薩琳！」阿嘉莎跪到她身旁。「怎麼了？」

凱薩琳稍稍抬頭，眼眶泛淚。「我……對不起。我真恨我自己！」

「恨妳自己？」阿嘉莎的心臟一下一下敲打肋骨。所以她想得沒錯？凱薩琳愛著麥克斯？

「我……不是……」凱薩琳含糊呢喃。

「不是什麼？」

「不……不是他。」她嘴唇顫抖。「麥、麥克斯。妳知道的，我一直都想……控制別人。我知道這樣不對，只是我……我……」她緊緊抿唇，似乎是害怕自己可能會說出什麼話。

阿嘉莎握起她的手。「怎麼了？可以跟我說嗎？」

「我、我不……不行。」凱薩琳的牙齒格格打顫。「我以、以為我可以……可、可是我做不……」

「深呼吸。」阿嘉莎抹去凱薩琳的淚水。「好啦。這樣好多了。如果妳不想說，那就不用勉強。」

等凱薩琳再次開口，她的嗓音稍微穩定了些。「我以前……太依賴麥克斯了。他是我的朋友。是我的安定劑。」

「可是妳現在不是有李奧納了嗎？」阿嘉莎憋住呼吸，等待下一記衝擊。

「沒有。」她發出介於啜泣與嘆息之間的聲音。「阿嘉莎，我不能當他的妻子。無論是李奧納或是任何人。」

「什麼？為什麼？」阿嘉莎一瞬間以為凱薩琳即將坦承她比較喜歡同性。不過這不可能吧？根據麥克斯的說詞，她可說是拿男人當糧食。

「婚禮當天我原本想跟妳說的，可是我不敢。我從沒告訴任何人過。」凱薩琳的視線落到兩人之間的沙地上。

「什麼？」阿嘉莎悄聲問。「妳想說什麼？」

凱薩琳抬起頭，又別開眼，望向地平線。「柏特蘭過世——自殺——那天，他找了醫生來替我看診。」她從口袋裡摸出手帕，擦擦鼻子。「我們有一些……問題。」

她再次陷入沉默。阿嘉莎憋住呼吸，生怕多說半句話都會對她造成壓力。

「我……我們……有困難。沒辦法……那個……」凱薩琳結結巴巴，注視阿嘉莎。

「妳懂我要說什麼嗎？」

阿嘉莎點頭。其實她不懂。她不確定凱薩琳指的是她跟前任丈夫的性生活不順利，還是沒有懷上小孩。但她意識到直接提問就像是把蝸牛從殼裡硬拉出來。

「我當然很想要。」凱薩琳繼續道：「我第一眼看到柏特蘭時，就深深愛上他了。可是在我們的新婚之夜……我們、我……大家不是都說第一次會很痛嗎？可是我作夢也沒想到會痛成那樣。之後也沒有比較順利。每次他……」她拿手帕蓋住鼻子。「過了六個月，我們決定找醫生來看。當時我們住在埃及，戰爭結束不久，要找醫生可不容易。他替我……檢查。當他叫我穿上衣服的時候，那張臉我永遠忘不了。我問他出了什麼問題，但他不跟我說。他說他得先跟我先生談談。」

阿嘉莎看到另一顆淚珠沿著凱薩琳的臉頰滑下，悄悄落入沙地。

「我後來才知道他說了什麼。」凱薩琳閉上雙眼，淚水從眼角滲出。「或許是語言問題。他主要是說阿拉伯語，英語能力有限。但他說得太過直白。他跟柏特蘭說他娶的是男人，不是女人。」

「什麼？」阿嘉莎張大嘴。怎麼可能會有這種事。她在大馬士革的澡堂看過凱薩琳的裸身。她擁有女人欣羨不已、男人垂涎三尺的身軀，難以想像還有誰能比她更有女人味。那個醫生究竟哪根筋不對勁？

「他發現我沒有……女性該有的東西。沒有裡面的部份。沒有子宮，沒有卵巢。只有很小的……」凱薩琳越說越小聲，臉色白得像幽靈。「所以才會那麼痛。」

「喔，凱薩琳……」阿嘉莎抱住她，感受她的肩頭隨著啜泣起落。她完全懂了。自殺。凱薩琳在巴格達教堂走道上的眼神。每天晚上不讓李奧納碰她的沐浴儀式。就連她玩弄麥克斯和其他男性的方式——現在換了不同的視野，連這點都很合理了。深受某個男人吸引，知道他受妳吸引，同時也知道兩人的情慾永遠無法滿足，這該有多麼悽慘啊。

「這個狀況……沒有病名。」凱薩琳抬起頭，用手帕擦臉。「回到英國的時候我曾想過要查個清楚。我是天生的怪胎，每一本醫學書上都這麼寫。十萬分之一的機率。我們承受詛咒，外表看起來跟真正的女人沒有兩樣，也擁有一般女性的感受。」

「凱薩琳，抱歉——我一定要這麼問。」阿嘉莎停頓幾秒。這不是窺探。如果她真想幫助凱薩琳，就得要問出這個答案。「妳為什麼要嫁給李奧納？」

凱薩琳臉上閃過放棄抵抗的表情。「我知道妳會問這個問題。而且妳不會喜歡我的答案。我別無選擇。董事會不樂見基地裡有個單身女性。要是不嫁給他，我就要丟了這份工作。他向我求婚，我答應了。」

「他知道嗎？」

「天啊，當然不知道！」凱薩琳打了個寒顫。「要是知道了，妳想他還會娶我嗎？我以為他沒有半點情慾，後來才發現他對……那種事情同樣熱衷，跟其他男人沒有兩樣。」

「妳應該很清楚自己要面對什麼樣的處境吧？」

「其實我不知道。」凱薩琳聳聳肩。「我以為他娶我也是權宜之計。他從未對女人展現出半點興致。我還猜他說不定是同性戀。等我發現事實並非如此，我……我說服自己也可以對他施展同樣的把戲：讓他做……某些事情……可是不能靠得太近，保持一小段距離。可是……」她甩甩頭。「一開始他還耐得住性子，可是現在他不斷問我什麼時候願意讓他上我的床。」

「妳愛他嗎？」

「真是個好問題！」凱薩琳嘖了一聲。「我喜歡他，也尊敬他。只是……我不知道還能不能愛上任何人。除了柏特蘭。」

「我懂妳的感覺。」阿嘉莎點頭。「但把他蒙在鼓裡這樣公平嗎？妳不能稍微……妥協一下？」她思索要如何說明自己的想法，又不讓凱薩琳更加難堪。

「什麼意思？」

阿嘉莎遲疑了下。「凱薩琳，我沒有立場教妳要如何經營婚姻。可是把話說開了會不會比較好？像李奧納那樣聰明的男人，知道真相以後，我不相信他不會展現出絲毫理解。」

「要是搞砸了呢？說不定他會取消婚事？」

「他愛妳嗎？」

「他說他愛。」

「那他就會記得婚禮上的誓言，對吧？無論好壞，直到死亡將我們分開。」

「婚姻跟任何一種交際關係就是差在那檔子事上，我不敢相信還有什麼狀況比得知你的妻子做不了那件事還要糟糕。」

「總有更棘手的狀況。疾病。傷殘。人們不顧那些可能性，就是要結婚，要白頭偕老。」她停頓一下。「妳說他很有耐性。不能給他一點時間慢慢思考嗎？給他一個機會，看能不能度過這個關卡？假如妳不說，不就要悲慘終生了嗎？無論是什麼樣的工作都不值得妳犧牲到這個份上。」

凱薩琳沒有回答，她的視線飄向遠方。

「妳活在謊言裡，就跟我和亞契最後的狀況一樣。我知道那種感覺。無法忍受的負擔。所以我崩潰了——如果妳不對李奧納坦白，也可能會落得同樣的下場。」

凱薩琳很輕很輕的點了頭。「我知道妳說得對。但我不確定自己是否足夠勇敢。我要如何告訴他？」

「嗯，妳都跟我說了，已經有了個開端，不是嗎？」

「或許吧。」她再次點頭，比剛才還要篤定一些。「妳不會跟其他人說吧？無論是麥克斯還是南西。要是大家把我的祕密四處亂傳，我一定會受不了。」

「當然不會。」阿嘉莎握緊她的手。「妳的祕密不會從我口中流出，這是我的承諾。」

第二十四章

阿嘉莎隔了幾個小時才又見到凱薩琳。她們回到主屋時，發現巴格達的英國領事館派了一名職員來此，他已經抵達烏爾樞紐站了。這個消息使得屋裡一陣忙亂，早餐匆匆收走，每一個人——包括阿嘉莎跟南西——都分配到一個區域，得以最快的速度清掃乾淨。

「他來這裡幹嘛？」南西忙著拍鬆沙發上的靠墊，轉頭高聲問道。

「不知道。」阿嘉莎應道。她負責清空散在基地各處的煙灰缸，每天早上總是裝了滿滿的煙屁股。「我想他們是打算盯著這裡，畢竟李奧納他們挖出那麼多珍貴的文物。」

「我猜他是為了巴斯拉的騷動而來。」麥可長著紅褐色小鬍子的臉從門後探出。「邊境那一帶正在暴動。輪不到我們擔心，但他們可能是想提醒我們多加留意。」

麥克斯被派去接應訪客，等到他開車回到基地時，屋裡看起來體面極了。阿嘉莎和南西隔著起居室的窗戶往外看，李奧納跟凱薩琳到屋外招呼。

「我見過他一面。」南西說：「他是總領事的助理，名字叫修．卡林頓。我覺得他態度不是很好。」

「跟黛莉亞有關？」

南西點點頭。「他想嚇唬我，說牽扯上官方機密法，我再怎麼問也是徒勞無功。我堅持要見他上司，他變得非常冷淡，沒有說半句難聽話，只是擺出一張冷臉，讓我覺得自己是無理取鬧的不速之客。」

兩人稍晚才跟修．卡林頓打了照面。麥克斯載她們到挖掘區，讓李奧納和凱薩琳與他獨處。

塔廟的陰影中架了一座帳篷，南西坐在裡面看書，阿嘉莎則是跑去新開挖的區域湊熱鬧。麥克斯給了她一把小鏟子跟刷子，教她要怎麼使用。

「只要有什麼發現——什麼都好——大叫就對了。」他說。

像是真正的考古學家一般跪在沙地裡真是太刺激了。沒過多久，阿嘉莎的鏟子碰到堅硬的物體，她掃開沙子，看到藍色的玻璃片。她大聲嚷嚷，麥克斯立刻跑過來。

「看起來是高腳杯的殘片。不用堅持把它完整無缺地挖出來——它的年代比我們目前關注的目標要晚得多，頂多一千年吧。」

「喔！真可惜。」

麥克斯被阿嘉莎喪氣的表情逗笑了。

「妳喜歡的話可以留著，當成來此一遊的紀念品。」

回到基地時，阿嘉莎裝了滿滿一袋的玻璃碎片，那繽紛的色彩讓她想到小時候在海邊撿到的海玻璃。藍色、綠色、琥珀色，邊緣被海浪磨得光滑。她把新的戰利品放在別館房間床上，對著陽光，反射出寶石般的光輝。

項多一千年吧。

想到麥克斯的說明，她微微一笑。她躺在自己的寶庫旁，閉上眼睛，前一天的影像湧入心頭。放任思緒奔馳會不會太危險？想像跟這個男人共度的未來？他現在過著這樣的生活，兩人真的會有結果嗎？

她昏昏睡去，又被他的聲音叫醒。他在門外，跟她說該去貝都因村落赴宴了。

「妳不介意的話，我先送妳們過去。」她打開門，麥克斯以公事公辦的語氣說道。還在納悶為什麼會如此時，她看到鄧肯從走廊另一端走了過來。「皮耶、麥可、鄧肯跟妳們一起去。然後我再回來接凱薩琳、李奧納，還有我們的客人。」

麥克斯送他們上車，男性坐在後方車斗，阿嘉莎跟南西坐前座。阿嘉莎夾在中間，一條腿緊貼排檔桿。麥克斯手一滑，掌心的熱度隔著裙子傳了過來。

「喔——抱歉！」他慌忙縮手，別開眼。看得出他正在努力忍笑。她對他微笑，反正南西不會看見。昨天的記憶再次浮上心頭。他閃著水光的身軀。她躺在沙上，他的臉就在眼前。他親吻她時，眼中的光彩。

「是哈莫迪嗎？」南西的聲音打破她的幻想。她望向窗外，伸手遮陽。

「沒錯。」麥克斯對著騎在騾背上的人影揮手。騾子來到卡車旁，他搖下車窗，用阿拉伯語說了幾句話。經過短暫的交談，他們繼續前進。「他剛才去通知村子裡的人說我們多了個訪客。」麥克斯說：「要是政府人員不請自來，情勢會有點棘手，村民會很不安。現在的情勢已經夠敏感了。」

「不會有事吧？」南西語氣緊張。

「沒事的，別擔心。跟妳說，這只是照章行事。在這個區域是必要的禮儀。」帳篷搭成的村子映入眼簾，他放慢車速。「對了，如果妳們被安排到另一區座位，請不要太過在意。他們的女性不准參加宴席，西方女性算是特例，但她們還是得跟男性隔開。」

車子停在村外的木頭柵欄旁。眾人魚貫下車，阿嘉莎聞到讓人垂涎三尺的烤肉香氣從沙地上的坑洞冒出。旁邊是兩名身穿長袍的男子，忙著攪拌懸在火堆上的巨大銅鍋。

「來跟長老打招呼。」麥克斯說：「不過別跟他握手——這是禁止事項。點頭就好。」

聖戰士孟席德長老外表惹眼，頭戴翡翠色的頭巾，留著染成紅褐色的大鬍子。他的帳篷敞開著，外頭架設棕色棚頂。他在棚子下接見眾人。報上姓名之後，阿嘉莎跟南西被帶到宴會會場的另一端。寬敞的帳篷裡鋪著山羊皮地毯，她們坐在鮮艷的靠墊上，看麥克斯向長老介紹麥可、皮耶、鄧肯。

麥克斯回頭去基地接其他人，阿嘉莎聽見她們背後傳來悶悶的格格笑聲。

「是誰？」南西也聽到了。

阿嘉莎回頭一看。後頭有一片被屏風擋住的區域，隔著布幕可以看到些許動靜，像是手肘或是肩膀壓出的突起，下一秒又消失得無影無蹤。

等到凱薩琳抵達，坐到兩人身旁，她們才搞清楚究竟是怎麼一回事。「那是長老的女眷，她們不能跟我們同席，不過她們喜歡偷看客人，聽大家在說什麼。」

帳篷裡坐滿了貝都因男人，阿嘉莎數到三十就放棄了。眾人繞成一圈坐定，長老一聲令下，他左側的男子離席，帶回一隻棲息在他手腕上的老鷹。他把猛禽放在帳篷中央的木頭棲架上。麥克斯湊向長老，用阿拉伯語說了些話。阿嘉莎跟南西望向凱薩琳。

「他在讚美長老養了這隻不得了的漂亮鳥兒。」凱薩琳說：「這都是例行公事。我們付錢請他保護我們，所以他得要展示珍貴的財產，我們得要稱讚他。」她笑了笑。「別擔心，不會花費太多時間。再一會就開飯啦。」

老鷹被送出帳篷，又來了三名男子，扛著阿嘉莎方才看到的大銅鍋。他們把鍋子放在圓圈中央，一縷縷煙霧飄向賓客，空氣裡充滿香料與烤羊肉的美妙共鳴。

「鍋裡裝滿米飯。羊肉先在火坑上烤過，再鋪到飯上。等一下他們會拿阿拉伯麵餅傳給大家，妳們要自己徒手從鍋子裡拿食物來吃。」

用餐順序從男性開始。阿嘉莎的肚子咕咕作響，看著長老跟村裡的長者率先走向鍋子，接著是麥克斯等人、貝都因族的青年。輪到她們的時候還有剩嗎？

她多慮了。等眾人都吃過幾輪，鍋子裡還有一半的食物。等她們吃得心滿意足，鍋子又被扛到旁邊的小圈子裡，那是次級賓客的位置，阿嘉莎看到哈莫迪跟沙藍都在。

一盤盤甜點在圈裡傳遞，咖啡也送了上來。阿嘉莎咬下一口方形甜點，餅乾色澤的底座上放著棕色的物體。

「喔！太好吃了！」她又從盤裡拿了一塊。「這是什麼？」

「這叫做 *holwah tamar*。」凱薩琳說明道：「是用椰棗、胡桃、芝麻籽做的。」

「那裡在幹嘛？」南西望向帳篷前方。一群衣衫襤褸的男男女女聚集在外頭，他們一副營養不良的模樣，焦急地往帳篷裡面看。

「他們在等剩飯。等到僕人吃完，看鍋子裡還剩什麼。大概只有骨頭跟一點米飯吧。不過他們是乞丐，有什麼就拿什麼。」

她們看著鍋子被扛到帳篷外，那群乞丐一擁而上，最後他們舉起大銅鍋，讓鍋底對著帳篷內，給大家看鍋裡已經清潔溜溜。

長老起身，對左右的男子點點頭，一副要發表演說的模樣。沒想到他竟然從披肩下掏出一把手槍，指向李奧納．吳雷，引起眾人驚呼。

「天啊。」凱薩琳嘶聲道：「他在做什麼？」

李奧納瞄了麥克斯一眼，麥克斯說了幾句阿拉伯語，長老哈哈大笑，也回了幾句話。凱薩琳倒抽一口氣，握住阿嘉莎的手臂。

「怎麼了？」阿嘉莎悄聲問：「他說什麼？」

「麥克斯問他槍有沒有上膛。」凱薩琳抓得更緊。「他說有，不然呢……他買槍的錢是來自我們的……」

看到麥克斯起身，她閉上嘴。他又對長老說了些話，手指向帳篷外。長老笑得開懷，轉身瞄準。一顆子彈從幾名族人的頭頂上掃過，外頭炸開可怕的巨響。貝都因男子哄堂大笑，紛紛出去看長老打中什麼。

麥克斯快步走到她們身旁。「別緊張。只是他們裝水的陶壺。我煽動他拿別的東西練練準頭，分散他的注意。」

「那傢伙瘋了！」凱薩琳呼出一大口氣。「可憐的李奧：他的臉白得像紙！」

「妳要去他身邊嗎？」南西問。

「不行。」凱薩琳聳聳肩。「要是我們跑到男性那一側，在他們眼中是非常失禮的舉動。」

「可是麥克斯就來找我們啦。」

「狀況不同。」麥克斯咧嘴一笑。「我知道這很不公平，但這些部落就是這樣。」他轉頭看到長老跟他的隨從回到帳篷裡喝咖啡。「我該回去了，不然他可能會對著這裡掏槍。」

幾分鐘後，麥克斯轉回她們身旁。「長老有個特殊要求。」他看了看凱薩琳跟阿嘉莎。「他要妳們看看他的幾個妻子。她們有各種健康上的問題。」

「幾個妻子？」阿嘉莎挑眉。「他到底有幾個老婆？」

「大概十多個吧，我想。不過在我上次問過之後，他的後宮可能又多了一兩個人。」

麥克斯像是在努力忍笑。「妳以前也是護士對吧？可以請妳幫凱薩琳一下嗎？」

「喔……好吧，應該可以。」阿嘉莎稍一猶豫。「可是我們沒有半點醫藥設備……」

「有的。」凱薩琳說：「瑪莉皇后的後座放了急救箱。」

麥克斯跟南西去車上拿裝備，其他人繞到屏風後方。長老的諸位妻子坐在軟墊上，排成一列。凱薩琳跟阿嘉莎一現身，又激起了一陣笑聲。

「真希望麥克斯能一起過來。」凱薩琳說：「他的阿拉伯語比我好太多了。我們只能湊合一下啦。」

這群女子中最年輕的看起來只有十五歲上下，最年長的則是年近四十。總共十五人，當凱薩琳問起有誰不舒服，每一個人都站出來了。第一個人指著她的眼睛。

「急救箱裡面有硼酸嗎？」阿嘉莎看著凱薩琳，發現她笑了。「喔——妳不覺得是結膜炎嗎？」

「是有這個可能啦……」凱薩琳憋不住笑聲。「我只是想通究竟是怎麼一回事了。去年我們也來過這裡——同樣的宴會——我拿硼酸給其中一名妻子用，叫她拿來洗眼睛。但顯然她誤解了我的意思，把藥喝了下去。」

「天啊——結果呢？」

「結果她幾個月後生下一對雙胞胎。兩個男丁。我猜長老希望我給他的妻子開同樣的藥！」

恰好在這個節骨眼，長老的聲音穿透了屏風。他正在跟麥克斯說話。凱薩琳嘴唇抽了抽，一手掩住嘴巴。

「他說什麼？」

「那個可敦——就是我——會帶來奇蹟。他問麥克斯身上還有沒有那個神奇的白粉。」

凱薩琳終於笑得出來了。那群妻子也跟著哈哈大笑，過了好一陣子，她跟阿嘉莎才冷靜下來，仔細確認誰真的病了。開了頭痛藥、碘液，教她們怎麼洗眼睛之後，她們說聲再見，回到卡車上。

村裡只剩下她們兩個外人，麥克斯已經把其他人送回基地。凱薩琳爬上前座，坐在阿嘉莎跟麥克斯之間。

「我們的客人要求在這裡過夜。」麥克斯說著，發動引擎。「他說他不想睡在火車上。」

「喔——那傢伙只會惹麻煩。」凱薩琳嘖了一聲。「偏偏挑在我們客滿的時候來訪。我想他只能睡李奧納的房間了。」

阿嘉莎斜斜瞄了一眼，無法解讀凱薩琳的表情。明明可以叫麥克斯讓出房間去屋頂上睡，她卻在一瞬間奉上李奧納的房間。阿嘉莎察覺這是經過算計的決定。或許今晚她打算向丈夫說出真相。

第二十五章

李奧納來到床邊時，凱薩琳還醒著，只是在裝睡。她在黑暗中躺了好久，感覺像是過了一輩子，腦中不斷預演自己的台詞。然而當她聽見門閂的喀嚓聲，她知道她做不到。

過去六個禮拜，她給了他一個又一個的藉口。在新婚之夜——只有那一夜，考古基地只有他們兩人——她假裝月事來了。這是一連串謊言的開端。她從未有過月事，只在其他女性口中聽過。過了一個多禮拜，她說她鬧肚子，身體虛弱。接著她又拿其他人當藉口，說基地裡那麼多人來來去去讓她感到拘束。

婚後一個月，他接受妥協提案，看她洗澡過乾癮。這成了兩人每夜的儀式。她會敲敲文物室的門，代表她準備要沐浴了。當她赤身裸體，即將爬進浴缸時，她會聽見外頭的細微動靜，那是他每晚搬動木頭凳子到窗下的聲響。

兩天前的夜裡，他敲門問是否可以跟她睡同一張床。她卻卑鄙到用柏特蘭當藉口，隔著門板低聲說今天是他的忌日，她想自己靜一靜。又一個謊言。柏特蘭在春季自殺。可是李奧納不知道。他不知道的事情可多著呢。但現在他就在她臥室裡，沒有其他地方可去。

她緊緊閉著眼睛，聽他一步步走近，衣服窸窣脫下，被他放到椅背上。接著床鋪傾斜，她渾身僵硬。她面對牆壁，感覺他的手臂與她相觸，小心翼翼的溫柔撫觸。

「凱薩琳，妳睡著了嗎？」她一動也不動，生怕自己呼吸的節奏會拆穿她的偽裝。她聽見阿嘉莎的聲音：上啊！機會來了！不能這樣下去……

是的，機會難得。但光是想到張開嘴巴，對著躺在身旁的他認罪，她就怕得一陣陣反胃。

過了一兩分鐘，她感覺到他換了姿勢。他放棄了。她僵硬地躺在原處，直到聽見穩定的鼾聲。

明天呢？後天呢？阿嘉莎的聲音又來了。

她一定要告訴他。但不是以這種方式。不能在臥室裡，這裡是一切麻煩的來源。也不能當面說，因為她無法忍受真相帶來的反應。憤怒與憐憫與懷疑在他眼中融合。確診那天，她在鏡中看過同樣的眼神。

我寫信給他。這個想法突然浮現。讓他用看的遠比聽她說出來要好太多了。她留下信就避到遠處去，給他一點時間冷靜下來再跟他談。她要拿阿嘉莎跟南西當擋箭牌。明天是她們在基地的最後一天，她要提議到河邊野餐，就她們三個。

她深吸一口氣，稍稍伸展手腳，放鬆僵硬的肌肉。她努力想著雞毛蒜皮的雜事，比如說要帶上什麼點心、南西想不想下水、要如何安排妥當，在大家下工前歸還卡車。她在心裡規劃野餐的細節，希望睡意能在她想完之前降臨。沒有用。她轉為思考儲藏室裡的食材，按照字母順序一個個點名。只要能擋住其他思緒就好。她一定要睡著。不睡不行。

在中庭的彼端，南西也醒著。她平常睡得很熟，今天不知怎地突然醒來。就在她翻身時，腹部傳來一陣揪痛。

她隔著睡袍按住那塊緊繃的皮膚，輕輕按摩。是因為她在宴會上吃了什麼嗎？她想到在火坑上燒烤的羊肉。上頭沒有遮蔽，會不會被蒼蠅碰過了？還是說肉其實沒有熟透？

她換成平躺的姿勢，痛楚漸漸消退，但她現在毫無睡意。不知道現在幾點了。窗外的星空看不出曙光的蹤跡。她閉上眼睛，知道她一定會看到什麼。

他的面容。

獨自躺在這裡，凌晨時分，她更加真切地感受到沒有他的孤寂。熟悉的疑問佔據她的腦袋。他現在身在何處？正在做什麼？跟誰在一起？

他會來嗎？

這個疑問一直都在，在這樣的時刻，化作惱人的低語，越來越響亮，淹沒她腦中其他的思緒。等她回到巴格達，會不會收到他的信呢？他在前一封信中沒有提到跟他太太談得如何。或許他覺得這個話題太殘酷，打算壓到聖誕節之後再開口。當然了，他還有女兒要顧，不該毀了這個闔家團聚的快樂時光。

如果寶寶在他趕赴巴格達前出生，她該跟他說嗎？她在腦海中無數次想像把這件事寫進信裡。她向自己承諾絕對不做情緒勒索的勾當。然而自從她感應到肚子裡的鼓動，坦白一切的衝動就越來越強大。

收到這樣的信，他會有什麼反應？會不會立刻跳上最近的一班火車？帶她跟孩子回到倫敦？他們要住在哪裡？他算不上富有，還有妻女要照顧。她只有黛莉亞留給她的錢，在倫敦撐不了多久。可是他又說他無法住在巴格達……

肚子裡一陣翻騰——與先前的揪痛完全不同。熟悉的恐慌襲來。如果他一直沒有露面呢？她跟寶寶要怎麼過日子？等阿嘉莎回家，她要向誰求助？

太多的疑問在她腦中打轉。她得要停止思考。回到夢鄉中。為了寶寶也為了自己好。為了分散注意，她轉為思索孩子出生後要叫什麼名字。是男孩還是女孩呢？她在雜誌上看過某些女性擁有第六感，知道肚子裡的孩子的性別，可惜她沒有這種能力。她尋找男生女生都適用的名字，按照字母順序排出。

艾利克斯……法蘭西斯……希拉利……金……

才想了幾個，她又沉沉睡去。

凱薩琳在早餐前寫信，趁李奧納還在文物室工作的空檔。她這輩子沒寫過這麼難的信，等於是把自己的靈魂暴露給掌握著她未來的男人看。即便這是正確的決定，她依舊是無比煎熬。

信寫好了，她沒辦法塞進他臥室的門縫，因為修．卡林頓還在裡頭。她也不想放在其他人可能看到的地方，只能等到訪客回去。

她同時要忙著準備野餐，指示艾伯拉罕要做什麼菜，收集足夠的毯子、軟墊、毛巾。她把相機放進裝泳衣的袋子。她這個禮拜一直想拍照，卻老是抓不到時機。在起居室房間掛起她跟阿嘉莎的合照應該不錯，可以成為跟未來訪客閒聊的話題。

前提是妳還能留在這裡。

她的手停在半空中。李奧納看完信會不會把她趕出去？野餐後會不會發現她的行李已經打包好了？

敲門聲把她拉出負面思考的螺旋。

是麥克斯。「他說搭火車前想看看挖掘現場。我覺得還是跟妳說一聲比較好。」

「他真的不喜歡女人，對吧？」凱薩琳嘆息。「昨天他對我很不禮貌。他說聽到我也會去挖掘區讓他大吃一驚，因為他以為李奧納如此優秀的人不會讓妻子在身旁分散注意。」她翻翻白眼。「那傢伙真是不知好歹！」

麥克斯搖搖頭。「沒錯——他很古板。」

「別擔心——在他動身回巴格達之前，我會離得遠遠的。我要帶阿嘉莎跟南西去野餐。你送其他人到挖掘區之後方便回來一趟，送我們到河邊嗎？你可以在午餐後來接我們。」

「這樣好嗎？」麥克斯皺眉。「只有妳們三個？」

「也才兩三個小時——我會帶上來福槍。只要沒有車，我想不出我們在強盜眼中有多少吸引力。」

「嗯……」他還是不太篤定。「好吧，妳說了算。」

「那就說定啦。」凱薩琳勾起冷淡的笑意。「阿嘉莎一定會很開心。她不是很喜歡游泳嗎？」

凱薩琳挑選的野餐地點位於河邊的樹叢裡。樹木像楊柳似地壓低枝枒，幾乎碰到翡翠色的河面。

「這是中東特有的柳樹。」聽到阿嘉莎的評語，凱薩琳說道。「看起來真的很像楊柳。」她在一棵樹下鋪平毯子，拿軟墊壓住。「我想南西可以在我們游泳的時候坐著乘涼。」

阿嘉莎望向站在旁邊的南西。她找到一片野花——類似羽扇豆的小巧藍紫色花朵——摘了一朵湊到鼻尖。

「可惜我沒辦法借妳泳衣。我只有這一件。」

「沒關係的。」阿嘉莎目不斜視。如果凱薩琳想從她套出跟麥克斯出遊那天的事，她絕對不會鬆口。

「我要先來一根菸。」

凱薩琳的手提袋掛在樹枝上。阿嘉莎靠上軟墊，看著河水懶洋洋地流過，平滑的表面幾乎沒有半點波紋。土耳其香煙的刺鼻氣味沒一會就飄到毯子上。她看著煙霧翻捲，宛如毒蛇的幽魂，沙漠的暖風把它吹向河面。

河水無比誘人。她忍不住想像等會要跟她下水的人是麥克斯，不是凱薩琳。從烏卡迪爾回來後，她一直沒有機會跟他獨處，就連說話都有可能被旁人聽見。這是兩人在基地的最後一天了。明天她跟南西就要搭火車回巴格達。

剛才上車時，麥克斯投來蘊含千言萬語的眼神，亞契頭一次到托基跟她母親見面時，也以這種眼神看著她，彷彿是在說：我想擁有妳，想到我心都痛了。

昨晚，她躺在床上，幻想回英國的火車之旅。跟麥克斯共處五天。浪漫到無可救藥的地步——他們要在全世界最壯麗的美景中，加深對彼此的了解，中途停下來探索伊斯坦堡，看到更多威尼斯的風貌。

她還沒向南西或是凱薩琳透露半個字。她什麼都沒說也沒做，不想給凱薩琳更多線索，瞎猜湖邊發生了什麼事。對南西說起這件事太過殘忍，她正面臨著心痛欲絕的處境。但阿嘉莎好想說出口，好希望有人跟她說期望和麥克斯這樣的男性認真交際一點都不蠢。

「該下水了吧？」凱薩琳的聲音把她嚇了一跳。阿嘉莎轉過頭，發現她已經穿上泳裝。「我在樹後換衣服。」她咧嘴而笑。「不是怕給妳們看——有時候會有人來這裡釣魚。」

凱薩琳今天早上看起來很不一樣。難以相信不到二十四小時前，她還難過到差點說不出話。她跟李奧納說了嗎？他們是不是已經談妥了？她沒膽問。

「一下就好。」阿嘉莎鑽到低垂的枝枒後方，踢掉鞋子，剝掉絲襪，脫掉裙子跟襯衫。她的袋子裡放了另一套內衣褲。她在原本的背心外又套了一層背心，穿上第二件內褲。希望多一層保護能多給自己維持一點顏面。等她準備就緒，南西正坐在毯子上，拿軟墊撐著後腰。

「快來——晚下水的人就是軟腳蝦！」凱薩琳奔向河裡，修長的雙腿好似微風中的樹苗。凱薩琳匆忙跟上，卻無法與她比肩。她的運動神經一向不好，唯有泳技稱得上差強人意。而且她已經很久沒活動筋骨了。跑到河邊時，她已經氣喘吁吁。凱薩琳早已離岸好幾碼。

「等我！」阿嘉莎潛入水中，冰冷的河水包覆全身，腎上腺素在她體內奔流。

「我們游到對岸！」凱薩琳踢著水浮浮沉沉，等阿嘉莎追上。兩人的距離縮短，凱薩琳鑽向河底。

「我在這裡！」凱薩琳從對岸竄出。阿嘉莎游到她身旁時，她無情地潑水。「這是……妳……落後的……處罰！」她每說一個字就灑下更多水。

阿嘉莎用雙腳打起漫天水花反擊，沒過一會，兩人癱在河邊，笑得無法自己。

「我快餓死了，妳呢？」等雙方冷靜下來，凱薩琳問道：「要不要上岸吃點東西？」她輕輕鬆鬆地撥水游回原處，爬上河岸。南西正在毯子上打盹。她抓起幾條毯子，丟了一條給阿嘉莎，後者還在跟岸邊滑溜的泥地奮鬥。

幾滴水落到南西臉上，她挺起上身，抹抹臉頰。

「抱歉。」凱薩琳從手提袋裡翻出相機。「可以請妳幫我們拍照嗎？」阿嘉莎還沒回過神，凱薩琳已經跳到她身旁，一手勾住她的肩膀。

「笑一個！」

快門喀啦輕響。

「喔！」阿嘉莎低下頭，想到自己這副模樣被拍成照片就滿心不悅。

「別擔心——妳沒有曝光啦！」凱薩琳笑得花枝亂顫。「換好衣服以後我們再拍一張。等麥克斯回來，我叫他幫我們三個合照。」

阿嘉莎躲在樹後，正要綁好絲襪時，南西的叫嚷聲讓她停下手邊動作。

「怎麼了？妳被什麼咬了嗎？」凱薩琳的聲音從另一邊的樹叢飄出。

她們一起衝出來，臉上沾著樹葉。南西抱著肚子，眼神充滿痛楚。

喔，不，該不會孩子……阿嘉莎按住嘴巴。

「喔！天啊！」南西蜷縮起來。「我、我……」

「我想她破水了。」阿嘉莎聽見自己冷靜萬分的聲音。這是身為護士的她。擱置了十年，這份本事如同光速一般回到她身上。

「該怎麼做？」凱薩琳一臉恐懼。戰爭時期的護士多半只照顧過男性，她也不例外。這是未知的領域，顯然她希望阿嘉莎負責下令。

阿嘉莎嘴巴開開合合。現在不適合坦白說她也不知道要怎麼做——她對於生產的認知僅有她自己唯一一次的經驗。現在不能讓南西聽到這種話。必須要讓冷靜下來，假裝她知道自己在做什麼。

「沒事的，南西。」她說：「不用慌，這是非常早期的產兆。」阿嘉莎幫她脫下浸濕的長袍，在心中迅速計算。差不多六個月……上禮拜南西是這麼說的。可是她是從最後一次月事，還是從她發現自己懷孕時開始算？無論如何都太早了。要是寶寶現在出生，存活的機率相當渺茫。

「麥克斯幾點回來？」阿嘉莎在南西的頭頂上以嘴型無聲提問。

凱薩琳豎起三根手指。

阿嘉莎瞄了手錶一眼。還有兩個半小時，她們要如何撐到那時？

南西吐出一串呻吟，指甲刺入阿嘉莎的手臂。「對、對不起。」她邊喘邊說。

「別在意。」阿嘉莎揉揉她的背。「好啦，我們要幫妳換到舒服一點的姿勢。妳往後躺就好，我用這個靠墊給妳當枕頭，其他的擺到妳膝蓋下。凱薩琳，野餐籃裡有沒有水？」

凱薩琳眨眨眼，似乎不太能理解目前的狀況。

南西又痛叫一聲。

「她等一下會渾身發熱，到時候給她喝點水。」阿嘉莎努力穩住語氣。她看看手錶。現在必須計算陣痛的頻率，但她知道南西的陣痛來得太快。露莎琳熬了好幾個小時才呱呱落地，不過阿嘉莎聽說某些女性生產速度極快，寶寶就直接在洗手間裡誕生。

凱薩琳立刻行動，從樹下拖來野餐籃，掏出錫杯，拿水瓶裝滿水。

「還有毛巾嗎？」阿嘉莎抬起頭，接過凱薩琳遞來的杯子。「需要一條乾毛巾。」

「有，我袋子裡還有一條。」凱薩琳看阿嘉莎扶起南西的頭，讓她喝幾口水。「是不是……」她以緊繃的表情補足沒說出口的話。

阿嘉莎點頭。「需要溫暖乾燥的東西包住剛出生的孩子。」她對南西說：「我知道這樣做很不禮貌，可是我必須看看妳的下面。我想寶寶迫不及待想見妳了。」

南西驚惶地張大嘴。「我、不、不行……」她痛得五官扭曲。

「妳不會有事的。」這句話是對南西說，也說給她自己聽。

「可、是……我……」南西隨著又一次陣痛緊緊咬牙。

「女人天生就是要生小孩的。」阿嘉莎突然意識到不該在凱薩琳聽得到的地方說這句話。太遲了。她抬起頭，以眼神致歉。凱薩琳輕輕搖頭，像是在說沒關係。

「聽好，這事我以前也遇過。」阿嘉莎在心裡祈禱南西不會發現她只以產婦的身份體驗過生產。她得要幫她維持冷靜，讓她相信一切都在掌控之中。南西跟她肚子裡寶寶的生命得要靠她乖乖聽話，撐到麥克斯開車回來。

「有沒有感覺到往外推擠的衝動？」

南西點點頭，緊閉雙眼，忍受另一波劇痛。

「妳要努力克制這份衝動——等到寶寶準備好再說。可以配合我的呼吸節奏嗎？快速吐氣三次，然後長長吐一口氣……就是這樣！痛的時候就這麼做。」她又對凱薩琳說：「可以請妳抱著她嗎？把她抬起來，撐著她的肩膀？」

凱薩琳坐到毯子上，雙腿環繞著南西，把她調整成半躺半坐的姿勢。

「好多了……喔！我看到頭了！」阿嘉莎用力吞了口氣，對接下來的發展恐慌不已，這個小生命即將面世，只有她能幫上忙。她聽到托基的醫院裡那位護士長的聲音：米勒護士，少說喪氣話了，有骨氣一點！

她抓住毛巾，準備接住嬰兒。要是她生露莎琳那時更留意助產士都在忙些什麼就好了。嬰兒的腦袋探出來的時候可以使力嗎？九年前的八月天，痛楚形成一片迷霧，遮掩她的記憶。但她一定要想起來。

「南西，妳做得很好。」阿嘉莎沒想到自己的嗓音會這麼響亮尖銳，透出了她的惶恐。「我要妳再撐一下下。好，聽我的指示，我要妳用最大的力氣往外推。」

「上帝，求求您讓他們平安無事。」阿嘉莎在心裡低喃。

南西發出撕心裂肺的慘叫，血色湧上她的臉龐。凱薩琳用襯衫袖子擦去南西額頭的汗珠。

「現在用力！南西！用力！」阿嘉莎大叫。

那個小東西滑出產道的速度可說是迅雷不及掩耳，阿嘉莎差點沒有接好。她凝視著毛巾上的嬰兒，驚奇得無法動彈。是個男孩子。幾乎跟露莎琳剛出生那時一樣大。可是他一動也不動，染血的皮膚呈現藍灰色。

「他是不是……」南西驚叫一聲，頹然倒在凱薩琳膝上。

阿嘉莎拿毛巾搓揉小小的身軀，用意志力叫他活過來。他肚子上連著血淋淋的臍帶，沒有繞在他的脖子上——那他為什麼不呼吸？

「怎麼了？」凱薩琳突然移到她身旁。她抱過孩子，讓他平躺在毯子上，彎腰湊向他的臉。阿嘉莎詫異地看著凱薩琳以嘴巴覆蓋他的口鼻，像是在親吻這個喪失生氣的小東西。她抬起頭，喘口氣，又對他呼了一口氣。

「凱薩琳！別這樣！」阿嘉莎抓住她的手臂，但她沒有退讓。凱薩琳彷彿著魔似地把她推開。天啊，阿嘉莎心想，這一幕讓她崩潰了。

響亮的哭號劃破她們之間的空氣。凱薩琳仰起頭，幾乎喘不過氣。「妳們看！他還活著！」

第二十六章

南西躺在考古基地的床上，背後堆了幾個枕頭，寶寶窩在她的臂彎裡。經過一番折騰，她相當虛弱，但還是擠出力氣讓小詹姆斯好好喝了第一頓奶。他用了凱薩琳跟阿嘉莎父親的名字，名叫詹姆斯．費德列克。南西說如果是女兒的話，她就要借用她們兩人的名字。

「她睡著了嗎？」凱薩琳悄聲問。

「應該是。」

「妳想是不是該把他放到他自己的床上？」凱薩琳望向臨時嬰兒床——她取出臥室衣櫃的抽屜，墊上一條毛巾，再加上她手邊最柔軟的喀什米爾羊毛披巾。

「嗯。」阿嘉莎輕聲回應：「前提是不能把他吵醒。」

她看著凱薩琳輕輕抱起睡著的嬰兒。就算詹姆斯是用純金打造，從烏爾的土墩裡挖出，她也不會如此小心。阿嘉莎很訝異她在最絕望的時刻挽救一切。她似乎本能的知道該怎麼做。

安頓好寶寶，兩人溜出阿嘉莎的臥室，去中庭喝咖啡，好好慰勞自己一番。阿嘉莎問凱薩琳是在哪裡學到這招復甦術。

「貝都因婦女都這麼做。我曾看過有人在沙漠裡生產，那是我們來這裡的第二季。她是某個挖掘工人的妻子，走了幾哩路捎來他父親病危的消息。抵達後不到幾分鐘，她就倒在地上，開始陣痛。她冷靜極了，拒絕任何人的協助，獨自生下孩子。她發現寶寶沒有呼吸，就含住他的口鼻。我以為她是悲痛萬分，想親吻死去的孩子，結果她其實是要吸掉堵住嬰兒口鼻的液體，接著深吸一口氣，吹進寶寶身體裡。」

「有效嗎？」

凱薩琳點點頭。「半個小時後，我們用卡車送他們回村子，每開過一個坑洞，孩子就發出震天叫嚷。」

「謝天謝地！」阿嘉莎微微一笑。「妳靠著這招救了詹姆斯一命。」

「我……」凱薩琳一陣囁嚅，緊盯著自己的咖啡杯。「我不知道有沒有用。看到他躺在毛巾上，血淋淋的全身發青，我知道該怎麼做——可是我以為我做不到。他看起來好像……」她搖搖頭。「聽起來很荒謬，他讓我想到柏特蘭，當然了，我沒看到他最後的……」她沒把話說完，端起杯子，聞了聞咖啡香。「我看過那麼多死人。戰爭時期的士兵跟平民，德國人在前線的村莊留下一堆屍體。我總對自己的膽量引以為傲。可是呢，看到詹姆斯的時候……」她閉起雙眼，嘆息一聲，將幾滴咖啡吹出杯緣。「我怎麼笨成這樣呢！」她慌忙擦拭裙子。「寶寶碰上我算他命大！」

一瞬間，阿嘉莎捕捉到前所未見的光采。做出決定，拯救詹姆斯的性命使得凱薩琳克服了她心中的某個關卡：自從她丈夫自殺那天起就縈繞不去的魔障。醫生殘酷地宣告了她的缺陷時，不只摧毀了她的婚姻，也等於是告訴她做不到每個女人都應該做得到的事情。她永遠無法生孩子。

多年來，凱薩琳懷抱著這個認知，以及這副令她痛苦萬分的身軀。她的應變方法就是投入新的職業。阿嘉莎想像凱薩琳告訴自己，既然她體內住了個男人，那她當然可以過著男人的生活。沒有人預期一個女人——一個寡婦——全心投入她熱愛的行業之餘，還會想生兒育女。

然而，河邊的意外事件改變了一切。從凱薩琳的表情，阿嘉莎看出南西的寶寶解放了宛如走在五里迷霧中的她。

兩人喝完咖啡時，麥克斯走進中庭。他把三人連同嬰兒送回考古基地後，直接回挖掘區，把修．卡林頓送回烏爾樞紐站趕火車。他用手背抹去滿頭汗水，大步走到兩人身旁。

「她狀況如何？」他拉出一張椅子坐下。

「她睡著了。」凱薩琳應道。

「寶寶呢？他沒事吧？」

「應該是。」凱薩琳瞄了阿嘉莎一眼，後者點點頭。「醫生呢？有沒有聯絡上？」

「有。我用了車站的電話，他大概一個小時就到了。」他端起凱薩琳幫他倒的咖啡。「妳們做的非常好。」他的笑容越過杯緣，拋向凱薩琳。「我沒想到——」

「凱薩琳！」李奧納・吳雷的嗓音響遍整個中庭。「請妳現在來文物室一趟！」

凱薩琳的表情瞬間變了，憂懼融化了她的笑意。「我該走了。」她起身，椅子腳刮過地面。「阿嘉莎，妳會好好顧著南西吧？」

「當然了——等醫生檢查完，妳也會來幫忙吧？」

凱薩琳沒有回應。她垂著頭，大步離開中庭。

彷彿是走上絞架的瑪莉・安東尼。

阿嘉莎腦海中莫名其妙地浮現這句話。李奧納的語氣跟凱薩琳的表情讓她意識他們即將攤牌。但為什麼是現在？如果她是昨晚向他坦白，那他們應該已經吵完了。凱薩琳今天下午也沒機會跟他說——從河邊回來後，她還沒跟他見上面。

「跟妳說，妳真的很勇敢。」麥克斯的聲音穿透她的思緒。「在那樣的情況下保持冷靜——很少有人做得到。」

「我不太清楚自己在做什麼。」阿嘉莎聳聳肩。「老實說我嚇壞了。」

「反正最後一切順利，對吧？我送修・卡林頓去車站的路上跟他說起這件事，沒想到他跟南西的丈夫是同學。」

「真的嗎？」

麥克斯點頭。「他似乎非常驚訝她竟然跑到這裡。他說婚禮也不過是一年前的事。」

「其實不到一年。」阿嘉莎把南西來到美索不達米亞的緣由化為三言兩語，除了最不該透露的內情。她承諾要保密，絕對不會破壞自己的諾言。就算大家不知道他是私生子，小詹姆斯的處境也夠艱困了。

「真是可憐。她現在到底該怎麼辦？」

「她想待在巴格達。我現在租的房子會讓給她住。我想她打算找個工作。」

「我想她短時間內哪裡都去不了了吧。妳也會留下來嗎？」

「在她恢復到可以搭車前，我沒打算離開。」阿嘉莎直視他的雙眼，回應他的微笑。「希望我不會太打擾你們。」

「怎麼會呢？」他回頭看了一眼，握起她的手，湊到自己唇邊。「妳是天使。我很高興妳不會搭上明天那班火車回去。」

凱薩琳抖著手打開文物室的門。

李奧納站在哈莫迪的胸像前，那是她送給他的結婚禮物。她的信握在他手中。

「喔——被你找到了。」她擠出細細的聲音。

「妳怎麼不早點跟我說？」他的語氣異常平靜，似乎正以過人的自制力壓抑脾氣。

「對不起，李奧，我……我不敢跟任何人說這件事。」

「可是我不是任何人，凱薩琳。我是妳的丈夫。妳不覺得我是最有權利知道的人嗎？」

「我以為……」她無法直視他的雙眼。「我以為我們不會有這方面的困擾。」

她聽到他深吸一口氣。「妳怎麼會這麼想？」

她用力吞嚥。「因為你跟基地裡其他男人不同，三年來，你從未對我起過半點興致。那方面的。」

「原來如此。」他的雙腳在泥土地上變換重心。「妳以為我是同性戀嗎？一副道貌岸然的模樣，不會多看妳一眼？抱歉讓妳失望了，相信妳現在也清楚了解到我在這方面跟大部份的男人一樣。」

「我想你打算叫我離開？」她喉嚨緊縮，嗓音嘶啞。

「我有說嗎？」

她困惑地抬起頭，他的神情少了平時的霸氣，悲傷佔據了他的眉宇。

「可是我怎麼能……我們要怎麼……」

「可以過來一下嗎？」他伸手。「靠近一點。我保證什麼都不做。」

她前進一步。他握住她的指尖。「沒事的。別怕。」她跨出一步，又一步，直到兩人的鼻尖只有幾吋距離。現在她看見他眼眶中的淚光。

他喉中逸出細碎的聲響，似乎是要發表一番長篇大論，但他說出口的話完全在她的預想之外。「聽好，凱薩琳，重點不是……」他壓低嗓音。「不是那個行為。不完全是。當然了，如果妳可以的話，我並不是不想做——但我真正渴求的是更簡單的事物。」

他讓她攤開掌心，撫摸她的手指。她憋住呼吸，忍住縮手的衝動。雖然他給了承諾，她依舊恐懼下一個轉折。

「這樣還好嗎？」

她緩緩點頭。

「看，我從來沒有做過這種事。」他的指尖好溫暖，多年來的粗活使得他的皮膚粗糙乾燥。

「從來沒有嗎？」

他搖搖頭。「除了握手跟學校橄欖球場的衝撞，我完全不知道觸碰其他人類會有什麼感受。」

她眨眨眼，腦袋轉不過來。「不會吧？你小時候……？」

「我母親在我兩歲那年過世，所以我對她的懷抱毫無印象。」他的語氣冷靜理智，沒有絲毫自憐自艾。「我父親是嚴厲的牧師，除了佈道，他沒有展現過任何情感。他認為小男孩就該好好管教，所以我五歲就被他送去寄宿學校。」他握住她的另一隻手，望入她眼底。「所以了，凱薩琳，假如我在床上像條死魚，那是因為我從未有過跟人如此接近的機會。直到現在。」

「李奧，你想說什麼？」她往他臉上尋找答案。

他的嘴唇開了又合，像是害怕表達出自己的心意。過了好半晌，他才說：「我只想……被人愛著。妳做得到嗎？這樣算是奢求嗎？」

第二十七章

一週後

阿嘉莎讓小詹姆斯靠在自己肩頭，拍著他的背等他打嗝。南西閉著眼睛躺在床上。阿嘉莎躡手躡腳地在房裡走來走去時，她聽見走廊傳來腳步聲，凱薩琳的腦袋探了進來。

「還好嗎？」她無聲詢問。

阿嘉莎指了指充當嬰兒床的抽屜，大拇指往門外比劃。凱薩琳馬上意會過來，鑽進房裡，一手抱起抽屜。阿嘉莎跟她一同離開南西的房間，回到她自己的臥室。

「把他放下來之前，妳要不要抱一下？我想他快睡著了。」

「我不想吵醒他。他看起來好安詳。」凱薩琳應道。

阿嘉莎點點頭。老實說詹姆斯不會介意換個人抱，他還太小，不知道母親跟其他人之間的差異。不過這幾天下來，她注意到凱薩琳是如何的排拒他。她什麼都願意做，只要不牽涉到任何實際接觸。這個反應無比矛盾，彷彿在救了他的性命後，她不敢面對自己帶到這個世界上的生命。

阿嘉莎意識到她不想討論這件事，也不想討論她跟李奧納的處境。從詹姆斯誕生那天起，她經歷了微妙卻又有跡可循的轉變：她變得更安靜、更不愛管事、更加的……阿嘉莎努力思索要如何形容朋友的變化。更加溫和。就是這個。阿嘉莎不需要思考是否要繼續進逼。

「可以交給妳嗎？」凱薩琳把抽屜放到地毯上。「等他睡著以後，妳應該也會想打個盹吧？」

阿嘉莎點頭。「可以請妳叫沙藍準備一點羊奶嗎？如果他醒來的話可以應急。我不想在晚餐時間前打擾南西。」

等她離開，阿嘉莎讓詹姆斯躺上床鋪，接著跪在地上，一手拖著他的後腦杓，另一手環繞他的身體，從床上移動到嬰兒床裡。她拿毯子包好他，生怕把他吵醒。那怕是最小聲的抽噎，都會驚動南西衝過來抱他。

她很擔心南西。她吃得不多，臉色呈現病態的蒼白。她盡了全力想給詹姆斯餵奶，但每回都是一場折磨。阿嘉莎不只一次看到她淚流滿面，筋疲力盡。於是她拿羊奶補充，在沒有奶瓶的狀況下可說是困難重重。她們把細棉布的邊角擰成尖端，吸飽奶水，試著塞進詹姆斯的小嘴。

醫生明天會再來一趟。上回他說她狀況好的很，稱讚阿嘉莎幫助她順利分娩，就算南西在醫院裡生產，也不會比現在理想。可是阿嘉莎無法放心。每天晚上睡前，她總會反覆想起那天下午，不斷重現每一個可怕的片刻。一切發生得太快，幫南西接生前她沒空洗手——她才剛從河裡爬出來，天知道她身上帶著什麼危險的病菌。接著，在凱薩琳救回詹姆斯之後，他躺在毯子上，叫得聲嘶力竭。她們得要切斷臍帶，阿嘉莎叫凱薩琳去樹叢裡拿鞋子，抽掉鞋帶，分別綁住靠近詹姆斯肚子這側跟另一端的臍帶，拿凱薩琳用來切橘子的小刀割斷。

她無數次在腦海中重播那段影像，心想要是沒帶南西來烏爾，或許一切都會完全不同。她會待在巴格達，陣痛開始時就進醫院待產。還有一件事難以放下：詹姆斯不是早產兒——這點她很確定——頂多早了一兩個禮拜出生。也就是說，南西絕對是在四月底度蜜月時受孕。她一口咬定孩子不是她丈夫的——但她真的能把話說死嗎？

阿嘉莎閉上眼睛。現在沒必要煩惱這件事。眼下的目標是讓南西恢復健康，帶她回巴格達，好好規劃日後的生活。

想到這裡，阿嘉莎的意識越來越模糊。夢中的她在游泳——不是幼發拉底河，而是在那座湖，跟麥克斯一起。他笑得開懷，把小詹姆斯舉到湖面上，沾濕他的小腳，又把他高高拋起，接住。當阿嘉莎游近，她發現那個嬰兒不是詹姆斯：他有著麥克斯的面容跟她的金髮……

「阿嘉莎！阿嘉莎！」

她被麥克斯急促的低語驚醒，她匆忙起床，小心避過睡得香甜的詹姆斯。

「怎麼了？」她打開門，揉揉眼睛。

「可以進去一下嗎？我保證不會吵醒他。」

兩人並肩坐在床上，從他的表情看得出他不是純粹來打招呼。

「是南西的事。一個朋友從巴格達發電報給我。她丈夫出現在那裡。顯然他的目標是這邊。」

「什麼？」阿嘉莎倒抽一口氣。「可是……他怎麼會知道？」

「一定是修．卡林頓說的。」麥克斯輕輕聳肩。「抱歉，是我的錯。跟他透露這件事的時候，我沒想到他會直接打電話給菲利克斯．尼爾森。」

一串字句從她記憶深處狠狠炸開。是南西說過的話──威尼斯那段悲慘蜜月的片段：他說我只要負責生下小孩就好，無論是男是女都沒差──只要有孩子就好。

天啊，阿嘉莎心想，他要來帶走詹姆斯了。

「我們要送他們離開這裡。」凱薩琳靜不下來。她站在阿嘉莎面前，詹姆斯正抓著棉布吸奶。她伸出手，停在那頭柔軟的黑髮上空，似乎是好想觸碰他、保護他。

「要怎麼做？」阿嘉莎移開裝了羊奶的碗，不讓凱薩琳撞倒。「南西的身子還很弱，現在應該哪裡都去不成。」

「她是沒辦法搭火車——我也沒想這樣折騰她——但還有別的地方能去。」

「哪裡？」

「那個貝都因村子。離這裡只有五哩，他們會幫我們把她藏起來。」

阿嘉莎的手停在碗跟詹姆斯的小嘴巴中間。「妳是認真的嗎？把這個小嬰兒跟剛生完小孩的女人丟在沙漠中的帳篷裡……」

「不是丟下他們。他們會獲得很好的照顧，貝都因婦女數千年來都在這樣的環境中照顧小孩，她們的經驗遠比我們豐富。」

阿嘉莎凝視滴著奶水的棉布，大部分都流到詹姆斯嘴巴外了。「妳說得對。不過我們要先問問她們吧？」

「沒時間了。」凱薩琳猛搖頭。「今天只有一班從巴格達開來的火車，如果麥克斯的朋友沒有看錯，菲利克斯．尼爾森就坐在那班車上。我們不到兩個小時能把南西跟詹姆斯送出去。」

阿嘉莎來敲門時，麥克斯已經睡著了。他一邊揉眼睛一邊開門，頭髮像是毛刷一樣翹得亂七八糟。

「我不是故意打瞌睡的。」他喃喃說著，看到她的表情，又問道：「南西的反應如何？」

「不太妙。她很怕他，說不會有人想跟他作對。我們得要帶她跟寶寶避開他。」她迅速說出凱薩琳的計畫。「可以請你送我們一程嗎？凱薩琳得要留在這裡負責對付他。」

麥克斯一臉困惑。「可是詹姆斯是他兒子啊。他肯定有權利看他——就算他們已經不是夫妻身份。」

「但他是……」她答應過要保密，然而現在是緊要關頭。若要爭取麥克斯的協助，就要讓他知道真相。「詹姆斯不是他兒子。」話說得篤定，她心中卻有些動搖。南西現在的身體狀況不適合接受盤問，與菲利克斯對質可能會害她丟了小命。最重要的是送她到安全地帶，好好靜養一陣子，等她準備好面對這個世界。

「不是他兒子？」麥克斯楞楞重複。

阿嘉莎深吸一口氣。「之前我不能說……我答應南西了。我知道那不是麼光明磊落的行為，但總有些——」她在腦中尋找合適的字眼，「——不得已的狀況。現在沒空解釋清楚了。南西怕菲利克斯會奪走孩子。」

「如果他不是生父，為什麼要這麼做？」

「因為他需要一個婚生子女來確保繼承權。在法律上他是孩子的父親：他跟南西目前還是夫妻。」

麥克斯更混亂了。「那……誰是詹姆斯的親生父親？」

「不知道。她不肯說。」

「他知道孩子的事情嗎?」

「還不知道。」

「天啊!亂成一團了。」

「你說得對:已經亂成一團了——可是我們要幫他們,麥克斯。」她端詳他的雙眼。「不能讓菲利克斯帶走詹姆斯。」

他站在原地,過了像是一輩子那麼久。她幾乎聽得見他腦中的天平左右搖擺的聲音。他有他的原則,有虔誠的信仰。南西犯下了通姦罪,但她的孩子是無辜的受害者,而她也不是那麼的罪無可赦。

「我去發動車子。」他終於開口:「不是為了她,而是為了詹姆斯。因為他需要他的母親。事情過去之後,我要妳答應我一件事。」

「什麼?」

「跟南西談談,要她寫信給生父,告訴他事實。」

「麥克斯,我不能逼她這麼做。」她柔聲道:「但我答應你我會試試看。」

第二十八章

阿嘉莎跟著麥克斯出門，暖風吹起她的頭髮。他抱著裝了詹姆斯的抽屜，小嬰兒睡得正熟，對於的風起雲湧一無所知。她跟凱薩琳扶著南西，產後她頂多只能走到洗手間。

「喔！」南西遮住眼睛。「外頭好亮！」

阿嘉莎抬起頭，天色其實算不上明亮。今天在地平線上冒出幾團紫雲，讓陽光帶著奇異的灰暗色調。不過南西在屋裡躺了一個禮拜，難怪會感到目眩。

「南西，我們讓妳坐中間。」凱薩琳打開副駕駛座的門。「如果覺得不穩的話可以抓住扶手。我想詹姆斯就讓阿嘉莎抱著吧，總不能放他在抽屜裡滾來滾去。」

「快點。」麥克斯瞄了手錶一眼。「火車再十分鐘就到站了。」

等三人坐定，他轉動車鑰匙，引擎發出低沉的呻吟，有如受傷的野獸。他又試了一次，這回車子毫無聲響。他跳下車，從車頭下方抽出某種裝置。

「他在做什麼？」擔憂刻在南西臉上。

「他只是要用曲軸發動引擎。沒事的，我常常對我的車使出這一招。馬上就能出發了。」她探出車窗外，對麥克斯高聲道：「要我幫忙發動車子嗎？」

「妳會嗎？」麥克斯高聲回答。

阿嘉莎把詹姆斯交給南西抱著，她下車繞到駕駛座那側。

凱薩琳抱著一大籃食物跑出來時，剛好看到這一幕。「妳知道要怎麼做嗎？」她的表情跟南西一模一樣。「喔，當然了，妳有車啊……」

阿嘉莎等待馬達的咻咻運轉聲，當她聽到引擎噗噗喘氣，立刻狠狠踩下油門，卡車上下震動，引擎轟然回魂。

南西緊緊抓住阿嘉莎的手臂。突如其來的晃動使得詹姆斯嗚嗚呻吟。

「甜心，別哭——我們要上路了。」阿嘉莎摸摸詹姆斯的臉頰，他困惑地皺眉，閉上眼睛。

「做得好！」她跳出車外，麥克斯笑得燦爛。「謝天謝地，有人知道該怎麼做！」他仰望天際。「我不喜歡這個天色，感覺等下會刮起沙暴。希望能在那之前趕到村裡。」

等待菲利克斯．尼爾森的空檔，凱薩琳踏進文物室，繼續拿柔軟的獾毛刷清理沾滿沙土的蘇美長刀。這個差事極耗心力，不過剛好可以藉此暫時逃避即將發生的大事。

考古基地裡只剩下她一個成員，麥克斯送其他人到挖掘區後，又匆忙載著南西母子跟阿嘉莎穿過沙漠，前往貝都因村子。

凱薩琳沒向李奧納報告菲利克斯．尼爾森的來訪。如果對他說明南西目前的處境，他的反應可想而知。還是之後再說吧，她想。等到南西和詹姆斯遠離危機，多的是時間讓他理解這件事。

她祈禱過去幾天的脆弱平衡狀態不會因此崩毀。李奧納的心像是花朵一般緩緩綻開。他開始對人微笑──不只是對她──也試著在餐桌上與人閒聊。彷彿他們的衝突趕走了籠罩在考古基地上空的巨大烏雲。真是不可思議，他立刻就接受了詹姆斯的存在──換作是以前的李奧納，肯定會大發雷霆的。但要是他知道詹姆斯是私生子，知道南西跟已婚男性偷情，他的態度不會如此和善。儘管兩人之間有了些許進展，他骨子裡仍舊是那個牧師之子，那些價值觀嵌入了他的骨髓，永遠不會改變。

「可敦！」

沙藍的叫嚷聲把她震回現實。他人在廚房，一定是看到了南西的丈夫來到基地門外。她握起獾毛刷，瘋狂清理獸骨刀柄上的精細花紋。她要假裝沒有聽到。拖延時間。

「可敦！」

沙藍現在在門外了。她把刀子放回架上，撫平裙襬的皺痕，深吸一口氣。南西的未來就仰賴她是否能冷靜應對，面不改色地撒下漫天大謊，引開菲利克斯．尼爾森。

她在起居室等候，要沙藍去請警衛放行。聽到他報上自己的頭銜姓名，她佯裝訝異。

「尼爾森子爵？真是意想不到的驚喜！」她伸出手，露出她從十六歲起便不斷對著鏡子練習的笑容——能讓大半男人腿軟投降的笑容。

「吳雷太太。」

他本人比照片好看太多，面容堪比電影明星，身形高大修長，淺棕色的髮絲蓋住額頭。精心修剪的鉛筆鬍勾勒出飽滿的上唇。他沒有回應她的微笑。

「要來點咖啡嗎？在這一帶跋涉總會讓人口乾舌燥呢。」她換上不同的笑意，添入幾許同情。

「謝謝，不用了。」他東張西望，鬍子微微抽動。「相信我的妻子在這裡作客。我是來帶她回家的。」

「喔對，南西。我們很高興有她的陪伴。我們在東方快車上認識——她有沒有跟你說起這件事？」只要能拖住他，直到麥克斯回來……她在腦中迅速盤算。火車停靠烏爾樞紐站後繼續前進，在巴斯拉折返，一來一往大約要兩個小時。只要說服他此處沒有他尋找的目標，就可以打發他回頭搭上那班車，再帶南西回來。

「抱歉，她給各位帶來諸多困擾。」菲利克斯投來炯炯目光。「我……我們……沒想到會有這個孩子。」

「喔，是啊，我們都嚇了一跳——不過這可說是天大的驚喜。克莉絲蒂太太跟我協助接生，幸好我們在戰爭時都當過護士——不過我在法國的野戰醫院沒有機會學習助產技術——」

「他沒事吧？」菲利克斯截斷她的話頭。「那個嬰兒？」

「是的，他非常健康。南西產後有些虛弱——」

「他在哪裡？」

顯然他對南西的身體狀況一點興趣都沒有，心裡只掛記著孩子。看到凱薩琳的表情，他別開臉，或許是意識到自己的語氣有多麼寡情。「我當然很擔心他們母子倆，希望能盡快帶他們回英國。」他望向窗外。「我從火車站搭騾車過來，那頭老騾子，一點都不適合讓母親跟嬰兒搭乘，我叫車夫回去了。不知道你們是否能派個守門的懶鬼載我們回烏爾樞紐站？」

「我們只有一輛卡車。」凱薩琳應道：「目前不在這裡。等它從挖掘區回來以後可以送你回去——但恐怕你這一趟是白跑了：南西跟寶寶已經在昨天離開。」

「什麼？」

血氣湧上他的臉頰。「他們去哪了？」

「我想是她在巴格達的朋友那邊吧。」凱薩琳緊盯他的雙眼。「她說回英國前要在朋友家住個一兩天。」

「回英國？」他綠色的眼眸中散著金黃色斑點，跟狐狸有些類似。他緊閉雙眼，接著睜開一小縫。「她的朋友——是誰？」

「她沒說。」凱薩琳擺出關切的表情。「不好意思，無法提供更多幫助。」她從外套口袋裡掏出菸盒。「看起來你需要來一根。」她掀開盒蓋。

「謝了。」他抽出一根菸，連同打火機一起接過，走到窗邊抽煙，望向陰沉的天際，以及曬衣繩上飛舞的床單。「你們的卡車什麼時候回來？」

「喔——差不多了。請讓我張羅一些點心給你墊墊胃。你不遠千里來到這裡，我很清楚車上的伙食有多差。」

「很好。如果有三明治的話是最好不過了。可以的話再來一點冰啤酒。」

「抱歉，這裡沒有啤酒。」凱薩琳聳肩。「我丈夫不允許基地裡出現半點酒精。我們有檸檬水跟茶。」

菲利克斯喃喃唸了幾句。

「我都拿來。」凱薩琳匆忙離席，慶幸能脫離他銳利的目光。她往廚房裡探頭，沙藍跟艾伯拉罕正在切晚餐用的茄子。她慢條斯理地點了三明治，列出所有的餡料，最後決定夾進羊肉跟蕃茄切片，配上小黃瓜優格醬。她要沙藍準備飲料，用托盤端出去。

「食物再一下就好了。」她嘴上說著，走進起居室。

沒有人回話。她放下托盤，環顧四周。他去哪裡了？是不是去找洗手間？這時她瞥見窗外的動靜。他在外頭，在敞開的柵門旁，像是對誰高聲呼喊。她伸長脖子。兩道人影騎著騾子接近。鄧肯跟麥可。他們衣擺被風吹起，臉上捲著圍巾遮擋滿天黃沙。一定是因為即將來襲的沙暴，李奧遣他們回來。

她看著兩人翻下騾背。菲利克斯正在跟他們說話。她看到麥可指著東方的地平線。恐慌將她攫住。他指的方向正是那座貝都因村落。可是他們不可能會知道，對吧……？

她衝出門外，轉動門把時，感受到門板被狂風拉扯。當她來到柵門前，菲利克斯剛好抓住鄧肯坐騎的韁繩，跳上騾背。她還來不及抓住他，他一踢騾子的側腹，騾子向沙漠裡奔去，沒一會就成為高速移動的小點。

「他要去哪裡？」她驚叫。「他問你們什麼？」

「他說他是南西的丈夫。」麥可一臉困惑。「問我們有沒有看到她。」

「我們剛才跟麥克斯的卡車擦身而過，南西也在車上。」鄧肯接著回答：「他們困在沙坑裡，我們幫忙把車子挖出來。我們跟他說了麥克斯告訴我們的事情：他們要去貝都因村子。」

「你們說了什麼？」狂風吹散凱薩琳的聲音。

「怎麼了？妳為什麼——」

麥可無法說完這句話。凱薩琳搶過他那頭騾子的韁繩，騎了上去，趕著騾子前去攔截菲利克斯．尼爾森。

第二十九章

黃沙刺痛阿嘉莎的臉龐，她縮在卡車後方，麥克斯在她身旁，襯衫被汗水浸濕。車輪第二次失靈，他下車清除障礙，阿嘉莎負責發動引擎，可惜沒有用。她只能幫他一起推車。

「妳不需要這麼做的！」麥克斯扯著嗓門，壓過呼嘯風聲。

「為什麼？」她吼了回去。「因為……我是……女人？」她邊喘邊說。

「我不希望妳受傷！」

「才不會──真的！」卡車的保險桿壓向她的腿，她皺起臉，沒有鬆手。

「好吧──既然妳這麼說了。聽我的指令，使出吃奶的力氣！」

一瞬間，她以為這招能奏效。卡車滑出凹洞，卻陷入更棘手的困境。輪軸幾乎被沙子淹沒了。

「沒有用。」麥克斯直起腰，手中拿著鏟子。「我去找人幫忙。」

「去哪？」阿嘉莎轉過身，手中忙著拉起圍巾遮臉。

「離村子只剩一哩半的路了。我可以帶來整群人馬。」他緊緊抿唇，膚色發白。「只是我不想離開妳們。如果能一起過去就好了。」

阿嘉莎隔著窗戶查看南西的狀況，她半坐半躺，前額滿是汗水，臉頰泛紅。詹姆斯在她身旁熟睡。她看起來比離開考古基地那時還要不妙，顛簸的車程跟兩度拋錨對她來說太難受。感覺她連幾碼路都走不了，更別說是一哩半了。

「我們不會有事的。別擔心。」

「妳確定嗎？」一陣風把沙子吹進他眼裡，他猛眨眼。

「嗯！」她擠出笑容。「我更擔心你，要在這種天氣裡橫越沙漠。」

「沒有那麼糟──我要往東走，風會幫我一把。」他拉她入懷。她感覺到他的嘴唇印上額頭，在她身上點起火。「我盡快回來。」

阿嘉莎在坐在車裡看他遠去。儘管外頭狂風陣陣，他走得挺快，不到五分鐘就消失了。南西睜眼咕噥幾聲，揉揉脖子跟肩膀。她剛才以奇怪的姿勢入睡，阿嘉莎試著幫她一把，將自己的外套捲成枕頭，墊起南西的頭跟雙腿，讓她躺得舒服一些。

「怎麼了？」南西低喃。「麥克斯在哪？」

「他去找人幫忙了。不會離開太久──我們在這裡很安全，有足夠的食物跟飲水。妳要來點什麼嗎？」

南西搖搖頭。她渾身發燙，眼神異常迷茫。阿嘉莎心中警鈴大作。她曾在手術後罹患敗血症而死的軍人臉上看過同樣的危險表情。

「那就睡一下吧。」

然而正當南西再次躺平，詹姆斯哭出聲來。阿嘉莎知道他餓了。

「別起來，後座的籃子裡有羊奶——我來餵他。」

她抱起詹姆斯，讓他貼著自己的肩膀，打開車門。狂風大作，開門可不容易，她用背部頂著車門，一手護住詹姆斯的頭。後車門又是一次折騰，當她爬上滿地的布袋時，門板被風吹起，狠狠敲中她的左臂，痛得她淚眼汪汪，但她只顧著把詹姆斯安全抱上車。她堆起布袋，穩穩坐定，一手托著寶寶，另一手往籃子裡翻出用乾淨棉布包裹的牛奶罐。

一開始他不想喝，彷彿連年幼的他也察覺到狀況不對勁。阿嘉莎摸摸他的臉頰，這是她從露莎琳身上學到的招數，屢試不爽。沒一會，他不再哭鬧，含起布邊努力吸吮。

又過了片刻，他閉上眼睛。她確定他睡著了，讓他躺上布袋圍成的巢穴。她的臀部陣陣抽痛，她試著起身——儘管車斗天花板太矮，沒辦法站直。她揉著瘀青的皮膚時，車斗上方的窗外閃過一絲動靜。一道黃沙劃出的軌跡。有人來了。她的臉貼上外側沾滿塵沙的玻璃，看不清究竟是車子還是駱駝。恐懼竄過她全身。會不會是強盜？那團煙霧來到近處，她終於看出是一頭騾子，沒有其他坐騎。她鬆了一大口氣。強盜很少單槍匹馬出擊，看來是沙漠中的獨行俠，說不定是他們的幫手。

等騎士靠近一些，她發現對方穿著歐式服裝，不是阿拉伯長袍。她馬上撲到門邊，雙手抓住門板，跳向如雷的蹄聲。

「凱薩琳！」

「他們……在哪？」凱薩琳跳下騾背，大口喘氣，扯下包著口鼻的披巾。「他有沒有……」

阿嘉莎體內一陣冰冷，風沙狠狠往她臉上吹襲。「怎麼了？」她對著狂風大喊。

「菲利克斯……他知道了……麥可跟鄧肯說出去的。」凱薩琳猛搖頭。「沒空解釋。他們在車上嗎？」

阿嘉莎點頭。「都睡了。」

「麥克斯？」

「去求助了。」凱薩琳移到車後，拉開車門，歪頭看著沉睡的寶寶。「讓我帶他過去吧。你們在這裡只是坐以待斃。」

阿嘉莎一臉驚恐。「可是——」

「相信我：那傢伙完全不講道理。若是他找到你們，我想他會強行帶走詹姆斯。」她摘下披巾。「我可以用這個揹著他，就跟貝都因婦女一樣。」

「可是沙暴要來了！太——」

「我們馬上就到。」凱薩琳駁回她的抗議。「他被保護得好好的。」阿嘉莎還來不及多說什麼，她已經從後車廂拎起詹姆斯，抱進懷裡。他咕噥幾聲，沒有掙扎吵鬧。

眼前的景象讓阿嘉莎看得出神，凱薩琳從沒做過這種事，把他救回來之後就沒再抱過他。彷彿隱形的枷鎖突然解開。這是新生的凱薩琳，她眼中的堅決因為某種從未存在過的力量而柔軟。

凱薩琳俐落地把披巾一端甩到肩上，另一端環繞腰間，在背後牢牢打結。「好好照顧南西！」她回到騾背上。「上車！鎖好車門！」

凱薩琳一手抓著韁繩，另一手按住胸前的襁褓。她看過貝都因婦女替嬰兒製作揹巾，但她其實沒有實際經驗。她怕詹姆斯滾落，不敢騎得太快，不時轉頭探看菲利克斯的身影。

她知道自己佔了上風，經過三年的摸索，這一帶可說是她家後院。天候增添了難度，不過她就算閉著眼睛也找得到村子。搶在菲利克斯前面找到卡車再容易不過了，她猜他是順著考古基地跟挖掘區之間縱橫交錯的軌跡跑。如果她運氣好，他現在很可能不知道迷路迷到哪裡去了，即將來襲的沙暴更是致命一擊。

多行不義必自斃。在他心目中，詹姆斯不過是獲利的籌碼。

她把熟睡的孩子抱得更緊，感受他的小拳頭張開，握住她的襯衫。她心中湧現一股柔情，濃厚的保護欲。要是菲利克斯現在追上來，她就算赤手空拳也要殺了他。

狂風扯動她的頭髮，往她臉上吹去。她的髮夾早就不知去向，帽子在她離開考古基地後沒幾分鐘就被吹落。她甩甩腦袋，看清自己的位置。只剩一小段路了。她看到村子周圍的木頭柵欄。飛舞的沙霧將它們化為鐵灰色天幕下的棕色團塊。現在只剩最後一道乾谷——幸好水還很淺——等到颳起沙暴，這條路就等於是斷了。

接近岸邊時，她要騾子放慢腳步。帶著詹姆斯，她得要加倍謹慎。騾子準備爬上另一側河岸，她專心穩住牠，沒察覺到前方的伏兵。

「站住！」

這道吼聲宛如鞭子般揮來。她僵在原處。*是他*。在哪裡？眼前是一片險峻的黃沙與岩石。她握緊韁繩，想命令騾子掉頭。

「*我叫妳停下來！*」

他突然現身，就在她面前，如同躲在沙地裡的變色龍。

「孩子給我！」他走向她，從外套內側抽出某個物體。一把手槍。

「放下槍！」她尖聲壓過呼嘯的狂風。

「閉嘴！下來！」他離她只有幾碼遠。

「他不是你的！」她以雙臂緊緊環住寶寶，韁繩還握在手中。

「我會管那麼多嗎？」他的話語有如毒液。「交給我！」

「那就先對我開槍吧！」

「別以為我不敢。」他站穩腳步，槍口指著她的腦門。「我數到十。一……二……三……」

她抓著詹姆斯，不敢動彈。塵沙在兩人周圍飛旋，從地面揚起，好似一支幽靈大軍。暴風雨雲近在眉睫，彷彿巨大的紫黑色拳頭正在搥打天空。

「四……五……六……」半空中掀起刺耳的尖號，像是狂風召喚出了來自地獄的惡魔。她看到翻飛的羽翼、瑩亮的黃眼。那頭生物落在菲利克斯頭頂上，他雙手亂揮，槍響炸開，子彈打中河岸。一聲巨響劃破沙漠，震起陣陣回音，菲利克斯應聲倒地。

她這才看清一切。翅膀展開，如同復仇天使般從屍體上飛起。一頭獵鷹化作藍紫色天幕上的乳白色斑點。牠轉向東方，朝著貝都因村子飛去，回到牠主人肩頭。長老佇立在對岸，長袍翻飛，一抹煙霧從他手中的來福槍口冒出。

第三十章

菲利克斯．尼爾森的屍體過了五天才被人找到。他才剛斷氣，沙暴便大舉來襲，吹起大片黃沙，將屍體半埋在沙漠裡。某天清晨，貝都因村子的牧羊人撞見他的屍身，但沙漠巨蟻捷足先登。等到奈吉夫的警司抵達現場，已經不剩多少能斷定死因的證據。

凱薩琳從未透露事發經過，就連阿嘉莎、李奧納、甚至是麥克斯都不知情。當她騎著騾子進入貝都因村子時，麥克斯剛好就在柵門邊，看到她激動得渾身顫抖，緊緊抱著孩子。

她任由眾人提出最合理的解釋：菲利克斯．尼爾森沒帶地圖、指南針、補給闖進沙漠，就這樣迷路了。

她知道長老不會承認自己為了保護她做了什麼事，這只會惹來天大的麻煩。他也不會因為奪人性命而難以入眠。他收錢守護李奧納的王國，那傢伙只是威脅可敦性命的害蟲。

至於南西呢，她的身心狀況都不適合聽聞丈夫的死訊。當麥克斯帶著貝都因村民把瑪莉皇后挖出來時，南西的意識已經不太穩定。這幾天她只能躺在帳篷裡的羊皮床上，虛弱到無法搬動，阿嘉莎跟凱薩琳輪流照顧她。

沙暴阻撓他們尋求醫療協助。尋獲菲利克斯的屍體的前一天，麥克斯拚命開車到奈吉夫，找來先前替詹姆斯跟南西檢查的醫生。他證實了他們幾天來的恐懼。

「產褥熱？」凱薩琳與阿嘉莎隔著床舖互望。

醫生留下一瓶嗎啡，指示她們盡量替她降溫。接著他比手勢要凱薩琳跟他出去。他以阿拉伯語簡短地說明南西不太可能撐過今晚。

接下來的幾個小時過得很快，她們看著、等著，盡力替南西打點一切。凱薩琳從口袋掏出小巧的象牙護符，放在羊皮床旁的木頭凳子上。她翻過護符，把兔子壓在蛇的下面。

阿嘉莎端著乾淨的水盆進帳篷時看到這一幕。「這樣有效嗎？」她一臉狐疑。

「我只想得到這麼多了。」凱薩琳握起護符，用大拇指和食指摩挲。「它應該要有守護的力量啊。」

阿嘉莎點點頭。「醫生回去以後，我一直在心裡祈禱。可是感覺沒什麼用。自從我的婚姻結束後，我就很少上教堂了。不知道上帝是否還願意聽我的聲音。」

「我不怎麼相信上帝。至少不是李奧心目中的上帝：只要凡人不夠乖，就派出洪水、飢荒、蝗蟲管教一番。」

「或是這個。」阿嘉莎撫過南西的額頭，擰起溫熱的溼毛巾，放進水盆裡。「無論她做過什麼，都不該承受這般折磨。」

深夜，貝都因村子裡只聽得見遠處的羊叫聲。南西突然坐起，掀開蓋在身上的毯子。

「這裡是哪裡？」

昏昏欲睡的凱薩琳被她嚇醒。阿嘉莎已經跳了起來。

「這裡很安全。」阿嘉莎說：「我們在貝都因村子裡。妳身體不太好，還不能回考古基地。」

「詹姆斯呢？」

「睡得正香呢。一名貝都因婦女負責照顧他。他離妳不遠——就在隔壁。」凱薩琳跟阿嘉莎互看一眼。整整一個禮拜，南西第一次清醒過來。

「要喝點什麼嗎？」凱薩琳握住水杯，卻遭到南西揮手拒絕。

「答應我，妳們會照顧他！」南西的眼神令人心碎。

「這、這是當然……」凱薩琳絕望地望向阿嘉莎。「妳會——」

「答應我！」南西打斷她，倒回枕頭上，似乎被幾句話耗盡了氣力。

「妳好好休息。」阿嘉莎湊到她身旁，放好剛才從她前額落下的布巾。

「妳們不會讓菲利克斯帶走他吧？」

「不會的。」凱薩琳雙手握住南西的手。「菲利克斯永遠無法擁有他。這點我可以保證。」

「妳們絕對不能跟任何人提起他的生父……」她艱苦地喘了幾聲。「現在我不能擁有他。不需要……」她沒把話說完，用力閉上眼睛，體內的痛楚淹沒了她的意識。

「她需要嗎啡。」阿嘉莎旋開瓶蓋，捏住橡皮滴管吸起液體。「可以幫我扶她坐起來嗎？」

凱薩琳托起南西的腦袋，她汗溼的後頸一片滑溜。她把南西抱起時，她猛然睜眼。

「不准讓菲利克斯說詹姆斯是他的。他不是。」

「好啦，南西，別擔心。」凱薩琳抱緊她。「他是個漂亮的孩子，他是妳的，這樣就夠了。」

「喝一點吧。」阿嘉莎把杯子湊到南西唇邊。

嗎啡起了效用，南西身上的疼痛緩緩消散。等到南西閉上眼睛，凱薩琳將她輕輕放回枕頭上。她一直握著她的手，倚靠著軟墊，這樣就算她睡著也不會鬆手。

凱薩琳不知道她抵擋睡意，在床邊坐了多久。她以為自己可以維持清醒，但她還是睡著了。帳篷裡瞬間盈滿曙光，照暖她的臉，同時她意識到另一件事：掌中冰冷沉重的物體。

南西死了。

第三十一章

隔天早上，太陽升起時，阿嘉莎獨自坐在考古基地的屋頂上。累過頭了反而睡不著，她整夜翻來覆去，南西的死帶來沉重的罪惡感。要是沒帶她來烏爾就好了；要是兩人一直待在有醫院的巴格達就好了；要是她說服南西回英國，而不是待在異域艱苦度日就好了。

她想到睡在凱薩琳房裡的詹姆斯，那副安穩的模樣，渾然不覺自己遭逢了什麼樣的厄運，尚未開展的未來已是一片黑暗。昨天他睜開眼睛時，他母親的遺言在她耳邊響起。

不准讓菲利克斯說詹姆斯是他的。他不是。

即便是臨終之時，南西仍舊沒有鬆口。阿嘉莎腦中閃過一絲懷疑：她何必拼著最後一口氣阻撓菲利克斯帶走孩子的計畫？不過看到詹姆斯仰望她的眼神，她立刻就意識到生父的身份毋庸置疑。出生頭幾天迷茫的雙眼現在澄澈得驚人。

明亮如鑽石。

是的，她看過這雙眼。東方快車上被她誤認成亞契的男子。想到那天南西在列車上有多麼悲傷，阿嘉莎再次淚流滿面。她徒勞地抹去淚水，天色轉為朦朧的粉紅與金黃。

「阿嘉莎……」

她沒聽見他的腳步聲。

一回過神來，麥克斯已經跪在她身旁，雙臂環上她肩頭。

「不需要多說什麼。」他悄聲說著，把她按入懷裡，她終於哭了出來，對著他的襯衫發洩一切。她不斷抽噎，以支離破碎的語句傾訴每次閉上眼睛就會感受到內疚排山倒海而來。

「可是妳不可能猜到會有這樣的發展。」他撫摸她的頭髮。「妳知道她懷孕了嗎？」

阿嘉莎點頭。「可、可是她說只有六……六個月。」

「妳也沒有逼她跟妳一起來啊。」她感覺到他胸膛的起伏。「假如妳在河邊不夠冷靜，她跟孩子更有可能一同喪命。」

阿嘉莎只能以嗚咽回應。

「要不要稍微離開基地一下？騎騾子去兜個風？」他托起她的下巴，深色眼眸注視著她。「我星期日早上都會去烏爾樞紐站的小教堂——可以逃避現實幾個小時——在這樣的早晨，那段路走起來很舒服。」

她眨眼擠掉剩餘的淚水，拿不定主意。她很想在沙漠中漫遊，但她不確定自己能踏進教堂。

「妳不想望彌撒的話也沒關係。」他繼續道：「車站月台上有個小攤子，妳可以坐在那裡喝喝咖啡、吃些點心。」

「詹姆斯呢？他等一下就醒了。」

「相信凱薩琳跟其他人有辦法照顧他幾個小時。別擔心——我會在桌上留張紙條。」

空氣中飄著黃菊和野生歐芹的清新香氣，沙暴後下了一陣大雨，喚醒沙漠中的生機，道路頓時化為溪流，等水退了，植物馬上發芽抽枝。

一開始，兩人沉默不語。感覺得出麥克斯在等她開口。有好一陣子她不敢開口，不想再大哭一場。她跟他只有幾碼距離，突然看到有個東西飄到他背上。起先她以為是微風吹來的花瓣，靠近一些才發現它會動。是一隻蝴蝶。她沒看過這樣的花色，翅膀的色澤猶如夏日清晨的海面，藍綠色中夾雜著一道道黑色條紋。

「麥克斯！」

他在鞍上轉身迎向她。她與他並肩同行，伸手摸摸他的襯衫。

「怎麼了？」

「有一隻蝴蝶。」她一開口，蝴蝶就爬到她食指上。她緩緩縮手，湊到他面前。

「真美。」他摸摸她伸出的手腕。「這裡看不到什麼蝴蝶，我沒見過這個顏色的品種。」

在他們的注視之下，牠將一條腿伸向口器，像是在替自己梳理。接著牠展開翅膀，飄向半空中。突如其來的飄揚感將阿嘉莎包圍，這份感受若是付諸言語，無異於陳腔濫調，但她無法克制這句話在腦海中成形：這隻蝴蝶預示了希望的到來。

「艾斯梅過世那天，我也看到一隻蝴蝶。」麥克斯彷彿看透了她的心。「那是個美麗的早晨，風和日麗，即使沒有他，這世界卻還是繼續運轉，這實在是太沒道理了。我走到別墅的花園，在外頭坐了好久。光是活著就帶給我深刻的罪惡感。這時，一隻蝴蝶停在我面前的花朵上。」他在鞍上稍微換了個姿勢。「讓我想到小時候看過的故事，森林裡的妖精問一窩毛毛蟲說可不可以用牠們的外皮做毛外套。毛毛蟲氣壞了。牠們以為妖精想殺了牠們。可是妖精說他們不是這個意思——他們知道總有一天，毛毛蟲不再需要牠們的毛皮，因為牠們會得到更美麗的外衣。」

「毛毛蟲怎麼說呢？」

「牠們完全不信，叫妖精滾出去。」

阿嘉莎用力忍住刺痛眼窩的淚水。「以前我是相信的。相信天堂的存在。可是現在……」她深深吸氣，難以道出內心的煩亂。

麥克斯伸手握住她的手臂。「當妳的世界天翻地覆的時候，任何事物都很難相信。

重要的是繼續相信妳自己。」

凱薩琳注視詹姆斯的睡臉。他一隻小手往上伸展，摸到自己的耳朵，手指不斷抓握，有如潮池裡的海葵。有時他安靜到她擔心他停止呼吸的地步，把自己的隨身鏡湊到他嘴巴前，屏息等著鏡面起霧。

「他還好嗎？」李奧納從門外探頭。他送來熱茶跟塗了牛油的土司。「我想妳打算在這裡吃早餐。」他把托盤放到地上，在她身旁蹲下。「他是不是很乖？我半夜什麼都沒聽到。」

「幸好他還小，什麼都不懂。」

聽到他們的聲音，詹姆斯突然睜眼，視線從凱薩琳移向李奧納，陌生的大鬍子使得他嘟起嘴，一臉疑惑。

凱薩琳在詹姆斯發出聲響前一把將他撈起，用了阿嘉莎教她的招數，以大拇指撫摸他的臉頰，他馬上蹭了過來。

「妳跟他處得很好。」他的語氣中沒有半點不情願。毫無嫉妒或是憤恨。於是她鼓起勇氣，說出她昨晚幾乎徹夜未眠，在腦中翻來覆去的想法。

「李奧，我們可以撫養他嗎？」這句話猶如從神燈裡冒出來的精靈。她看著他的臉，口乾舌燥。她這輩子從未有過如此強烈的願望。

「撫養他？」他的眼神像是看著出土文物，困惑與專注交織，思索那究竟是什麼東西。「他不是我們的孩子啊。」

「他已經不是任何人的孩子了。目前與他關係最近的就是阿嘉莎跟我。」

「但一定有什麼人——阿姨叔伯之類的……或是祖父母？」

「南西是獨生女，她父母都過世了。」

「他的生父呢？」

「我們不知道他是誰，只知道他已婚，住在倫敦。」

「肯定能追查到他的下落吧？比如說在《泰晤士日報》上登報尋人？」

「李奧，他有小孩了——年幼的女兒。這件事要是曝光了，你想他的家庭會受到什麼影響？」

「他沒有權利知道嗎？」

「南西不想毀了他的家庭。這是她死前說的最後一句話。」

李奧納緩緩揚手，懸在孩子頭頂上，像是有所顧忌、不敢輕易觸碰。當他的指尖處碰到柔軟的黑髮，他臉上浮現驚嘆敬畏的表情。「他是個很好很好的孩子，可是我……」他一時語塞，對上她的視線。「我不知道妳想要孩子。」

「我原本也不知道——直到現在。」

「我沒跟妳說過，其實我一直都想有個孩子。希望能有個機會，讓我成為比我父親還要好的爸爸。妳告訴我那件事——我當然是接受了——我就放下了那個念頭。」

「但我們現在有了機會，對吧？」凱薩琳低喃：「你跟我，想想我們能帶給他多麼美好的人生。」

他的手微微浮起，從詹姆斯的頭頂移到她的臉頰邊。他的指尖感受到暖意。「是啊，我們怎麼會做不到呢？」

阿嘉莎來到烏爾樞紐站，在月台邊緣搖搖晃晃的長椅上端著錫杯，啜飲土耳其咖啡。陽光怡人，站長忙著把乘客跟牲口塞進已經滿載的車廂，帽子被揮舞的手腳、倒落的行李撞歪，她忍不住笑了。感覺就像在看阿拉伯版的喜劇《勞萊與哈台》。

音樂穿透小教堂的鐵皮波浪板牆面。麥克斯人在裡面，她差點就跟著進去，但她又怕在陌生的禮拜儀式中做錯或說錯什麼。她甚至不確定非天主教徒是否能參加彌撒。麥克斯向她保證上帝不會在意這種小事，可是她依舊滿心不安。她清楚得很，癥結是她不確定自己究竟還相信什麼。

教堂裡只有麥克斯一個西方人，其他都是年紀各異的印度修女和四五個本地人。音樂停止後，她看到一小群遲到者匆忙橫越月台外的沙地。她們是穿著白袍的年輕修女，背後帶著幾個身穿西式學校制服的孩童。男孩子穿著灰色短褲，搭配白襯衫跟條紋領帶，女孩子則是穿著背心裙和襯衫。他們的五官看似阿拉伯人，跟巴格達路旁的小孩沒有兩樣。其中一名修女懷裡抱了個嬰兒，看起來不比詹姆斯大上多少。麥克斯說過烏爾樞紐站的教會附設了孤兒院。不知道他們是否就是院童。

他們走進教堂後，孤兒院一直留在她的腦海中。看到被不是生母的女性抱著的嬰兒，她的胸口疼痛不已。詹姆斯接下來要怎麼辦？想到他被送進孤兒院——無論是在此處還是英國——她完全無法忍受。但還有其他選擇嗎？

她想到她跟凱薩琳向南西許下的諾言。她們發誓會好好照顧他。可是要怎麼做？她是個帶著小孩的離婚婦女，凱薩琳是一年裡面有半年住在沙漠裡的職業女性。她們都無法提供最理想的育兒環境。

她任由思緒運轉，想像自己帶他回家的後果。她努力想像露莎琳的反應。她會討厭這個弟弟，趁她在寄宿學校的期間佔據母親全副注意力嗎？報社又會寫出什麼東西？她幾乎猜得出頭條標題了：**阿嘉莎．克莉絲蒂的神祕幼子**。哈羅蓋特的失憶鬧劇之後，保護露莎琳已經耗盡她的心力。她在學校要如何面對更多的流言蜚語和影射嘲諷？

想到詹姆斯睡在臨時嬰兒床上。聽他夜裡哭著找已經不在人世的母親。如此深切的痛苦。他的需求無比迫切，只顧著自身處境的她會不會太過懦弱？

她閉上眼睛。在前半生，在離婚之前，她會毫不猶豫地祈禱。現在這麼做太虛偽了。但她腦中不由自主地浮現這句話：上帝，請告訴我該怎麼做。

「抱歉離開這麼久！」麥克斯出現在她面前。「希望妳不會太無聊。」

她搖搖頭，時間飛逝的速度令她訝異。她問他彌撒過程如何，他說有隻鳥兒從屋頂的破洞飛進來，在神父的法袍上留下「紀念品」，這個插曲把她逗笑了。

回程途中，她欣然讓他說個不停。她不想思考即將面對的艱鉅抉擇，不想感受詹姆斯的臉龐在她腦海中閃現時的心痛。

抵達考古基地時，麥可躺在瑪莉皇后車底下，對著底盤東敲西打。他要麥克斯幫他修起動機馬達，阿嘉莎獨自進屋。

凱薩琳在中庭替詹姆斯餵奶。現在他已經抓到訣竅，只要她拿起吸滿羊奶的棉布，他就會使盡全力吸吮。

「他狀況如何？」阿嘉莎以奇怪的姿勢坐下，騎了幾個小時的騾子讓她雙腿僵硬。

「乖得像天使。」凱薩琳輕聲嘆息。

「我們以後要怎麼跟他解釋？」

「不知道。」凱薩琳想抽出詹姆斯口中的棉布，他的小手緊緊抓住布邊。「說不定他永遠不知道比較好。假如他很快就找到人收養，那就永遠不需要知道。」

阿嘉莎皺眉。「妳有合適的人選嗎？在這裡或是在英國？」

「嗯，我認識一對夫妻。」凱薩琳抬起頭，又把棉布泡進碗裡。她露出阿嘉莎在火車上看過的蒙娜麗莎式的微笑。「我，還有李奧。我們談過這件事，他答應了。」

「你們？」

「不用這麼驚訝吧！」凱薩琳發出緊張的笑聲。「我們沒辦法自己生小孩——不覺得這是完美的解決之道嗎？」

「可是我覺得——」

「我對小孩子沒興趣？李奧也這麼說。沒錯。以前我不覺得無法當母親有什麼問題。我以為我知道自己想要什麼：以男人的方式過活，做男人的工作。直到詹姆斯來到我身邊。」

「可是你們要怎麼照顧他——不是還有考古計畫要處理嗎？」

「李奧打算去找哈莫迪談談，請他從村裡找個貝都因婦女來幫忙照顧詹姆斯，直到春季我們回英國為止。接下來還有幾個挖掘季——最多三個——等他長到要上學的年紀，我們應該已經在倫敦安頓下來了。」

阿嘉莎點點頭，但她肚子裡打了一團死結。她知道應該要為他們高興，但她忍不住滿心欣羨。「要是英國領事館那邊有人跑來問東問西呢？修．卡林頓可能會回來：他知道詹姆斯的事情。」

「船到橋頭自然直。」凱薩琳現下的語氣更接近過去那個堅決的她。「這一季不太可能有其他的訪客。假如真有人問起，我就說詹姆斯是我們的孩子。」

第三十二章

兩天後，阿嘉莎跟麥克斯在烏爾樞紐站搭上火車，前往巴格達。凱薩琳跟李奧納帶著寶寶來送行。李奧納將純金死亡面具交給麥克斯，要他帶回倫敦。阿嘉莎傾身最後一次親吻詹姆斯。她的唇喚醒了他，看到他的雙眼，她喉中堵得厲害。

「等我們回倫敦，妳會來找我們吧？」凱薩琳把他抱到自己肩頭，輕輕搖晃。「我們隨時歡迎。」

阿嘉莎瞄了李奧納和麥克斯一眼，兩個男人正隔著車窗交談。「我應該要給你們一點東西——資助你們的考古計畫。或許我可以從倫敦匯一點錢過來。」

「沒這個必要。」凱薩琳笑了笑。「妳給了我們比金錢還要貴重的東西。」

發車的鳴笛震耳欲聾，詹姆斯嚇得嚎啕大哭。

「妳該上車啦！」凱薩琳在阿嘉莎頰上匆匆一吻。

等阿嘉莎坐定，列車已經開始移動。凱薩琳跟李奧納揮手道別，詹姆斯停止哭泣。

「他們看起來真像一家人。」麥克斯說。

阿嘉莎點點頭。她怕一開口就憋不住淚水。還不行。

「別擔心。」他握住她的手。「一切都會順利的。」

兩人在車上過夜，清晨抵達巴格達。他們計畫搭今晚的車前往大馬士革，如此一來，阿嘉莎便有了些空檔收拾河邊那棟屋子裡的什物行囊。

要不是有麥克斯幫忙，阿嘉莎無法負荷整理南西遺物的折磨。她在床邊的抽屜裡找到一張用絲巾包裹的照片，絲巾已經被蟲蛀得坑坑巴巴，上頭印著孔雀羽毛的花紋。這是一群男女在渡假地的合照，意識到其中一張臉屬於南西，阿嘉莎眼前一片模糊。

「這是什麼？」麥克斯雙臂掛著一疊衣服。阿嘉莎遞出照片。他念出寫在邊緣的字：「威尼斯麗都島——一九二八年四月。」

「是南西的蜜月。」阿嘉莎從口袋裡翻出手帕。

麥克斯打量了一會，指著南西右手邊的壯碩男子，他握著她的手，另一手搭在笑容可掬的和服女子肩頭。「這人就是菲利克斯．尼爾森吧。妳想這個女的會不會……」

「大概吧。」

「其他人呢？」

阿嘉莎盯著照片，目光移向最右側的男子。他身穿印花浴袍，腳踏扣環式帆布便鞋。他沒看鏡頭，回頭望向合照的同伴。他長得夠高，越過眾人頭頂的視線似乎是投向南西。高挺的顴骨和明亮如鑽石的雙眼讓她胃袋一擰。是他，東方快車上的男子。

「怎麼了？」她感覺到麥克斯按住她肩頭。「妳在發抖。」

「我……只是……」該告訴他嗎？若她指出南西的出軌對象，他會有什麼反應？他會不會覺得必須要找到他？告訴他詹姆斯的存在？她答應南西了。絕對不能打破這個諾言。

「我、我該把這個寄給凱薩琳。」她幾乎哽咽出聲。「等到詹姆斯開始問問題，就可以向他介紹他母親了。」

「妳想她會告訴他嗎？」麥克斯皺眉。「我有種預感，她跟李奧納打算把詹姆斯當成自己的小孩養大。」

阿嘉莎摺好相片，重新用絲巾包好。「那是他們的事。要是有了這張照片，他們不就多了個選擇嗎？」

麥克斯點頭。「妳有信封嗎？我趁妳打包的時候拿去寄。」

四天後，十二月二十一日，東方快車行駛在瑞士阿爾卑斯山脈白雪靄靄的田野間。這是一年之中白晝最短暫的一天，天亮得很晚。曙光乍現時，阿嘉莎跟麥克斯已經在吃早餐了。

「在車上的最後一頓早餐。」麥克斯舉起咖啡杯跟她乾杯。「相信這幾天車程算不上舒服，但我誠心希望妳有享受到些許快樂時光。」

「喔，當然了。」阿嘉莎的笑意沒有進入她眼中。「伊斯坦堡讓人著迷——能再訪威尼斯真的是太棒了。」她垂下頭，在吐司上塗滿牛油，掩飾她無法表達的感受。她的腦袋裝得太滿。明天就要抵達倫敦，拼起過往人生的碎片。她好想念露莎琳，又不敢面對聖誕假期結束，女兒又要回學校的那一刻。麥克斯也要回美索不達米亞。兩人度過了愉快的旅程，但從未提過未來。她還會再見到他嗎？還有詹姆斯。她無比掛記那個孩子，很想知道凱薩琳是否應付得來。她會不會厭倦無眠的夜晚，以及永無止盡的餵食和換尿布？要是養育孩子的美好幻想消磨殆盡，詹姆斯又會遭遇什麼樣的命運？

「妳的臉色好凝重。」麥克斯按住她握著餐刀的手。

「我無法不擔心詹姆斯。」至少她可以承認這一點。

「妳跟他感情那麼好，我可以想像跟他分開妳會有多難過。」

「我曾想過要收養他。我們去教堂那天，你去望彌撒的期間，我一直在想能不能這麼做。」她望向窗外，旭日讓雪白山峰染上一片金黃。「當然是不可能的。離婚的人應該無法收養小孩。」

「我也想過這件事。」麥克斯說。

「是嗎？」

「我想要是我們結婚……」

他還握著她的手。她震驚地抬起頭，對上他漲紅的臉。

「可是，當我開始思考如果我們結婚了，我們……」他緊盯著桌布。「我想，或許我們可以有自己的孩子。」

「麥克斯——你在跟我求婚嗎？」

「是的。」他望向她，勾起一邊嘴角。「抱歉搞得一團亂。我是不是該單膝跪下？可是這樣可能會絆倒服務生。」他深吸一口氣。「阿嘉莎，妳願意嫁給我嗎？」

尾聲

一九六三年八月

茶花叢與屋子之間的小徑狹窄蜿蜒，年輕的訪客攙扶著我。我自己一個人也以走得很好——手杖只是方便我起身——但我還是挽著他伸出的手臂，瞬間湧上的衝動讓我不由自主地想再次貼近他。這是我在沙漠裡接生的孩子，我拿碎布沾羊奶養活的孩子，倘若情勢許可我可能會收養的孩子。他長成了體面的紳士，生著茂密的深棕色頭髮，藍眼閃閃發亮。

真希望麥克斯也能看到他現在的模樣。但他人在倫敦大英博物館講課，此時此刻，他大概正以我們在伊拉克和敘利亞碰上的軼事娛樂聽眾。

那幾趟冒險真是不得了。麥克斯有自己的考古基地要管理，我則是他身旁的可敦。我學會拍攝文物、洗照片，除了這些差事，我大半時間都窩在麥克斯為我蓋的泥磚書房裡打字。門上掛了個牌子，用阿拉伯文寫著「*Beit Agatha*」。阿嘉莎的屋子。我第一次擁有真正的工作室，沙漠裡的小屋。那是我靈感來得最快的一段時期。

過了這麼多年，我們與吳雷夫婦失去聯繫。麥克斯在中東發掘其他的考古地點，李奧納的研究則是帶著他前往美國。我們最後一次見面是在倫敦，一九三〇年的秋季。那時詹姆斯將近兩歲，他自然不記得我了，凱薩琳要他坐到我膝上時他哭得可厲害了。要不是那天我有另一件祕密的喜事，我肯定會沮喪萬分。我懷了麥克斯的寶寶。那一整個月，我們不斷計畫未來，討論要如何養育我們自己的孩子。

與凱薩琳和詹姆斯見面的隔天，我們前往敘利亞，中途在希臘羅德島渡假。我記得自己走進一間漆得雪白的教堂，祈禱能生個兒子。但我已經四十歲了，孕期在三個月告終。

我很清楚那或許是最後一次機會，幾乎崩潰了。福無雙至，禍不單行，亞契的新任妻子在那一年喜獲麟兒。

麥克斯沒有特別的情緒反應，但我知道他有多想要孩子。也因此在隔年春季回到倫敦時，我們更不敢想著要去拜訪吳雷一家——得知他們搬去美國時，我莫名有些安慰。

回想起來，我難以相信那是多久以前的事情。詹姆斯已經……我在腦海中計算：下回生日就滿三十五歲了。走向屋子的途中，我的鞋子卡到路旁的石頭，差點沒有站穩。我感覺到他托住我的手臂，穩住我的腳步。

是啊，我多想要有個兒子。

在我四十五歲上下那陣子，這份渴望成了執念。隨著歲月流逝，我不得不接受苦澀的事實：無論我在人生的其他領域獲得多少成就，這始終是我無法挽回的失敗。

出乎意料的喜悅終於找上我。年方二十的露莎琳與一名軍官在戰爭時期墜入愛河，閃電結婚。他們的兒子馬修在一九四二年的秋季出生，將他擁入懷中時，我心頭的痛楚瞬間崩解消融。

馬修已經成年了，若是被他看到有個陌生人挽著他外婆的手，不知道他會怎麼想。我們拐了一個彎。隔著草坪邊緣的木蘭花枝椏，屋子映入眼簾，白色的柱子被落日染成橘黃色，增添了一絲貴氣。

「這房子真壯觀。」詹姆斯停下腳步欣賞。「從河邊看不見全貌，我都沒發現它是喬治亞風格的建築。」

「我們在一九三八年買下這棟屋子。在戰爭期間被美軍佔據，他們留下了一些創作——等一下就能看到了。」

走進屋內，我帶他到書齋，拉鈴要僕人送茶。我向他介紹滿牆的壁畫，幾乎延伸到天花板：那是描繪美國登陸艇在世界各地的掠奪行徑的連環圖畫。

「這是某位思鄉情切的紐約中尉的大作。重新裝潢時，我不忍心塗掉——我認為這算是某種現代考古學。」

詹姆斯在房裡兜圈，研究每一幅壁畫。他停下腳步，拉拉耳垂——一瞬間的動作透出他的焦躁。他在盤算我這個關子要賣多久，我是否真的掌握著他渴求的失落片段。

「很遺憾的，我與你的雙親失去聯繫。」我開口：「我們在世界的不同角落忙著開拓自己的事業。我得要感謝他們，托他們的福，我才有機會認識現在的丈夫麥克斯。」

「我媽常常提到妳。她手邊有妳所有的作品。」

「她的死訊帶給我很大的衝擊。我們以前非常親近。你失去她的時候年紀還小，想必相當的難受吧。」

「是的，當時我在上學，我們在美國。她病了好一陣子，醫生找不出原因。看著她日漸虛弱是難忍的煎熬，當然了，最痛恨這個狀況的人就是她。她總是那麼的生氣蓬勃。」

他走到我身旁的椅子，雙手按著椅背，彷彿是需要倚靠什麼東西撐住。「爸爸跟我說他有不祥的預感。她叫他坐下，說：『李奧，我今天晚上就要死了——你必須答應我，在我死後，你要照舊過日子。』隔天早上，她走了。」

熟悉的感覺扯痛我的心。跟我認識的凱薩琳沒有兩樣。

「爸爸一向不擅長表達情感。媽媽過世後，他看起來一點都不想提起他們共度的日子。等到他過世，我才知道他們一直瞞著我。把房子賣掉前，我在閣樓裡的雜物堆中找到這些照片跟一封信。」他又望向壁畫。我聽得見他的呼吸聲，聽到他呼出輕柔的嘆息。「媽媽在一九二九年三月寫給她姊姊的信。他們計畫在挖掘季結束後去跟她一起住。那封信上寫到他們收養了一個小男孩。」

房裡的沉默幾乎化為固體。我感覺到自己的每一次心跳，令人作嘔的內疚。如果我說了，他會不會怪罪我？怪我數十年前沒有盡心盡力？怪我沒救回他母親？若要守住我對南西許下的諾言，我能透露多少？

「信上完全沒有提及我父母的身份，只說我是歐洲人，不是阿拉伯人，名字是照著媽媽的父親取的。照片塞在這個信封裡。」他又從背包裡摸出信封，擺在我們之間的桌面上，雙眼打量我的神色。「我出生的那個月，妳也在烏爾。她有沒有告訴妳什麼？」

血壓升高，我耳中嗡嗡作響。同時還有別的聲音，我聽到赫丘勒．白羅對我說：

相信列車，夫人，因為開車的是上帝……

相信列車。我自己寫下的文字，在幾十年前，我以為人生已經結束時。列車跟人生一樣，在抵達目的地之前不能停下。就算窗外的風光未必總是合你胃口，如果你拉下窗簾，就會錯過所有的美麗與醜陋。

我的指尖顫抖，懸在南西臉龐上。「這是你母親。」

「喔……」他瞪大眼睛，淚光浮現。「她……她真美。她是誰？」

「她名叫南西。她很想很想留你在身邊，可是她……」我想說出真相，卻擠不出半點聲音。當管家琴恩端茶進來時，我們正淚流滿面。

我倒出熱茶，稍微恢復冷靜。他機械似地啜飲茶水，聽我道出與他母親相識的過程。

「這張照片是她拍的。」我拎起凱薩琳跟我包著毛巾的照片。「之後不到一個小時，你就在這裡出生，在這棵樹下。」

他接過照片，以驚嘆的表情聽我訴說那天下午的種種。

「那我父親呢？」他拿起另一張在威尼斯拍的照片。「是他嗎？」他指著南西身旁的男子。

「不是——那是南西的丈夫，菲利克斯．尼爾森。他不是你父親：這點她非常篤定。」

「那究竟是誰？」

我掛記著當年的承諾，猶豫片刻。「你母親從未透露他的名字。她只說他是電影演員，住在倫敦。當年他人在威尼斯，來參加宴會。」

詹姆斯的手指滑過照片，急著猜出裡頭五六名男子中到底誰是他父親。

他得要用用那些灰色腦細胞。

赫丘勒一如往常，提出最好的作法：給他線索，讓他自己推論。不需要打破我的諾言。

我放他在房裡踱步，逕自上了樓。沒花多少工夫就找到那張照片。在抽屜裡，旁邊是亞契婚前寫給我的整疊情書——另一樣我難以捨棄的紀念品。

照片中的年輕飛行員容光煥發，那雙眼令我的血液化為冰晶。上次大戰時，我曾有過類似的感覺。當時我坐在倫敦的一間電影院裡，麥克斯駐紮在埃及，所以我自己去看那齣以達芬妮・杜・莫里哀的小說改編的電影。開演不過幾分鐘，一名配角讓我忘記呼吸——他長得跟亞契一模一樣。

電影結束後，我等待片尾演員名單跑完，相信那張映在東方快車車窗上的臉孔之謎即將解開。若是從南西房間抽屜裡找到的照片在我手邊就好了——不過那張照片早就送到凱薩琳手上。

我帶著亞契的照片下樓，向詹姆斯說起我看到她母親在列車上對一名男子揮手。看到他眼中燃起希望，我又說：「我也無法確定，那只是玻璃上的倒影。不過他真的跟我前夫像是一個模子印出來的。所以我才會記得那麼清楚。」

詹姆斯緩緩點頭，將亞契的照片放到那張團體照旁。「就是他！肯定是！」他指著列尾穿著印花浴袍的男子。「他是演員對吧？我對他有印象。妳知道他的名字嗎？」

我從書架上抽出一本達芬妮・杜・莫里哀的小說，配合電影重新印製的版本。我把書遞給詹姆斯，他父親的臉就印在封面上。他倒抽一口氣，翻到封底。簡介文案上有他苦心追尋的答案。

「他還活著嗎？」

我再度遲疑。看著他的臉，我不由自主地想到露莎琳。他們擁有同樣的深棕色頭髮，同樣的淺藍色雙眼。說詹姆斯是她弟弟也不奇怪。這個想法使得我心一涼。因為露莎琳確實有個弟弟：亞契與再婚對象生的孩子。但他們互不相識，直到去年才在亞契的葬禮上首度碰面。

是我的錯。我沒有禁止她與她父親的新家庭接觸，可是我的態度很明確：要是她這麼做，我會非常受傷。因此她只在倫敦跟亞契單獨見面，從沒見過他的妻兒。等到她終於遇見這個同父異母的弟弟，他已經三十二歲了。我知道她難以原諒我害她錯失這麼一段情誼。

身為獨生女，她肯定是孤單極了，但她其實有個手足。現在詹姆斯身旁不剩半個人，他的寂寞想必更加深刻。但他還有機會找到生父。還有姊姊。

「是的。」我悄聲說：「他還活著。」

「他知道我的事情嗎？」

我搖頭。「還不知道。」

在我沉默時，赫丘勒低語道：*列車必須繼續前進。相信列車……*

後記

我在本書中揉合了虛構情節以及真實事件的敘述。為了替阿嘉莎・克莉絲蒂人生中充滿爭議的一段時光提出不同的詮釋，我在其中注入了想像的事件和角色。若想知道哪些部份為真，哪些又是杜撰，各位可以參考克莉絲蒂的自傳，還有蘿拉・湯普森（Laura Thompson）在二〇〇七年出版的傑出傳記《阿嘉莎・克莉絲蒂：英倫之謎》（*Agatha Christie: An English Mystery*）。

至於希望獲得解釋的讀者，以下是關鍵事實：

阿嘉莎・克莉絲蒂確實在一九二八年的秋季搭乘東方快車。她與亞契的離婚判決在那年十月確定，他在兩週後娶了未婚妻南西・尼爾。

亞契最早在一九二六年坦承與南西外遇，阿嘉莎因此精神崩潰，導致她「失蹤」十天，遁入英國北部的一間飯店，以「尼爾太太」的名義入住，直到兩名飯店員工猜出她的真實身份，向警方通報。事後她宣稱整起事件發生在精神崩潰後的失憶期間，而她將自己的精神狀況歸咎於工作過度。

凱薩琳・吳雷是真實存在的人物，據信她是《美索不達米亞驚魂》書中角色露意絲・利德勒的藍本。她的前夫確實在婚後六個月自殺，不過我在故事裡描述的內情純屬臆測。在麥克斯・馬龍一九七七年出版的回憶錄中，他寫到「她的身體狀況不宜生子。」

阿嘉莎・克莉絲蒂是在一九二八年造訪烏爾考古基地時認識凱薩琳・吳雷，兩人從此成為好友。麥克斯當時不在場——克莉絲蒂隔年再訪時才與他相識。兩人於一九三〇年結婚，在中東度過多年時光，麥克斯主持了幾個敘利亞和伊拉克的挖掘計畫。那段時期兩人的生活景況收錄在克莉絲蒂一九四六年出版的回憶錄《來，告訴我你的生活》（*Come Tell Me How You Live*）之中。

南西・尼爾森是虛構角色。她的外表是照著亞契的情人南西・尼爾打造。

致謝

除了後記提到的參考資料，我在寫作過程中融入了幾本克莉絲蒂的推理小說情節。《美索不達米亞驚魂》、《巴格達風雲》、《藍色列車之謎》，當然了，還有《東方快車謀殺案》，它們都是創作角色與橋段的絕佳靈感來源。

克莉絲蒂以瑪莉．魏斯麥珂特（Mary Westmacott）這個筆名撰寫的作品也佔了同樣的比重。她與亞契決裂後開始執筆，可以從中窺見她的私生活。我格外注重《未完成的肖像》，這是一本半自傳小說，描寫一名女子在婚姻失敗後有意尋短。

我要感謝我的朋友兼心靈導師 Janet Thomas，她在我的寫作過程中給予無邊無盡的鼓勵與靈感。我也萬分感謝 Jodi Warshaw 以及 Lake Union 出版團隊提供的支援，還要感謝我的編輯 Christina Henry de Tessan。

感謝我的丈夫 Steve Lawrence，他的愛情和永無止盡的熱情支持我完成這本書。二〇一五年十月，我們有幸在阿嘉莎．克莉絲蒂美麗的故居綠徑屋舉行婚禮，享受德文郡達特河的風光。倘若世上真有第二段婚姻的主保聖人，阿嘉莎．克莉絲蒂肯定是不二人選。

臉譜小說選 FR6567

東方快車上的女人

The Woman on the Orient Express

原著作者	琳西・珍恩・艾胥佛 Lindsay Jayne Ashford
譯　　者	楊佳蓉
書封設計	莊謹銘
責任編輯	廖培穎
行銷企畫	陳彩玉、楊凱雯
業　　務	陳紫晴、林佩瑜、葉晉源
出　　版	臉譜出版
發 行 人	凃玉雲
總 經 理	陳逸瑛
編輯總監	劉麗真
	城邦文化事業股份有限公司 台北市民生東路二段141號5樓 電話：886-2-25007696　傳真：886-2-25001952
發　　行	英屬蓋曼群島商家庭傳媒股份有限公司城邦分公司 台北市中山區民生東路141號11樓 客服專線：02-25007718；25007719 24小時傳真專線：02-25001990；25001991 服務時間：週一至週五上午09:30-12:00；下午13:30-17:00 劃撥帳號：19863813　戶名：書虫股份有限公司 讀者服務信箱：service@readingclub.com.tw 城邦網址：http://www.cite.com.tw
香港發行所	城邦（香港）出版集團有限公司 香港灣仔駱克道193號東超商業中心1樓 電話：852-25086231　傳真：852-25789337
新馬發行所	城邦（馬新）出版集團 Cite（M）Sdn. Bhd. 41, Jalan Radin Anum, Bandar Baru Sri Petaling, 57000 Kuala Lumpur, Malaysia. 電話：603-90563833　傳真：603-90576622 電子信箱：services@cite.my
一版一刷	2020年11月 版權所有，翻印必究（Printed in Taiwan）
I S B N	978-986-235-875-7 售價380元 （本書如有缺頁、破損、倒裝，請寄回本社更換）

城邦讀書花園
www.cite.com.tw

國家圖書館出版品預行編目資料

東方快車上的女人／琳西・珍恩・艾胥佛（Lindsay Jayne Ashford）著；楊佳蓉譯. -- 一版. -- 臺北市：臉譜，城邦文化出版：家庭傳媒城邦分公司發行，2020.11
面；　公分. --（臉譜小說選；FR6567）
譯自：The Woman on the Orient Express
ISBN 978-986-235-875-7（平裝）
873.57　　109014294